이병주 소설의
대중미학

이병주 소설의 대중미학

강은모

보고사
BOGOSA

머리말

작가 이병주의 생애는 일제강점기, 학병, 이데올로기 대립 등 한국 근대사의 파란만장한 질곡과 겹쳐져 있다. 그가 남긴 80여 권의 방대한 소설에는 그 뼈아픈 삶의 체험이 생생이 재현된다. 그런 연유에서 이병주 문학에 대한 연구자들의 관점이 역사성에 경도되는 것은 어찌 보면 당연한 일일지도 모른다. 그런데 한 가지 간과해선 안 되는 사실이 이병주의 작품이 대다수 베스트셀러가 되었다는 점이다. 다수의 독자에게 수용될 수 있었던 이유가 모두 역사성이라는 이병주 소설의 특징 때문이라고 일반화시킬 수 있을까?

이병주는 1960년대부터 1980년대까지 많은 양의 소설을 집필했다. 1960년대는 박정희 정권의 출판 산업 육성정책과 독서 인구의 급격한 증가로 인해 상업적인 출판문화가 정착되기 시작한 시기였다. 1970년대부터 1980년대에는 최인호, 박범신, 김홍신 등이 창작한 이른바 상업주의 소설이 폭발적 인기를 누렸다. 이병주 소설의 인기 역시 일정 부분 이러한 시대적 흐름과 무관하지는 않을 것이다. 그러나 당시의 상업주의 소설이 갖고 있던 특징이 이병주 소설의 성격과 적확히 일치한다고 확신할 수 있을까?

제1부와 제2부로 구성된 이 책은 이런 문제의식에서 출발하여 이병주

소설의 대중성이 위치하고 있는 지점을 찾아보고자 했다. 먼저 총 6장으로 구성된 제1부는 필자의 박사학위 논문을 수정·보완한 것이다. 1장은 이병주 문학에 대한 기존의 연구사를 바탕으로 대중성이라는 키워드로 이병주의 소설을 연구할 필요성을 상정하였다. 2장에서는 대중소설에 대한 이론적 검토와 한국 근현대 대중소설론을 통시적으로 고찰함으로써 대중성 논의의 전개 양상을 살펴보았다. 3장, 4장, 5장에서는 이병주의 대하소설을 서사적 특징에 따라 세 가지로 분류해 그 각각의 서사전략과 의미망에 집중해 대중성을 고찰하였다. 3장은 통속적 역사 서사로 분류한 『바람과 구름과 비(碑)』에 나타난 대중적 '향유'의 요소를 살펴보았다. 4장은 비극적 현실 서사로 분류한 『지리산』에 나타난 '공감'의 요소에 대해 고찰해 보았다. 5장은 세태 반영 서사로 분류한 『행복어사전』에 나타난 대중의 '정서구조'를 분석해 보았다. 결론인 6장에서는 이병주 소설의 대중성이 갖는 문학사적 의의를 탐색해 보았다.

다음으로 총 2장으로 구성된 제2부는 각각 『문학나무』(2017.6)와 『한국문학평론』(2018.6)에 게재했던 필자의 평문(評文)을 수정·보완한 것이다. 1장은 장편소설 『산하』에서 자신만의 소설적 신념을 포기하지 않으면서도 대중에게 더 가깝게 다가가기 위한 이병주의 실험이 풍자라는 형식과 어떻게 조화를 이루며 구현되는지를 고찰했다. 2장은 이병주의 장편소설 『풍설』이 추리 서사의 형식과 운명론을 바탕으로 어떻게 독자의 흥미를 이끌어내는지를 살펴보았다.

그동안 이병주의 소설은 대중소설의 공식성과 계몽성이라는 미학적 한계를 지니고 있는 것으로 평가되어 왔다. 그러나 독자의 입장에서 대중소설의 공식성은 익숙함과 편안함을 주는 것이고, 공식의 변주는 소설에 대한 관심을 지속시킬 수 있는 신선함이기도 하다. 계몽성 또한 적절할 경우 대중의 지적 욕망을 충족시키고 문화적 즐거움을 상상적으로 향유할 수 있는 기능을 지니고 있다. 이러한 점에 착안해 이 책은 이병주의 문학이 자신만의 고유한 관점을 견지하면서도 대중성을 확보하기 위해 시도했던 개성 있는 서사전략에 대한 긍정적 가치평가를 이끌어내는 데 주력했다. 이병주 소설 세계 전반에 대해서 이러한 논의를 확장시키지 못한 아쉬움은 차후의 연구 과제로 남긴다.

많은 부분 수정·보완해 출간하려던 애초의 계획이 건강이나 여타의 이유로 제대로 실현되지 못해 여전히 맨살을 보이듯 부끄럽다. 그럼에도 불구하고 책을 출간할 수 있게 용기를 주고 도움을 주신 분들께 진심으로 감사를 드린다. 이병주라는 큰 작가를 담기에는 그릇이 작은 것 같아 주춤거리고 머뭇거리는 제자를 항상 따뜻하게 격려해 주시고 이끌어주신 김종회 교수님께 감사드린다. 책과 이야기와 지극한 사랑을 주셨던 하늘나라에 계신 아버지께 감사드린다. 약골인 자식을 지켜보며 가슴 졸이며 죽을 끓이고 약을 달이셨던 어머니께 감사드린다. 언제나 엄마 글의 첫 독자가 되어주었던 딸 연정이에게 감사를 전한다. 늘 힘이 되어주는 가족들과 동굴에 들어가 있으면 번번이 꺼내주는 친구들에게도 이 자리를 빌어 감사를 전한다. 출간을 기꺼이 맡아주신 도서출판 보고사와 꼼꼼히 편집과 교정을 해 주신 이순민 님께도 거듭 감사드린다.

2019년 가을

강은모

제2부 이병주 소설의 대중문학적 의미

제1부
이병주 대하소설의 대중성 연구

◆ 제1장 ◆

서론

1. 연구 목적

이병주는 일제 식민지, 한국전쟁, 4·19혁명, 5·16 군사 쿠데타, 유신 체제 등 험난했던 현대사의 질곡을 온몸으로 겪어내면서, 그 체험을 소설 속에 담아낸 작가이다. 이병주의 소설 세계는, 단편 40여 편과 다수의 대하소설이 포함된 장편 40여 편 등 80여 편이 넘는 방대한 작품 수만큼, 역사·정치·세태 문제 등 다양한 분야를 포괄한다.

그러나 이병주 문학은 다양한 관점에서 논의되지 못했다. 평자들은 그 이유로 이병주의 작품 성향이 대중성을 띠고 있다는 점, 지나치게 반공 이데올로기에 치우쳐 있다는 점, 그리고 이병주가 정식 절차 없이 문단에 등단해서 대중지나 신문사의 교양지에 작품을 발표했다는 점 등을 들고 있다.[1] 다시 말하면, 이병주 문학의 대중적 속성이 주요 원

---

[1] 김종회는 "지나치게 대중적인 성격이 강화되고 문학 작품이 지켜야 할 기본적인 양식의 수위를 무너뜨리는 경우를 유발하면서, 순수 문학에의 지구력 및 자기 절제를 방기하는 사태에 이른 감이 약여했던 것"이라고 지적했다.(김종회, 「근대사의 격랑을 읽는 문학의 시각」, 『위기의 시대와 문학』, 세계사, 1996, 212~213쪽.)

인 중의 하나라 할 수 있다.

이것은 종래의 우리 문학사가 대중성을 통속성과 동일한 개념으로 보았고, 독자들의 저급한 취향에 맞추는 상업적 속성으로 문학의 숭고한 가치를 훼손하는 부정적인 것으로 취급했던 것에도 원인이 있다.

최근에는 대중문학에 대한 논의가 활발해지면서 문학의 대중성이 재조명되기 시작했다. "대중성을 확보한 문학 작품일수록, 그 속에서 해당 시대의 사회와 문화의 조건, 이 모든 것을 포함하는 인간의 행위를 보다 더 광범위하게 그리고 집중적으로 확인할"[2] 수 있으며, "대중소설이 제시하고 있는 보편적인 주제의식을 발견하는 일은 곧 당대 독자들의 기대 지평을 읽는 것"[3]이기 때문이다. 또한 이는 "어떤 선입견이나 통념으로부터도 해방되어 새로운 문학사를 기술할 수 있는 토양

강심호는 "한일 관계에 대한 이병주의 독특한 시각과 그가 보인 철저한 반공주의적 태도가 비평가들이나 연구자들에게 선입견을 부과했을 것"이라고 보았다.(강심호, 「이병주 소설 연구 – 학병세대의 내면의식을 중심으로」, 『관악어문』 27, 서울대학교 국어국문학과, 2002, 188쪽.)

김윤식은 "이병주의 주요 작품의 발표 지면이 순수문예잡지와는 거리가 먼 대중지나 신문사의 교양지였"다는 사실을 거론했다.(김윤식, 『일제말기 한국인 학병세대의 체험적 글쓰기론』, 서울대학교 출판부, 2007, 참조.)

2 강현두, 「한국에서의 문예사회학 연구를 위하여」, 『한국사회학』 13, 한국사회학회, 1979, 130쪽.

3 "'상업적' 성격이 우세하게 된 것은 '재미있는' 요소가 '조야하고' '자생적으로' 또, 철저하게 예술적 구상과 혼연일체가 되어있지 않기 때문이 아니라, 그것이 외부적이고 기계적으로 추구되며 공업적인 방식으로 처방전이 제시되고, 즉각적인 성공을 보장해 줄 수 있는 확실한 요소로서 추구되기 때문이다. 하지만 어찌되었든 문학사에서는 상업문학조차 소홀히 다루어서는 안 된다는 의미로 받아들여야 한다. 역으로 바로 이러한 점에서 상업문학은 엄청난 가치를 가지고 있다고 할 수 있는데, 왜냐하면 큰 성공을 거두게 되는 상업문학 계열의 책은 곧 '시대의 철학'을 보여주는, 즉 침묵하는 다수 사이에서는 어떠한 정서와 세계관이 우세한지를 보여주는 지표라고 할 수 있기 때문이다."(A. Gramsci, 『그람시와 함께 읽는 대중문화2』, 로마그람시연구소 편, 조형준 옮김, 새물결, 1993, 33쪽.)

이 되며, 대중문학의 바람직한 지평을 모색"⁴할 수 있다는 점에서 의미 있는 일이라 할 수 있다.

이병주가 활발하게 작품 활동을 벌인 시기는 1960년대 후반부터 1980년대까지이다. 이 기간 중에서 특히 1970년대는 대중문학의 융성기라고 불릴 만큼 대중소설이 많이 창작된 시기였다. 그 배경에는 1970년대의 특수한 정치·경제, 사회·문화적 상황이 작용했다. 정치적 상황을 살펴보면, 박정희 군사정권에 의해 자행된 1972년의 10월 유신을 들 수 있다. 유신 이후 독재정치를 비판하는 언론 탄압이 이어졌고, 이로 인해 언론의 자유가 위축되면서 신문이 갖는 정확한 보도와 논평의 공간을 상업성이 강한 신문연재소설이 메우게 되었으며, 이로 인해 대중소설의 확산이 자연스럽게 이루어졌다.

한편, 5·16 군사 쿠데타와 유신 등 변칙적인 방법으로 정권을 잡은 박정희 정부는 경제 발전을 통해 잃어버린 정통성을 회복하고자 했다. 그리고 이것이 일제 식민지와 6·25 전쟁을 겪어내면서 피폐해진 국민들의 가난 극복 의지와 맞물리며 단기간에 고도의 경제 성장을 이뤄낸 시기가 1970년대이기도 했다. 경제력의 향상은 대중소설에 대한 구매력을 상승시켰고, 이것이 대중소설의 확산 요인이 되었다. 또한 갑작스러운 경제 성장은 사회 전반에 물질을 우선시하는 가치관의 변화를 가져왔다. 이로 인해 신문사 역시 상업성을 지나치게 추구하면서 신문연재소설 유치 경쟁을 벌였던 것도 1970년대 대중소설의 확산이라는 결과를 초래하게 되었다. 신문 외에 70년대 폭발적으로 증가한 잡지

---

4 정덕준, 「대중문학에 대한 열린 시각의 가능성」, 정덕준 외, 『한국의 대중문화』, 소화, 2001, 294~298쪽.

창간[5]도 대중소설 발표 지면의 확보에 영향을 미쳤다. 또한 의무교육
의 확대로 인한 대중의 문자해독률이 높아지고, 교육 수준의 상승과
비례하여 문화 향유에 대한 욕구가 높아지면서, 독서 인구가 증가하게
된 것도 70년대 대중소설 확산의 한 요인이 되었다. 그리고 이 시기
대중소설은 단편보다는 장편[6]의 양식이 주류를 이루었다.

이병주의 소설은 이러한 1970년대 대중소설의 확산 현상과 밀접한
영향 관계에서 창작되었다. 신문이나 잡지에 주로 작품을 발표하였고,
단편보다는 장편의 양식에서 대중의 호응을 많이 얻었다. 장편의 경우
특히 대하소설이라 일컫는 긴 호흡의 작품도 여러 편 창작하였다. 이병
주 소설에 대한 대중의 호응도가 높았다는 것은 신문이나 잡지 연재
후에 발간된 많은 작품들이 이후 2~3번씩 재출간되었고, 드라마나 영
화로 제작되었다는 사실로 충분히 증명된다.[7] 따라서 이병주 소설의

---

5 신문 보급 부수는 1961년에는 인구 1000명당 33부, 1973년에는 98부로 증가하였다.
 잡지 발행은 1972년 367만부에서 1976년 541만부로 증가하였다.(이강수, 「매스미디어와
 대중문화」, 강현두 편, 『현대사회와 대중문화』, 나남, 1998, 참조.)
6 1960년대는 전쟁과 분단, 4·19, 5·16의 정치적 격변기를 겪으며 현실을 객관적으로
 바라볼 시각을 견지하지 못하고 내면의 세계로 침잠하면서 단편소설이 주류를 이룬 시기였
 다. 이에 비해 1970년대는 주제 의식의 측면에서 사회적 관심의 확대라는 외적인 방향
 전환이 이루어지면서 장편소설의 양식이 주류를 이루었다.(권영민, 『한국현대문학사』 2,
 민음사, 2002, 213~350쪽 참조.)
7 ※ 주요 작품의 연재·출간 사항 및 영상화 사례는 다음과 같다.(정범준, 『작가의 탄생-
 나림 이병주, 거인의 산하를 찾아서』, 실크캐슬, 2009, 349~352쪽; 정미진, 「이병주소
 설의 영상화와 대중성의 문제」, 『2015 이병주문학 학술세미나』 자료집, 이병주기념사업
 회·한국문학평론가협회, 2015, 61~69쪽 참조.)
 ① 『산하』
 - 연재: 「신동아」, 1974~1979
 - 단행본: 동아일보사 4권(1985), 늘푸른 4권(1989), 한길사 7권(2006)
 - 드라마: 8부작 MBC 월화드라마(1987. 7. 6 ~ 1987. 7. 28.)
 - 1978년 5월 30일자 『매일경제』에 실린 베스트셀러 소설 부문 1위가 『산하』였고, 4위

대중성 논의는 그의 문학 세계를 올바르게 이해하기 위한 중요한 과제
일 뿐만 아니라, 당대 대중들이 공유하는 정서구조를 파악할 수 있는
좋은 기회이기도 하다.

　이병주의 소설 세계는 정치 서사, 애정 서사, 역사 서사, 세태 서사
등 매우 다양하게 펼쳐진다. 따라서 어느 한 가지로 이병주 소설의 대
중성을 정의내리기에는 무리가 따른다. 통속성이 강한 서사의 대중성
은 대중의 흥미에 영합한 것으로 파악할 수 있지만, 『지리산』처럼 통속
성이 약한 서사 역시 대중의 호응을 받았다는 점은 설명이 어렵다. 물
론 이병주 소설 중 통속성이 약한 서사들은 대부분 근현대 정치사를
다루고 있다는 점에서, 이 소설들을 읽는 독자층을 대중지성으로 제한

가 이병주의 『낙엽』이었다.

② 『바람과 구름과 비』
－ 연재: 『조선일보』, 1977~1980
－ 단행본: 한국교육출판공사 9권(1984), 기린원 10권(1992), 들녘 10권(2003)
－ 드라마: 50부작 KBS드라마(1989. 10. 9 ~ 1990. 3. 27.)

③ 『지리산』
－ 연재: 「세대」, 1972~1977
－ 단행본: 세운문화사 2권(1978), 장학사 8권(1978), 기린원 7권(1985), 한길사(2006)
－ 드라마: 8부작 KBS드라마(1989. 5. 29 ~ 1989. 6. 7.)

④ 『행복어사전』
－ 연재: 「문학사상」, 1976~1982
－ 단행본: 문학사상사 6권(1982), 문학사상사 3권(1986), 한길사 5권(2006)
－ 드라마: 16부작 MBC드라마(1991. 7. 8 ~ 1991. 8. 27.)

⑤ 영상화된 이병주 소설 목록
－ 영화 4편(내일 없는 그날, 망명의 늪, 삐에로와 국화, 비창)
－ 드라마 21편(관부연락선, 쥘부채, 종점, 변명, 누가 백조를 쏘았는가, 백로선생, 천망,
　쥘부채, 예낭풍물지, 망명의 늪, 그 테러리스트를 위한 만사, 변명, 달빛이 무서워,
　환화, 산하, 저 은하의 내 별이, 황금의 탑, 지리산, 바람과 구름과 비, 행복어사전, 벽)
－ 연극 1편(낙엽)
－ 라디오소설 1편(산하)

하여 대중성의 요인을 밝히는 논의[8]도 있다. 이 논의는 매우 유의미하
지만, 이 역시 이병주 소설이 지식인 계층뿐만 아니라 일반 독자층에게
도 인기 있었다는 사실에 대해서는 다소 간과하고 있다는 아쉬움이 있
다. 앞에서 언급했듯이 이병주의 많은 소설이 드라마로 제작되었는데,
이는 이병주의 서사가 대중지성뿐만 아니라 더 넓은 범위의 독자층까
지 포괄하고 있음을 증명해주기 때문이다.

따라서 본고에서는 이병주 소설의 대중성을 보편적인 대중성의 특
질 안에 당대의 독자와 소통하는 이병주만의 방식을 담지하고 있는 것
으로 전제하고자 한다. 카웰티(J. G. Cawelti)에 따르면 대중소설의 기대
지평은 대체로 독자들이 익숙하고 편안하게 느낄 수 있는 문학적 관습
과 관련이 있는데, 이것은 독자들의 호기심과 긴장감을 유지하기 위해
약간씩 변주된다. 대중소설이 복잡하고 다양하게 보이는 것은 그러한
이유 때문이며, 이것이 대중소설의 대중성을 확보하는 요인이 된다.[9]

이러한 관점에서 이병주의 소설이 각각의 서사적 특징에 따라 대중
소설의 공식을 어떻게 활용하고 변주하는지 혹은 대중소설의 공식에
벗어나는 작품은 어떠한 서사전략으로 대중성을 확보하고 있는지를 독
자 수용의 측면에서 고찰하고자 하는 것이 본고의 연구 목적이다.

---

8 노현주는 "이병주가 그의 작품 세계에서 보여주고 있는 대중성은 통상 소설 연구에서
쓰고 있는 대중성의 범위를 벗어나고 있는데, 단적으로 그의 소설이 가진 정치적 성향
등은 대중들을 향한 매우 대중적인 언표들이고 그것이 이병주 소설의 대중성이 가진 특
질"이라고 파악했다.(노현주, 「이병주 소설의 정치의식과 대중성 연구」, 경희대학교 박사
학위논문, 2012, 9쪽.)

9 J. G. Cawelti, 「도식성과 현실도피와 문화」, 『대중예술의 이론들』, 박성봉 편, 동연,
1994, 84~93쪽.

2. 연구사 검토

이병주 문학 연구는 그 방대한 작품의 양에 비해서 소극적으로 진행
되어왔다. 1960년대에 이미 『내일 없는 그날』(국제신보사, 1959), 「소설·
알렉산드리아」(『세대』, 1965), 「매화나무의 인과」(『신동아』, 1966), 「마술사」
(『현대문학』), 「쥘부채」(『세대』, 1969) 등 다수의 작품이 발표되었음에도,
1970년대에 와서야 그에 대한 본격적 논의가 이루어졌다.[10] 그 이유는
앞서도 잠깐 언급했듯이 이병주 문학이 갖는 대중성에 대한 부정적 시각
에서 비롯되었다. 그동안 이병주의 문학은 역사성과 대중성을 갖는 작
품들로 양분되어 역사성을 갖는 작품들에만 논의가 치중되어온 경향이
있었다. 그러나 이병주의 타계 이후 이병주 기념사업회의 학술 세미나
와 국제 문학제를 계기로 다양한 측면에서 좀 더 활발한 논의가 이루어
지게 되었다.

이병주 문학 연구는 먼저 문학사의 기술 안에서 살펴볼 필요가 있다.
이병주 문학이 한국문학사에 어떤 의의를 갖는지가 연구의 출발점이
될 수 있기 때문이다. 이재선은 『현대한국소설사』[11]에서 이병주가 역사
의 비평 또는 행간에 대한 독특한 문학적 시각과 상상력을 갖춘 작가라
고 평가했다. 이병주의 문학세계는 역사와 인간의 얽혀진 상호 긴장
관계를 제시함으로써 역사의 범죄와 폭력성을 고발하고 있다는 것이
다. 그리고 반이데올로기적 휴머니즘의 발로가 이병주 문학의 특징이
라고 평가했다. 김윤식·정호웅은 『한국소설사』[12]에서 이병주 문학이

---

10 음영철, 「이병주 소설의 주체성 연구」, 건국대학교 박사학위논문, 2010, 4쪽.
11 이재선, 「「소설·알렉산드리아」와 「겨울밤」의 상관성과 그 의미」, 『현대한국소설사』, 민
    음사, 1996.

지식인의 이념 선택 과정과 빨치산 투쟁을 우리 소설사에서 처음으로 다루었다는 데에 문학사적 의미를 부여하였다. 그런데 역사 해석에 있어 작가 특유의 역사허무주의와 영웅주의가 작용함으로써 과거 복원의 객관성이 충분히 유지되지 못한 점은 한계로 드러난다고 보았다. 권영민은 『한국현대문학사』[13]에서 70년대 산업화 시기 소설 문단의 큰 성과가 박경리의 「토지」, 이병주의 「지리산」, 황석영의 「장길산」, 김주영의 「객주」 등 대하장편소설의 등장이라고 평가하면서, 이 소설들은 역사적 상황에서 출발하여 현실적 삶의 문제로까지 관심을 확대시키는 특징을 지녔다고 보았다.

문학사에 언급되어 있는 바와 같이 이병주 문학 연구에서 가장 큰 비중을 차지하는 부분은 역사인식에 대한 것이다. 역사인식의 측면에서 접근한 이병주 문학의 총체적 논의는 이보영, 송하섭, 김윤식, 김종회, 손혜숙, 정호웅의 연구를 들 수 있다.

이보영[14]은 이병주 문학의 독자성이 소시민의 자질구레한 일상에 맴돌지 않고 지식인의 당면 문제, 가령 인격적 자아의 회복과 행사를 위한 고통스러운 노력과 같은 문제를 추구하는 데에 있다고 보았다. 그리고 그 추구를 보다 근원적으로 철저히 하려고 일제강점기의 체험과 해방 후 좌우익 상쟁의 체험에까지 거슬러 올라가는데 이런 점에서 이병주의 문학은 일종의 청산문학적 성격을 지닌다고 평가했다. 송하섭[15]

---

12 김윤식·정호웅, 『한국소설사』, 문학동네, 2000, 485쪽.
13 권영민, 『한국현대문학사 2』, 민음사, 332~333쪽.
14 이보영, 「역사적 상황과 윤리-이병주론」, 『현대문학』, 현대문학사, 1977. 2.
15 송하섭, 「이병주 소설 연구 - 사회의식의 형상화를 중심으로」, 『진주산업대학교 논문집』 4, 대전간호전문대학, 1978.

은 이병주의 작품이 현실 참여적인 특징을 지니고 있으며, 유의적인
방법으로 표현적 한계를 극복해 나가고 있다고 분석했다. 또한 소설
속에 지사풍의 인물이 등장하여 교훈적인 의도를 많이 드러내는 것은
이병주의 소설이 안고 있는 강점이자 한계라고 지적하였다.

김윤식[16]은 이병주의 학병 체험을 바탕으로 한 글쓰기에 주목했다.
이병주의 학병 체험이 등단작인 「소설·알렉산드리아」에서부터 『관부
연락선』, 『지리산』을 거쳐 유작인 『별이 차가운 밤이면』에 이르기까지
지속된다고 평가하였는데, 이는 이병주의 작가의식의 근원을 꿰뚫는
의미 있는 분석이라 할 수 있다. 또한 이병주의 글쓰기는 반공을 국시
로 하는 시대 상황에서 군사 파시즘 비판과 동시에 공산주의를 비판하
는 양비 사상을 기초로 하는 특징을 갖고 있다고 보았다. 그리고 '위신
을 위한 투쟁'이 아닌 '혁명적 열정'을 예술로 승화시킨 작품이 이병주
문학의 도달점이라고 평가했다.

김종회[17]는 이병주의 소설을 역사 소재의 소설과 현대 사회의 애정
문제를 다룬 소설로 양분했다. 그리고 문학 속에 변용된 역사의 의미를
정치 토론에 이르게 할 만큼의 역량을 지닌 작가임에도 불구하고 이병
주에 대한 문단의 평가가 인색했다고 언급하며, 그 이유로 이병주가
좀 더 미학적 가치와 사회사적 의의를 갖는 주제에 집중하지 못했다는
점을 들었다. 그러나 이병주의 소설에 나타난 역사의식은 우리 문학사

16 김윤식, 『이병주와 지리산』, 국학자료원, 2010.
17 김종회, 「근대사의 격랑을 읽는 문학의 시각」, 김윤식·임헌영·김종회 편, 『역사의 그
    늘, 문학의 길』, 한길사, 2008.
    _____, 「문학과 역사의식」, 김윤식·김종회 엮음, 『문학과 역사의 경계에 서다』, 바이
    북스, 2010.
    _____, 「이병주 문학의 역사의식 고찰」, 『한국문학논총』 57, 한국문학회, 2011.

에 보기 드문 강렬한 체험과 정수를 이야기화하고 그 배면에 잠복해
있는 역사적 성격에 대해 수용자와의 친화를 강화하며 풀어내는 장점
을 지녔다고 평가했다. 따라서 이병주의 문학관은 기록된 사실로서의
역사가 그 시대를 살았던 민초들의 아픔과 슬픔을 진정성 있게 담보할
수 없다는 인식에서 출발하여 역사가 놓친 삶의 진실을 소설적 이야기
로 재구성하려는 의지를 드러낸다고 파악했다.

　손혜숙[18]은 이병주가 소설을 통해 한국 현대사를 재구축하고 있다고
평가했다. 이병주의 글쓰기는 역사적 '사실'을 전면에 내세우는 방식과
'픽션'을 중심으로 구축하는 방식으로 양분되어 있다고 보았다. 전자의
경우 자신의 역사체험 기억을 통해 공적인 역사에서 배제되어 왔던 사
건과 인물을 복원하고, 역사적인 사료를 재검증하는 방식으로 역사적
진실을 밝혀내고 있으며, 후자의 경우 창작 시기와 작품의 시간적 배경
이 근접해 있기 때문에 우회적인 방법으로 당대의 문제를 지적하고 그
것을 역사로 기술하고 있다고 설명했다. 손혜숙의 연구는 그동안 역사
성을 가진 작품에 한정되었던 이병주 문학 연구 텍스트의 범위를 대중
소설로까지 확장하였다는 데에 의의가 있다.

　정호웅[19]은 학병 문제를 다룬 이병주의 문학이 동어 반복의 한계를
지닌 이유는 학병에 지원해서 일제에 협력했다는 사실을 용납할 수 없
는 이병주의 부정의식 때문이라고 설명했다. 또한 학병 문제에 대한
작가의 의식이 일본의 전쟁 명분에 동의하지 않았다는 반전의식과 이
단자 의식, 그리고 자기 처벌과 자기 연민으로 변주된 자기 부정의식으

18　손혜숙, 「이병주 소설의 역사인식 연구」, 중앙대학교 박사학위논문, 2011.
19　정호웅, 「이병주 문학과 학병 체험」, 『한중인문학연구』 41, 한중인문학회, 2013.

로 나누어진다고 보면서, 이병주의 문학을 학병 체험자의 의식을 깊이
파고드는 개성적인 문학으로 평가하였다.

역사인식과 관련하여 이병주의 작품 중에서 가장 많이 논의 된 작품
은『관부연락선』과『지리산』이다. 먼저,『관부연락선』을 중심으로 한
논의로는 김외곤, 조갑상, 강심호, 정호웅의 연구를 들 수 있다. 김외
곤[20]은『관부연락선』이 이데올로기 투쟁의 폐해로 공백기로 남아있던
40년대를 과감하게 소설 속에 수용하여 형상화했다는 점에서 재평가되
어야 할 작품이라고 주장했다. 학병, 해방, 좌우익 이념투쟁, 6·25전쟁,
빨치산 활동 등 한국 현대사의 중요한 사건과 구한말의 의병대장과 친일
파들의 행적에 이르기까지의 역사적 진실을 추구한 점, 지식인을 작품
의 중심인물로 설정하여 현실의 객관적 반영과 현실에 대한 비판적 평가
를 가능케 한 점, 이후에 쓰여진『지리산』,『산하』,『남로당』의 원형에
해당된다는 점, 격동기를 살아가는 지식인의 고난에 찬 삶을 묘사한
점이『관부연락선』에 대한 재평가의 근거가 된다고 보았다.

조갑상[21]은『관부연락선』의 서술방식과 시점, 구성 등을 분석하고
시공간 구조를 고찰하였다. 소설 안에서 관부연락선은 단순한 교통수
단 이상의 한일관계사가 압축된 장치로 기능한다고 보았으며, 도쿄와
진주, 시모노세키와 부산의 공간이 지닌 의미도 분석하였다. 이러한
연구는 텍스트 자체의 형식적 측면에 중점을 둔 연구로 의의를 갖는다.
강심호[22]는『관부연락선』이 학병 세대의 원죄의식을 소설을 통해 변명

---

20 김외곤,「격동기 지식인의 초상 - 이병주의『관부연락선』」,『소설과 사상』, 고려원, 1995.
21 조갑상,「이병주의『관부연락선』연구」,『현대소설연구』11, 한국현대소설학회, 1999.
22 강심호,「이병주 소설 연구 - 학병세대의 내면의식을 중심으로」,『관악어문연구』27,
    서울대학교 국어국문학과, 2002.

하려는 휴머니즘을 표방한 작품이라고 보았다. 또한 이병주가 말하는 회색의 군상이란 일본과 조선의 관계에 대해 무엇이 옳고 그른지를 확실하게 규정하지 못하는 사람들, 사고의 틀이 체제 내로 한정지어진 사람들, 일상인들을 의미하는 것이라 정의했다. 이들은 현실주의자이며 합리주의자이지만 힘을 갖지 못함으로써 허무주의를 택하고 운명을 논하는 에트랑제의 허무주의를 갖게 된다고 분석했다.

정호웅[23]은 이병주의 『관부연락선』이 인간을 역사에 종속된 것으로 인식하는 우리 문학의 지배적인 경향에 대한 근본 반성의 실천으로 중요한 의미를 갖는다고 평가하면서, 이 소설의 서사를 이끄는 원리로 이방인성과 부성을 들었다. 이방인성은 합리적 이성주의자인 소설 속 주인공이 스스로를 현실로부터 소외시켜 현실과 불화하며 살아가는 것을 말하고, 부성은 포용으로 어린 생명을 감싸 안고 전통과 과거를 부정하는 현실 속에서 미래를 모색하려는 정신이자 이데올로기 중립적인 근대 교육 제도와 지식 체계를 옹호하려는 정신이라 정의했다.

『지리산』을 중심으로 한 논의는 임헌영, 정호웅, 정찬영, 김복순, 이동재, 박중렬의 연구를 들 수 있다. 임헌영[24]은 『지리산』이 다섯 가지 유형의 인간상을 제시하고 있다고 분석했다. 첫째는 전통적인 지주계급인 하영근 같은 인간상, 둘째는 권창혁 같은 전형적인 지식인 계급의 속성 내지 소자산계급의 속성을 지닌 인간상, 셋째는 현실 속에서 절대 다수를 점하고 있는 지극히 평범한 인물들로 시류에 따라 지지와 복종

---

23 정호웅, 「해방전후 지식인의 행로와 그 의미」, 『현대소설연구』 24, 한국현대소설학회, 2004.

24 임헌영, 「현대소설과 이념문제-이병주의 『지리산』론」, 『민족의 상황과 문학사상』, 한길사, 1986.

과 찬성만 하며 살아가는 인간상, 넷째는 항일투쟁-좌경화-건준 혹은
남로당 가입-월북 혹은 지하활동-6·25 참전-확신과 신념에 의한 비
극적 종말이라는 도식에 해당하는 인간상, 다섯째는 공산주의자이면
서도 그 규칙에 적응할 수 없는 체질적 회의주의자 혹은 자유주의자적
성향의 하준규, 박태영과 같은 인간상이 그것이다. 여기서 마지막 유
형의 두 인물이 당을 떠난 공산주의 투사였다는 점은 우리 소설문학에
서 도식적으로 적용해오던 반공소설의 벽을 허물어뜨린 업적이자 역사
를 보다 근본적으로 파헤치는 계기가 되었다고 평가했다.

정호웅[25]은 이병주의 창작방법론의 핵심으로 기록과 증언, 구체적 현
실의 개념화를 들고 있다. 이병주가『지리산』이라는 대하소설을 통해
한국 근·현대사의 중심부를 개인적 체험의 차원에서 역사적 사실의 차
원으로 재현하고자 했다면서, 구체적 현실의 개념화 과정에서 추상적
관념성의 과잉을 초래하고 있는 점을 한계로 지적했다. 정찬영[26]은『지
리산』이 방대한 규모와 빨치산이라는 소재의 희귀성, 분단의 비극이
첨예화된 사건에 대한 증언적 요소를 담고 있다는 점에서 문제작이라고
평가했다. 즉,『지리산』은 한국전쟁을 전후한 좌익의 투쟁 가운데 지리
산 빨치산을 본격적으로 다룬 최초의 소설이라는 점, 당시의 사학과
사회학이 얻은 성과를 적극 수용·재구성함으로써 분단 문제에 대한 독
자들의 관심을 이끌어냈다는 점, 이후 각종 빨치산의 수기와 증언문학
이 나오게 된 동인이 되었다는 점에서 의의를 지닌다고 보았다.

김복순[27]은『지리산』을 '지식인 빨치산' 계보의 소설로 정의하며 그

25 정호웅,「『지리산』론」, 문학사와 비평연구회 편,『1970년대 문학연구』, 예하, 1994.
26 정찬영,「역사적 사실과 문학적 진실-『지리산』론」,『문창어문논집』36, 문창어문학회, 1999.

특징을 다음과 같이 설명했다. 첫째는 이데올로기의 선택 과정에서 서사적 긴장이 놓이기에 '못 배운 자=좌익', '배운 자=우익'이라는 이분법적 폭력이 없으며, 둘째는 분단 원인을 이데올로기의 대립에서 찾는 필연적 결과를 동반하고 있으며, 셋째는 영웅주의적 시각을 벗어나지 못하며, 넷째는 하준규와 같은 인물에서 지식인과 민중의 이미지가 중첩되며, 다섯째는 순이를 제외한 민중들이 익명으로 처리되는 한계를 보이며, 여섯째는 역사실록의 형태를 취한 점이 장점이자 취약점으로 드러난다고 보았다. 따라서『지리산』은 70년대 초에 냉전적 사고의 그늘을 본격적으로 환기시키면서 빨치산의 위상을 새롭게 했지만 여전히 냉전의식의 미망에서 벗어나지 못한 작품이라고 평가했다.

이동재[28]는『지리산』에 깔린 개인주의적 휴머니즘이 현실추수적이고 자기보존적이며 기회주의적인 방관자적 휴머니즘으로서, 해방 이후 '순수문학'을 주창해온 문협 정통파의 문학관과 맥락을 같이하고 있다고 보았다. 그리고 이러한 측면이 60년대 이후 반공문학의 수준에서 벗어나 남과 북, 좌와 우의 문제를 객관적으로 보기 시작한 분단문학의 성과를 퇴보시켰다는 평가를 받게 한 요인이 되었다고 지적했다. 그럼에도 불구하고 이 소설이 풍부한 자료와 수기 및 실존 인물에 대한 기억을 토대로 당대의 역사적 현실과 사실을 다각도로 조명하고, 복잡한 인간의 내면을 생생하게 재현해내고 있다는 측면에서 그 가치를 인정할 수 있다고 평가했다. 또한 이병주의『지리산』이 그 이전의 반공문학

---

27 김복순, 「지식인 빨치산' 계보와『지리산』」,『인문과학논집』22, 명지대학교사설 인문과학연구소, 2000.

28 이동재, 「분단시대의 휴머니즘과 문학론 – 이병주의『지리산』」,『현대소설연구』24, 한국현대소설학회, 2004.

과 1980년대 조정래의 『태백산맥』을 잇는 가교 역할을 하고 있다는 점에 문학사적 의의를 부여하였다.

박중렬[29]은 실록소설로서의 『지리산』의 형식적 특성에 주목하였다. 즉, 젊은 청년들의 억울하고 허망한 죽음을 민족과 시대의 관점에서 다시 조명해야 한다는 역사적 책무와 어느 편에도 서지 못하고 중립적 회색지대에 머무를 수밖에 없었던 이병주의 회한과 정직성이 실록소설이라는 글쓰기 형태로 반영되었다고 보았다.

『관부연락선』과 『지리산』에 대한 최근 논의는 곽상인, 황호덕, 김성환, 최현주, 이경, 이정석 등의 연구에서 보다 다각적 접근이 이루어졌다. 곽상인[30]은 『관부연락선』의 인물 중 유태림의 내면의식에 초점을 맞추었다. 유태림이 지주의 자식이라는 태생적 한계로 인해 중간자적 의식을 내면화한 점이 원죄의식과 굿보이 콤플렉스를 배태한 원인이라고 파악했다. 또한 유태림이 이데올로기의 양 극단을 좇지 않고 인간적인 연대의식을 지향하면서 그 중재 방식으로 대화의 언어방식을 채택하고 있다고 분석했다. 곽상인의 연구는 역사적 해석 방식에 밀려있던 작중인물의 내면세계를 논의의 중심에 놓았다는 점에서 의미를 갖는다.

황호덕[31]은 식민지 지식인으로서의 이병주의 독서편력과 글쓰기가 정치적 격동기에 대한 해석과 선택에 미친 영향 관계를 『관부연락선』을 중심으로 분석했다. 이병주는 세계를 일종의 책으로 사유하면서도

29 박중렬, 「실록소설로서의 이병주의 『지리산』론」, 『현대문학이론연구』 29, 현대문학이론학회, 2006.
30 곽상인, 「이병주의 『관부연락선』에 나타난 인물의 내면구조 고찰」, 『인문연구』 60, 영남대인문과학연구소, 2010.
31 황호덕, 「끝나지 않는 전쟁의 산하, 끝낼 수 없는 겹쳐 읽기-식민지에서 분단까지, 이병주의 독서 편력과 글쓰기」, 『사이』 10, 국제한국문학문화학회, 2011.

그 책들로는 겹쳐 읽혀지지 않는 한국현대사의 사건들을 실록대하소설과 같은 자신만의 책쓰기 방식을 통해 전달하고자 했다는 것이다. 김성환[32]은『관부연락선』이 식민지 지식인의 위치에서 조선의 역사를 해석하고 해방공간의 갈등에서 식민지 체험을 소환하고 있는데, 그 두 역사가 1960년대의 시점에서 하나의 역사로 쓰였다는 점에 주목했다. 즉 이 소설은 식민 이후에도 작동하는 식민성을 1960년대의 상황으로 해석한 글쓰기이며, 이는 식민지적 보편성의 한계를 극복하고자 한 역사쓰기의 양상으로 보아야 한다고 평가했다.

최현주[33]는『관부연락선』이 일제 식민지의 모순적 시스템과 제국주의의 폭력성을 날카롭게 제시해냈지만, 그러한 현실에 대응하는 지식인들의 허무주의적 내면세계를 형상화함으로써 실천적 탈식민의 경지에는 이르지 못했다고 지적했다. 또한 이병주가 민중들이 지향하는 정치학과 그들에게 친숙한 대중미학화의 방식을 결합시킴으로써 그만의 정치 서사를 구축해냈으며,『지리산』이라는 대하역사소설을 통하여 근대국가 형성과정에 대한 민중들의 열정과 좌절의 국가로망스를 제시해낸 것이라고 분석하였다.

이경[34]은 질병과 몸담론을 중심으로『지리산』을 분석하였다. 정신을 중시하고 몸을 도구화한 빨치산과 몸 속에 정신이 있다는 비빨치산의

---

32 김성환,「식민지를 가로지르는 1960년대 글쓰기의 한 양식 – 식민지 경험과 식민 이후의 『관부연락선』」,『한국현대문학연구』46집, 한국현대문학회, 2015.

33 최현주,「『관부연락선』의 탈식민성 연구」,『배달말』48, 배달말학회, 2011.
　　　　,「국가로망스로서의 이병주의『지리산』」,『현대문학이론연구』55, 현대문학이론학회, 2013.

34 이 경,「몸과 질병의 관점에서『지리산』읽기」,『코기토』70호, 부산대학교 인문학연구소, 2011.

궤적을 비교하면서, 『지리산』이 공산주의 이데올로기의 폭력성을 폭로
하면서도 몸을 물신화하는 반공이데올로기의 위험성을 아울러 예고하
고 있기 때문에 단순한 반공소설의 차원을 넘어선 소설이라고 평가했다.
이정석[35]은 식민지 체험세대 지식인이 서구적 합리주의를 전범으로 한
자유주의와 일본제국의 국가주의 사이에서 길항하며 자기의식을 형성
하고 있는 작품이 이병주의 소설이라고 분석했다. 특히 『지리산』은 좌우
이데올로기의 중간지대에 위치한 진보적 자유주의의 양면성을 드러내
는 작품이라고 평가했다.

「소설·알렉산드리아」를 비롯한 주요 중·단편, 그리고 여타 장편 소
설을 아우르는 논의는 김주연, 김병로, 김영화, 이재복, 한수영, 김종회,
고인환, 이호규, 이정석, 손혜숙, 추선진, 정미진, 민병욱의 연구를 들
수 있다.

김주연[36]은 이병주의 문학이 그의 소설 「변명」에 드러나는 바와 같이
인간으로서의 양심에 기초한 역사를 위한 변명을 확대한 것이라고 정의
했다. 즉, 역사와 문학은 상당히 비슷한 것이지만, 결국 비슷한 그 어떤
것으로도 끝날 수 없다는 것을 보여준다는 것이다. 김병로[37]는 「소설·알렉
산드리아」의 상호텍스트성에 주목하였다. 서울이라는 현실적 시·공간과
알렉산드리아라는 꿈의 시·공간 사이의 구조적 대화성이 각기 독립적
인격으로 활동하는 분열적 담화 주체의 자아성찰적 대화성과 독립적인

---

35 이정석, 「학병세대 작가 이병주를 통해 본 탈식민의 과제」, 『한중인문학연구』 33, 한중
인문학회, 2011.

36 김주연, 「역사와 문학 – 이병주의 「변명」이 뜻하는 것」, 『문학과 지성』 11, 문학과지성
사, 1973. 봄호.

37 김병로, 「다성적 서사담론에 나타나는 현실인식의 확장성 연구 – 이병주의 「소설·알렉
산드리아」를 중심으로」, 『한국언어문학』 36, 한국언어문학회, 1996. 5.

서사 내적 인물들의 대화성을 이끌어냈다는 것이다. 그리고 이것이 텍스트 차원의 다성적 현실인식을 구현하고 있다고 분석했다. 김영화[38]는 에세이 형식, 부인물이 주인공에 대해 이야기하는 서술 초점, 같은 이야기의 반복, 넓은 공간적 배경을 특징으로 하는 「소설·알렉산드리아」가 이병주 소설의 원형에 해당하는 작품이라고 보았다.

이재복[39]은 이병주의 중·단편 소설에 나타나는 딜레탕티즘은 단순한 유희가 아니라 역사에 대한 작가의 자의식을 반영하고 있으며 이병주 문학의 독특한 사상을 생성한 원인이 된다고 보았다. 한수영[40]은 이병주의 초기 중·단편에는 이병주 개인이 체험한 억울한 정치적 박해와 투옥을 역사에 접속시켜 보편의 문제로 확대하려는 의도가 드러나지만, 이후의 작품에서는 그것이 무뎌지고 모호해졌다고 지적했다. 김종회[41]는 이병주의 거의 모든 소설에 '감옥 콤플렉스'가 나타나고 있는 점에 주목하였다. 그리고 이병주의 소설에 등장하는 인물들은 작가의 시각을 반영하는 해설자이자 작가의 전기적 행적을 투영하고 있는 것으로 보았는데 「소설·알렉산드리아」가 그 시초가 된다고 분석했다.

고인환[42]은 「소설·알렉산드리아」가 소설 양식이라는 관념 그 자체로

---

38 김영화, 「이병주의 세계 – 소설·알렉산드리아를 중심으로」, 『인문학연구』 5, 제주대학교 인문과학연구소, 1999.

39 이재복, 「딜레탕티즘의 유희로서의 문학 – 이병주의 중·단편소설을 중심으로」, 『나림 이병주선생 13주기 추모식 및 문학 강연회 자료집』, 나림 이병주선생 기념사업회, 2004.

40 한수영, 「소설, 역사, 인간 – 이병주의 초기 중, 단편에 대하여」, 『지역문화연구』 12, 경남 부산지역문학회, 2005.

41 김종회, 「이병주의 「소설·알렉산드리아」 고찰」, 『비교한국학』 16권(2), 국제한국비교학회, 2008.

42 고인환, 「이병주 중·단편 소설에 나타난 서사적 자의식 연구」, 『국제어문』 48, 국제어문학회, 2010.

제1장 _ 서론 **33**

정치현실에 맞서는 작품이라면, 이후 발표된 「마술사」, 「쥘부채」, 「예낭
풍물지」 등은 환각이 현실에 응전하는 방식을 보여주는 작품이라고 분
석했다. 또한 「변명」과 「겨울밤」에 이르러서는 작가가 추구해온 환각의
세계가 역사에 대한 변명으로 구체화된다고 주장하면서, 이러한 서사적
자의식의 변모 양상이 『관부연락선』, 『지리산』, 『산하』, 『그해 5월』 등
반자전적 실록대하소설에 이르는 길을 제시해주고 있다고 평가했다.
이호규[43]는 「소설·알렉산드리아」, 「마술사」, 「예낭풍물지」, 「변명」 등
이병주의 초기 소설이 한국 사회에서 자유주의적 개인주의자들이 어떤
희생을 겪으며 살아왔는지를 드러낸다고 보았다. 또한 이병주의 소설이
지닌 역사성과 개인은 충돌을 일으키는 것이 아니라 내포와 외연을 이룸
으로써 한국 사회의 상황과 거대한 역사적 사건 속에서 희생당하는 개인
이 대비적으로 선명하게 부각되고 있다고 평가했다.

이정석[44]은 「소설·알렉산드리아」, 「겨울밤」의 경우 사소설의 양식을
빌려 개인적 체험을 거시 역사의 차원과 관련짓고 있는 역사적 태도를
보이는 반면, 「소설·알렉산드리아」의 일부분, 그리고 「내 마음은 돌이
아니다」, 「여사록」, 「이사벨라의 행방」, 「빈영출」, 「박사상회」 등의 작
품은 공적 역사가 점차 제거되는 탈역사적 태도를 지닌다고 분석했다.
이때 이병주 문학의 탈역사성은 당위로서의 역사를 뒤로 하고 있는 그대
로의 역사를 정당화하는 방향으로 치닫게 되면서 이병주 문학의 한계를
드러낸다고 지적했다. 추선진[45]은 이병주의 소설이 메타픽션의 소설적

---

43 이호규, 「이병주 초기 소설의 자유주의적 성격 연구」, 『현대문학의 연구』 45, 한국문학
    연구학회, 2011.
44 이정석, 「이병주 소설의 역사성과 탈역사성」, 『한국문학이론과 비평』 50, 한국문학이론
    과 비평학회, 2011.

방법론을 지니고 있음에 주목하면서, 초기작부터 유작까지 이병주 소설에 나타난 사실과 허구의 관계를 통시적으로 살펴보았다.

손혜숙[46]은 5·16을 소재로 한 「소설·알렉산드리아」, 「예낭풍물지」, 『그해 5월』에 나타난 역사 서술 전략을 밝혔다. 「소설·알렉산드리아」는 알레고리적 장치로 이국적 공간과 대리자를 설정해, 5·16 쿠데타의 부당함과 자신의 억울함을 우회적인 방식으로 드러내며, 「예낭풍물지」는 과거와 연루된 타자의 모습, 알레고리로 설정된 도시 예낭을 통해 우회의 방식으로 역사를 서술한다고 보았다. 반면 『그해 5월』은 다양한 형태의 자료를 통해 스토리의 사실성을 강조하면서 역사를 재구축하는 차별성을 지녔다고 분석했다. 정미진[47]은 다층적 서사로 구성된 『산하』에서 이종문의 서사가 이승만의 서사와 병치를 이루는 것은 개인의 문제에서 시대의 증언으로 의미를 확장하는 이병주의 시대인식을 보여준다고 파악하였다. 민병욱[48]은 이병주의 희곡 「유맹」의 자료를 발굴하고 텍스트의 발표, 수록과정과 구조를 살펴봄으로써 소설에 치우쳐 있는 이병주 문학 연구의 범위를 확장하였다.

최근 들어 이병주 문학 연구는 법, 내셔널리티, 미적 현대성, 육체, 주체, 종교, 정치성, 대중성 등 보다 다원적인 방향으로 다채롭게 전개되는 양상을 보이고 있다.

이병주 문학과 법의 관련성에 관한 논의의 출발은 안경환의 연구이

45 추선진, 「이병주 소설 연구 – 사실과 허구의 관계를 중심으로」, 경희대학교 박사학위논문, 2012.
46 손혜숙, 「이병주 소설의 역사서술 전략 연구」, 『비평문학』 52, 한국비평문학회, 2014.
47 정미진, 「이병주 『산하』의 다층적 서사의 구성과 의미」, 『국어문학』 59, 국어문학회, 2015.
48 민병욱, 「이병주의 희곡 텍스트 「流氓」 연구」, 『한국문학논총』 70, 한국문학회, 2015.

다. 안경환[49]은 「소설·알렉산드리아」가 법이 갖추어야 할 객관성을 확보할 수 있는 중립적 공간으로 '알렉산드리아'라는 공간을 설정했으며, 소설 속 재판 묘사에 관련한 이병주의 법적 지식이 법률소설가로 칭할 만큼 전문적이라고 평가했다. 이병주 문학과 법의 관련성은 이후 이경재, 추선진, 김경수, 김경민, 노현주의 연구에서도 활발하게 전개되었다. 이경재[50]는 이병주의 옥중 체험이 법에 대한 심도 있는 탐구로 이어지는 계기가 되었으며, 그것이 「예낭풍물지」, 「목격자」, 「내 마음은 돌이 아니다」, 「철학적 살인」, 「삐에로와 국화」, 「거년의 곡」 등의 작품에 반영되어 있다고 보았다.

추선진[51]은 감옥 체험 서사로 분류되는 『내일 없는 그날』, 「소설·알렉산드리아」, 「예낭풍물지」, 『그해 5월』을 소급법에 대한 비판을 담고 있는 소설로, 사형수 서사로 분류되는 「소설·알렉산드리아」, 「겨울밤」, 「내 마음은 돌이 아니다」, 「거년의 곡」, 「쓸 수 없는 비문」은 사형제도 및 사회안전법에 대한 비판을 담고 있는 소설로, 법 소재 서사로 분류되는 「철학적 살인」, 「삐에로와 국화」, 「거년의 곡」은 정의로운 법 집행에 대한 지향 의식을 담고 있는 소설로 분류했다.

김경수[52]는 이병주의 소설 작품들이 대항적 법률이야기를 통해 실제 법의 맹목을 비판하고 있다고 주장했다. 즉, 이병주는 법적 정의에 대

49 안경환, 「『소설 알렉산드리아』」, 『법과 문학 사이』, 도서출판까치, 1995.

50 이경재, 「휴머니스트가 바라본 법」, 『이병주문학학술세미나자료집』, 이병주기념사업회, 2013.

51 추선진, 「이병주 소설에 나타난 법에 대한 성찰 연구」, 『한민족문화연구』 43, 한민족문화학회, 2013.

52 김경수, 「이병주 소설의 문학법리학적 연구」, 『한국현대문학연구』 43, 한국현대문학회, 2014.

한 문제 제기를 통해 우리 시대의 삶을 규정짓는 법이라는 것이 허구의
일환임을 명확히 하면서, 그런 법적 허구를 통해 자기완결성을 끊임없
이 회의하게 만드는 것이 문학적 허구의 본질적 의미임을 일깨우고 있
다는 것이다.

　김경민[53]은 절대 권력자 혹은 특정 사상에 의한 통치를 반대하는 이
병주가 이상 사회를 실현시킬 수 있는 힘을 법에서 찾았다고 주장했다.
따라서 현실의 법 제도, 법 집행의 한계와 모순에 대한 경계와 비판을
소설을 통해 계속한 것이 이병주 소설에 나타난 법의식의 핵심이라고
보았다. 노현주[54]는 이병주의 소설에 나타난 법의식과 국가관이 60년
대 사회의 중추적 지식인 세대로 성장한 일제 말 교양주의 세대 혹은
학병세대가 가진 '국가 건설' 콤플렉스와 국가 실현을 위한 망각의 원
리를 보여준다고 파악했다.

　추선진[55]은 이병주의 유작인 『별이 차가운 밤이면』이 근대의 기획인
내셔널리즘과 학병세대가 가진 내셔널리티의 문제를 반영하고 있다고
보았다. 이 소설에서 이병주는 세계정세를 올바로 파악하고 다양한 지
식을 습득하여 자기 찾기에 도달하는 트랜스내셔널리티를 제시하였는
데, 이것은 근대적 지식인인자 교양주의자인 이병주만의 대안이자 한
계로 볼 수 있다고 파악했다.

　이광호[56]는 이병주의 소설에서 교양으로서의 정치사상과 예술가적

53　김경민, 「이병주 소설의 법의식 연구」, 『현대문학이론연구』 58, 현대문학이론학회, 2014.
54　노현주, 「Force/Justice로서의 법, '법 앞에서' 분열하는 서사」, 『한국현대문학연구』
　　43, 한국현대문학회, 2014.
55　추선진, 「이병주의 『별이 차가운 밤이면』에 나타난 전쟁 체험과 내셔널리티」, 『국제어문』
　　60, 국제어문학회, 2014.
56　이광호, 「이병주 소설에 나타난 테러리즘의 문제」, 『어문연구』 41, 한국어문교육연구회,

자의식과의 상관관계에 주목하였다. 이광호에 의하면 이병주의 소설 속에서 교양주의적 태도와 예술의 자율성은 모순된 관계 속에 존재하며, 이것은 작가의 교양주의와 자유주의가 소설의 형식 안에서 굴절되는 양상이라는 것이다. 이런 맥락에서 이병주의 소설은 미적 현대성의 문제에 있어서도 중요한 의미를 갖는다고 평가했다.

전해림[57]은 이병주의 초기 중·단편 소설에 나타난 등장인물들의 육체 묘사를 통해 이병주가 남성 육체에 대해 갖고 있었던 인식을 분석하였다. 여성 육체 묘사에 비해 관능을 배제한 채 형상화되는 이병주 소설의 남성 육체 묘사는 에로티시즘의 폭력성을 권력의 폭력성과 동일한 부정성을 내포하는 것으로 본 이병주의 인식 때문이라는 것이다.

음영철[58]은 라캉의 이론을 바탕으로 이병주 소설에 나타나는 주체의 유형을 예속적 주체, 환상적 주체, 윤리적 주체로 나누어 분석했다. 이 연구는 이병주 소설 연구에 정신분석학을 적용한 최초의 논문이라는 데에 의의가 있다. 정미진[59]은 이병주 소설의 자기반영성이 이병주가 자신의 소설 쓰기를 소설로 인지하고 역사에 대한 효과적인 재현을 위해 고민한 주체의 자기 분열 양상이라고 파악하였다. 또한 이병주가 종교라는 알레고리적 장치를 통해 문학의 핵심에 놓여야 할 것이 인간이라는 문학적 태도와 신념을 일관되게 표명하고 있음에 주목하였다.

2013.

57 전해림, 「이병주 소설에 나타난 남성 육체 인식 - 「소설 알렉산드리아」, 「마술사」, 「쥘부채」를 중심으로」, 『인문학연구』 97, 충남대학교 인문과학연구소, 2014.

58 음영철, 「이병주 소설의 주체성 연구」, 건국대학교 박사학위논문, 2011.

59 정미진, 「이병주 소설에 나타난 주체의 자기 분열 양상 연구」, 『어문연구』 86, 어문연구학회, 2015.

_____, 「이병주 소설에 나타난 종교의 의미」, 『국어문학』 58, 국어문학회, 2015.

다음으로 정치성 및 본고의 연구 주제인 이병주 소설의 대중성과 관련한 논의로는 손혜숙, 음영철, 노현주의 연구를 들 수 있다. 손혜숙[60]은 『배신의 강』, 『황금의 탑』, 『타인의 숲』의 갈등구조를 살펴보았는데, 세 작품 모두 자본주의가 조장해 놓은 물신주의가 갈등의 원인으로 작용하였고, 사회적 윤리의식이나 도덕성이 붕괴되면서 갈등의 심화 양상을 보이고 있다고 분석했다. 이러한 갈등은 악에 대한 응징으로 해소되는 양상을 보이고 있는데, 이때 이병주의 대중소설은 독자들의 흥미를 유발하면서도 권선징악적 도식에 머물지 않고 사회적 의미를 갖는 지점을 모색하는 특징을 지녔다고 평가했다. 또한 『여로의 끝』, 『운명의 덫』, 「서울은 천국」에 나타난 공간의 의미를 시대풍속과 연결하여 고찰하였다. 그 결과 농촌, 도시, 두 공간을 잇는 이동 수단이 모든 대상을 교환가치로 여기는 자본주의 사회의 병리적 징후를 드러내는 매개로 작용하고 있다고 분석하였다.

음영철[61]은 이병주의 소설이 통속성의 본질인 재미와 진정성의 영역인 삶의 비극성을 결합하여 새로운 소설미학을 제시하고 있다고 보았다. 이병주의 양가적 미학이 결합된 작품으로 『행복어사전』을 꼽았으며, 고전에서 따온 해박한 인용과 아포리즘도 대중성을 확보한 이유가 되었다고 분석했다. 정치성과 관련해서 「소설·알렉산드리아」는 쿠데

---

60 손혜숙, 「이병주 대중소설의 갈등구조 연구」, 『한민족문화연구』 26, 한민족문화학회, 2008.
_____, 「이병주 소설에 나타난 시대 풍속 -『여로의 끝』, 『운명의 덫』, 「서울은 천국」의 공간을 중심으로」, 『한국문학논총』 70, 한국문학회, 2015.
61 음영철, 「이병주 소설의 대중성 연구」, 『겨레어문학』 47, 겨레어문학회, 2011.
_____, 「이병주 중단편소설에 나타난 포함과 배제의 정치성」, 『한민족문화연구』 44, 한민족문화학회, 2013.

타로 정권을 잡은 박정희 군부의 폭력성을 감금 서사를 통해 보여주었고, 「패자의 관」은 국가 정치론의 핵심 사안이 국민에게 있지 않고 국가에 있음을 보여주었으며, 「삐에로와 국화」는 호모 사케르와 다름없는 임수명의 죽음을 통해 남한의 정치체제가 아감벤이 말한 죽음의 정치인 '생명정치'라는 점을 잘 드러냈다고 평가했다.

노현주[62]는 이병주의 소설이 뉴저널리즘 서사의 특질을 지니고 있음에 주목하면서, 망명자 의식을 정치서사화한 작품으로 중·단편을, 뉴저널리즘 서사의 정치의식을 담고 있는 작품으로『관부연락선』,『지리산』을, 대중 서사에 반영된 정치담론으로『행복어사전』,『바람과 구름과 비』를 분석하였다. 이 연구는 이병주 소설의 대중성을 보편적인 대중미학의 기준으로 분석한 것이 아니라, 정치 서사라는 특이성에서 대중성의 미학을 찾아내려 한 점에서 의미를 갖는다.

이상에서 살펴본 바와 같이 이병주 문학 연구는 초반에는『지리산』,『관부연락선』과「소설·알렉산드리아」를 비롯한 몇몇 주요 중·단편에 논의가 집중되었다. 주제의식 또한 작가의 역사인식에 초점이 맞추어진 경우가 많았다. 그러나 2005년 이병주 기념사업회 발족을 계기로 이병주 전집 발간 및 이병주의 작품세계를 재조명하는 움직임이 본격화되면서 활발한 연구 활동이 전개되었다. 그래서 최근 논의들은 이병주의 다양한 작품들로 연구의 영역이 넓어졌을 뿐만 아니라 주제의 범위 역시 다각적 관점으로 확장되었음을 알 수 있다. 그러나 여전히 대중성과 관련한 논의는 부족한 것으로 보인다. 이병주 문학의 중요한 두 가지 특징을 역사성과 대중성으로 꼽을 수 있기에, 역사성 논의와 비례하여

---

62 노현주, 「이병주 소설의 정치의식과 대중성 연구」, 경희대학교 박사학위논문, 2012.

대중성 논의가 활발히 진행될 때 이병주 문학의 올바른 가치평가가 가능
할 것이다. 따라서 본고에서는 선행연구 결과를 참고하면서 이병주 소
설의 대중성을 좀 더 다양한 시각으로 접근해 보고자 한다.

3. 연구 방법 및 범위

문학의 대중성은 매우 복합적으로 얽혀 있다. 따라서 단일한 기준만
을 적용한 연구는 대중성의 복합적 양상을 담아내기가 어렵다. 애쉴리
(B. Ashley)는 "대중소설 연구는 사소하다는 이유로 널리 푸대접 받아온
대상에 대한 진지한 검토를 하는 작업인데, 사람들은 그러한 연구가
어떤 면에서 '쉽다'고 생각하는 경향이 있다."[63]며 대중소설 연구가 결코
쉽지 않은 작업임을 언급하고 있다. 존 스토리(J. Storey) 역시 대중문학
을 "어떤 맥락에서 규정을 하느냐에 따라 여러 가지 모순들로 가득 채워
질 수 있는 빈 그릇"[64]에 비유하며, 대중문학 연구가 어떠한 이론을 준거
로 삼느냐에 따라 얼마든지 긍정적 혹은 부정적 측면의 다양한 해석이
가능할 수 있음을 시사하고 있다. 김창식도 "많은 사람들이 이미 읽었거
나 들어서 익히 알고 있는 것이기에, 텍스트의 이해라는 차원에서는
비교적 단순한 것일 수 있지만, 콘텍스트 차원에서는 그만큼 복잡"[65]하
다며, 대중문학 연구의 어려움을 지적하고 있다.

---

63 B. Ashley, *The Study of Popular Fiction: A Source Book*, London: Pinter Publisher,
    1989, p.1.(안낙일, 「한국 현대 대중소설 연구: 1970년대 이후 소설을 중심으로」, 한림대
    학교 박사학위논문, 2003, 12쪽 재인용.)

64 J. Storey, 『대중문화와 문화연구』, 박만준 역, 경문사, 2002, 2쪽.

65 김창식, 「대중문학과 독자」, 『한국문학논총』 25, 한국문학회, 1999, 40쪽.

이병주 소설의 대중성을 살펴보는 것 역시, 앞에서도 언급했듯이 그의 소설이 워낙 다양한 서사적 특징을 지니고 있기 때문에, 단순하지가 않다. 이병주의 소설은 대중소설의 일반적인 성격을 지니고 있기도 하지만, 이병주만의 독특한 서사전략을 활용하여 대중의 호응을 얻기도 했다. 따라서 이병주 소설의 대중성은 대중소설의 일반적 서사관습의 측면과 이병주만의 개성 있는 서사전략의 측면을 아울러 살펴보아야 한다. 또한 그것이 독자 수용의 입장에서 어떠한 의미 생산의 과정을 거쳐 대중성을 획득하였는지에 대한 고찰 역시 중요하다.

이병주의 소설이 대중소설의 서사관습을 따르고 있는 가장 큰 이유는 그의 소설 다수가 대중지나 신문의 연재소설로 발표되었다는 사실에 기인한다. 신문에 연재된 이병주의 중·장편 소설만 헤아려 봐도 17편에 이르는 사실이 이를 증명해 준다.[66] 대중지나 신문에 발표되는 연재소설은 판매부수라는 상업성을 고려해야 하기 때문에 불특정 다수의 독자에게 호응을 얻을 수 있는 대중소설의 서사관습을 활용할 수밖에 없었다.

대중소설의 서사관습은 통속성이나 도식성으로 통용되는 일정한 공식을 지향한다. 공식은 독자의 흥미를 유발하고 안정된 수요를 창출하기 위해 작품 내적으로 수용한 일정한 플롯과 갈등구조, 정형화된 주인공, 과잉 정서 등의 문학적 관습(convention)을 의미한다. 움베르트 에코(U. Eco)는 공식과 같은 관습적 인물형과 상황을 '토포스(topos)'라 정의하였는데, 대중소설에서 토포스를 활용한 형상화는 구체적인 상황 묘사나 참신한 인물 묘사 대신 독자가 알고 있는 관습적인 상상력의

---

66 정범준, 『작가의 탄생』, 실크캐슬, 2009, 350~352쪽 참조.

틀에 기대는 것이다.[67] 대중소설에서 이러한 방식은 형식이나 기법적 실험 대신 스토리에 치중함으로써 오히려 대중소설만의 독자적인 세계관을 형성하게 된다.[68]

카웰티는 공식을 크게 두 가지로 구분했다. 특정한 사물이나 사람을 취급하는 방식으로서 특정한 시대나 문화에 한정되어 사용하는 공식을 언어적 공식성으로, 보편적인 이야기 원형으로 구체화할 수 있는 보다 큰 구성의 형태에 관련된 것으로서 여러 시대에 걸쳐 다양한 문화 속에서 존재해 온 공식을 구성적 공식성으로 구분했다. 따라서 변화 가능한 언어적 공식성은 대중소설의 한계로 지적되는 상투성을 탈피하여 독자들에게 즐거움을 주고, 불변하는 구성적 공식성은 친숙하고 예상 가능하여 독자들에게 심리적 안정감을 준다.[69]

그런데 이병주의 소설 중에는 이러한 대중소설의 서사관습을 따르고 있지 않은데도 대중의 호응을 얻은 작품들이 존재한다. 근현대 정치사를 다루고 있는 『지리산』이 그 대표적 예인데, 통속성을 제거하고 철저히 기록에 의존한 건조한 문체로 구성되어 있는데도 대중성을 확보하였다. 한때 신문사의 주필이었던 이병주의 직업적 경험을 반증하듯 실록에 기반한 객관적 자료들을 그대로 인용하거나, 이병주 자신이기도 한 서술자의 목소리를 거침없이 드러내는 서사전략은 이병주 소설이 갖는 독특한 개성이기도 하다.[70] 이병주의 독자층을 근현대 정치사에 관심이

---

67 U. Eco, 『대중의 영웅』, 조형준 옮김, 새물결, 1994.

68 고광률, 「한국 대중소설의 사회적 가치관 수용 연구」, 대전대학교 박사학위논문, 2009.

69 J. G. Cawelti, *Adventure, Mystery, and Romance: Formula Stories as Art and Popular Culture*, Chicago and London: The University of Chicago Press, 1976, pp.5~8.(최미진, 『한국 대중소설의 틈새와 심층』, 푸른사상, 2006, 52쪽 재인용.)

70 특히 『그해 5월』과 같은 작품은 소설인지 역사 기록서인지 모호할 정도의 기록적 문체로

많은 남성 지식인으로 한정하면 통속성이 거세된 기록문학이 대중성을
확보할 수 있었던 이유가 쉽게 설명이 된다. 그러나 『지리산』의 경우
드라마로 제작될 정도로 일반 대중에게도 높은 호응을 얻었다는 사실에
있어서는 설명이 미흡해지는데, 이것은 독자 수용의 측면에서 당대 대
중의 보편적 정서를 함께 고찰해야만 가능해진다.

"문학작품은 독자와 만나 비로소 문학적 사건이 된다."는 야우스(H.
R. Jauss)의 수용미학적 관점에서 볼 때 모든 문학 텍스트는 독자에 의해
읽혀지는 것을 목적으로 한다. 따라서 어떤 텍스트가 많은 독자들에게
수용되어 대중성을 확보하는가의 문제는 대중소설 연구의 핵심이라고
할 수 있다. 독자의 텍스트 수용을 용이하게 하는 텍스트 내부의 구조는
무엇인지, 텍스트와 독자 사이의 소통은 어떤 정서의 공감이나 공유로
이루어지는지를 살펴야 한다. 야우스에 의하면 독자와 텍스트 사이의
역동적인 소통은 독자가 텍스트를 읽어나가는 그 과정에서부터 시작되
는 것이 아니라, 작가가 텍스트를 창작할 때부터 이미 예상된 것으로서
독자가 텍스트를 읽어나가는 과정에서 비로소 완결되는 것이다.[71]

본고에서는 이병주 소설에 나타난 대중성의 양상을 고찰하기 위하
여 독자 수용의 측면에서 '향유', '공감', '정서구조'의 세 가지 키워드를
설정하였다. 이때 향유는 통속성이 강화된 역사 서사에, 공감은 통속
성이 거세된 근현대 정치사를 다룬 비극적 현실 서사에, 정서구조는
사회 비판이 강화된 세태 서사에 각각 적용하고자 한다. 물론 이 세
가지 키워드가 각 작품에 각각 하나씩 도식적으로 적용되는 것은 아니

서술되어 있다.

71 H. R. Jauss, 『도전으로서의 문학사』, 장영태 옮김, 문학과지성사, 1983, 319쪽.

다. 복잡성을 띠는 대중성의 특징으로 인해 독자 수용의 양상을 규정짓
는 이 세 가지 키워드는 각 작품에 복합적으로 혼재되어 나타난다고
보는 것이 더 정확하다. 그러나 분명한 것은 각각의 서사적 특징에 따
라 좀 더 두드러진 양상을 보이는 키워드가 존재하며, 본고에서는 그것
을 각 작품의 핵심 키워드로 설정하여 연구 대상 텍스트의 분석틀로
활용할 것이다.

　분석틀로 활용할 핵심 키워드의 개념을 살펴보면 다음과 같다. 먼저
'향유(享有)'는 롤랑 바르트(R. Barthes)[72]의 개념을 원용한 것이다. 바르
뜨는 텍스트의 수용과정에서 독자들이 느끼는 즐거움을 'pleasure'라
정의했다. 'pleasure'는 '즐거움, 재미, 쾌락, 향락, 향유' 등 각 상황에
맞추어 여러 가지 용어로 번역되어 사용된다. 이 중 '재미'는 놀이적
성격을 강조하는 측면이 있고, '쾌락, 향락'은 육체적이고 성적인 측면을
강조하는 뉘앙스가 있다.[73] 통속성이 강화된 역사 서사에서 독자들은
이러한 모든 것을 포괄하는 대중적 즐거움을 수용한다. 따라서 본고에
서는 이병주의 작품 중에서 통속성이 강화된 역사 서사에 나타난 대중소
설의 서사관습에서 기대되는 독자들의 즐거움을 보다 포괄적 의미의
'향유'라 정의하였다. 본고에서 정의하는 향유란 단순히 즐거움을 느끼
는 수동적 감정뿐만 아니라 즐김이라는 능동적 행위와 그것을 통해 얻을
수 있는 효용의 측면까지 포괄하는 것이다.

　'공감(共感, empathy)'의 개념은 여러 학자들의 이론을 종합하여 원용
하였다. 독일의 철학자 립스(T. Lipps)는 예술 작품의 감상에서 발생하는

72　R. Barthes, 『텍스트의 즐거움』, 김희영 옮김, 동문선, 2002.
73　강만석, 「의미, 재미, 권력의 문제를 통해 본 신수용자론 연구 - 존 피스크의 능동적
　　 TV 수용자론에 대한 비판을 중심으로」, 성균관대학교 박사학위논문, 1993.

심미적 체험을 설명하는 이론으로 공감론을 정립하였는데, 그는 공감을 정서적 현상으로 파악하여 공감의 최종 결과를 '공유된 느낌(shared feeling)'이라고 정의했다. 미드(Mead)는 '이해할 수 있는 능력'이라는 인지적인 요소를 공감의 지배적 특성으로 파악하였다. 미드는 공감하는 사람이 잠정적으로 타인의 역할을 취하거나 또는 다른 사람의 입장에 처해 보는 '사회적 공감'을 중요하게 생각하였다. '치료적 기술'로서의 공감에 주목한 로저스(Rogers)는 공감의 조건이 합일이나 융합이 아니라 자기와 타인을 변별하는 데 있다고 주장했다.[74] 막스 셸러(Max Scheler)는 공감을 자신과 타인 모두의 주관적 경험이 관여하는 독특한 심리 상태로 보았다.[75]

'공감'은 '감정이입'과 혼재되어 사용되지만, 위에서 살펴본 학자들의 개념 정의에 의하면 변별되는 지점이 있다. 감정이입은 독자가 서사 주체를 일체로 받아들이는 것인데, 이 과정에서 독자의 긴장이 완화되고 잠재적 고립감과 불안감이 해소되는 긍정적 기능이 있지만, 자아 정체성의 혼란이라는 위험요소를 갖는다. 이에 반해 공감은 대상과 분리되는 과정이 필요하며 대상의 감정을 대리적으로 느끼는 것이다. 또한 감정이입은 육체적이며 본능적인 반면, 공감은 정신적이며 지적인 가치 판단을 전제로 한다.[76] 공감의 과정에서 독자의 삶의 경험이나 배경 지식은 공감의 깊이에 많은 영향을 끼친다. 즉, 텍스트를 읽은 독자에게 텍스트에 드러난 대상의 내적 현실이나 외적 현실에 대한 유사 경험이 있을 경우 더 쉽게 공감하게 된다. 이병주의 소설 중에서 통속

---

74 박성희, 『공감학』, 학지사, 2004.
75 W. Ickers, 『마음 읽기 공감과 이해의 심리학』, 권석만 옮김, 푸른숲, 2003.
76 한국문학평론가협회 편, 『문학비평용어사전』, 국학자료원, 2006.

성이 거세된 근현대 정치사를 다룬 서사 속 등장인물을 둘러싼 역사적 비극은 독자들에게도 공유된 역사적 트라우마에 해당된다. 따라서 독자들은 더 쉽게 자신의 경험을 떠올리며, 등장인물의 고통에 연민의 감정을 공유하게 된다. 성장 서사 역시 등장인물의 성장에 따라 독자도 함께 성장을 경험하기 때문에 공감에 용이한 서사구조라 할 수 있다. 또한 주제의 측면에서 보편적 가치를 추구하는 것도 불특정 다수의 독자들에게 통용되는 공감의 요소가 된다.

'정서구조(情緒構造)'는 윌리엄스(R. Williams)에 의해 제시된 개념으로 한 세대나 한 시대에서 형성되는 의식을 중심으로 한 사회적 체험이자 사고화된 느낌을 말한다. 이때 형성되는 의식은 형식적인 제도나 신념 체계에 의해 고정되거나 명시화된 것이 아니라, 개인들이 이미 형성된 의식과 불균형 및 균열을 이루는 실제 삶에서 느끼는 현재적인 의식이다. 특히 대중소설에는 한 세대나 한 시대의 다수 대중들에게 통용되는 이러한 의식이 용해되어 있는 정서구조가 담겨 있다.[77] 따라서 당대의 문화나 문학이 이러한 정서구조를 정확하게 읽어낼 때 대중성을 확보할 수 있다. 한 시대의 세태를 반영하는 세태 서사는 특히 대중들의 정서구조를 파악하기가 용이한데, 이병주의 세태 서사는 양가적이고 모순적인 대중들의 가치관이 뒤섞여서 혼란스러운 1970대 한국의 시대 상황을 고스란히 보여준다.

따라서 이병주 문학이 갖는 대중성을 올바르게 검토하기 위해서는

---

77 R. Williams, *Keywords: A Vocabulary of Culture and Society*, Fontana Paperbacks: Great Britan, 1976, pp.160~169, (이정옥, 『1930년대 한국대중소설의 이해』, 국학자료원, 2000, 90쪽 재인용; R. Williams, 『이념과 문학』, 이일환 옮김, 문학과지성사, 1993, 166쪽 참조.)

텍스트가 창작된 당대 사회 현실을 아울러 살펴보아야 한다. 대중문화
와 관련한 한국 사회의 변화는 1968년을 전후로 급격하게 이루어졌다.
1960년대 후반부터 경제 발전으로 인한 생활수준 향상과 이로 인한 문
화적 욕구의 상승과 교육 수준의 상승이 대중문화에 대한 수요를 불러
일으키게 된 배경이 되었다. 대중 주간지들이 거의 이 무렵 창간되었으
며, 상업 방송사가 전국망을 형성했다. 1970년대에 들어서면서는 이들
대중적 미디어로부터 만들어지는 대중문화의 내용이 전국적으로 확산
수용되었다.[78] 이 시기 한국 사회의 출판문화도 성장과 변화를 거듭했
다. 출판사와 서점이 증가했으며, 대중화를 위한 문고판 도서들이 양
산되었다. 1970년대 이후 급격히 팽창한 독서 인구로 인해 몇몇 작가
는 대중적 스타가 되었으며, 베스트셀러라는 말이 보편화되었다. 따라
서 1970년대는 대중소설이 그 가치지향을 분명하게 드러내 보인 시기
라[79] 할 수 있다.

　본고에서는 이상에서 살펴본 연구방법론을 복합적으로 적용하여 이
병주의 대하소설에 나타난 대중성을 살펴보고자 한다. 1970~80년대는
대하소설이라는 장르가 폭발적인 인기를 누렸다. 대하소설은 장편소설
보다는 분량이 방대한 소설 형식[80]을 말하는데, 이병주의 『지리산』을

78　추광영, 「1960~70년대의 한국의 사회변동과 매스미디어」, 성균관대학교 사회과학연구
　　소 편, 『한국 사회의 변동』, 성균관대학교 출판부, 1986, 257~280쪽.
79　정덕준, 앞의 책, 42쪽.
80　대하소설의 개념 정의는 아직 뚜렷하게 정립되어 있지 않다. 가장 일반적인 기준은 양적
　　인 기준으로 장편소설보다 분량이 방대한 소설 형식을 말한다. 그러나 이 또한 장편소설
　　의 분량 기준이 명확하지 않기 때문에 원고지 몇 매 이상이 대하소설이라는 정의는 내리
　　기 어렵다. 프랑스의 소설가이자 평론가인 앙드레 모루아(Andre Morua)가 '로망 플뢰브
　　(roman fleuve)'란 용어를 사용한 것이 대하소설 용어의 기원인데, 여기에는 큰 강물의
　　흐름처럼 유장한 시간이 소설의 중요한 배경으로 설정돼 있다.(한국문학평론가협회, 『문

비롯하여, 황석영의『장길산』, 김주영의『객주』, 박경리의『토지』, 조정
래의『태백산맥』등은 대체적으로 10권에서 20권 안팎의 긴 분량으로
출간되어 인기를 누린 이 시기의 대표적 대하소설들이다. 일반적으로
단편 소설은 작가의 미학적 기교에 더 치중하는 경향이 있기 때문에,
서사성을 중시하는 장편소설이 대중성을 고찰하기 위해서는 더 적합한
양식이라고 할 수 있다. 따라서 작품 연재 시기부터 단행본 출간 이후까
지 비교적 높은 대중적 호응을 얻었던 이병주의 대하소설 중 각기 뚜렷
한 서사적 변별점을 지닌『바람과 구름과 비』1~10권(기린원, 1992),『지
리산』1~7권(한길사, 2006),『행복어사전』1~5권(한길사, 2006)의 세 작품
을 연구 대상 텍스트로 선정하였다.

　연구의 편의를 위하여 연구대상 텍스트를 서사적 특징에 따라 통속
적 역사 서사, 비극적 현실 서사, 세태 반영 서사의 세 가지로 분류할

학비평용어사전』, 국학자료원, 2006, 참조.)
　그러나 한승옥은 "하룻밤 정도를 새워야 읽을 수 있고, 다양한 효과와 복합적인 인상을
주어야 하고, 이를 위해선 주제도 복수여야 하며, 복합적인 성격이어야 하고, 사건도 복
잡다기해야 하며, 구성도 다층적이어야 하며, 전개가 압축적이기보다는 확장적이어야 하
고, 대범하고 도도한 흐름을 지녀야 하는 것"을 장편소설의 특질로 보았다.(한승옥,「장편
소설의 특질」,『현대소설론』, 한국현대소설연구회, 평민사, 1994, 참조.)
　이는 대하소설의 특징에도 해당되는 것이어서 장편소설과 대하소설의 뚜렷한 변별점이
보이지 않는다. 일부에서는 길이가 긴 역사 소설이나 가족사 소설을 대하소설이라 지칭하
기도 한다. 그러나 이에 대해서도 대하소설의 하위 유형으로 역사 소설과 가족사 소설을
분류해야 한다는 반론도 존재한다.(송성욱,「대하소설의 최근 연구 동향과 쟁점」,『고소
설연구』9, 한국고소설학회, 2000, 22쪽.)
　그러나 대하소설의 명칭이 양적인 기준에 의해서 분류한 소설의 하위 개념(이동재,「대
하소설의 창작 방법론」,『어문논집』66, 민족어문학회, 2012, 420쪽.)이라는 점에서는
대체적으로 합의가 되어 있기에, 본고에서는 이러한 개념 정의에 따라 이병주의『바람과
구름과 비』(10권),『지리산』(7권),『행복어사전』(5권)을 양적인 기준에서 일반적인 장편
소설과 구분하기 위하여 대하소설이라는 명칭을 사용하고자 한다.

것이다. 이병주의 작품에서 역사 서사가 차지하는 비중은 매우 크다. 이병주는 전혀 상반된 두 가지 유형의 역사 서사를 창작하였다.『바람과 구름과 비』와 같이 신문 연재 역사소설로서의 통속적 기대에 부응하는 역사 서사와,『지리산』처럼 역사적 사실의 기록에 보다 더 치중한 사실적 역사 서사가 그것이다. 그러나『지리산』은 근현대사를 다루고 있다는 점에서 일반적인 의미의 역사소설[81]로 묶기에는 논란의 여지가 있기에, 본고에서는 비극적 현실 서사로 분류하였다. 역사 서사와 함께 당대의 현실 문제를 다룬 작품도 많이 창작하였는데, 특히 당대의 세태를 묘사한『행복어사전』과 같은 세태 서사는 당대 대중의 정서구조를 파악할 수 있는 중요한 텍스트이다.

개별 작품의 논의에 앞서, 2장에서는 본론의 작품 분석에 관련되는 이론적 배경을 고찰할 것이다. 먼저 대중성의 개념 및 대중소설의 원리를 살펴볼 것이다. 대중성의 개념은 매우 다의적이며 뚜렷하게 정의내리기 어렵기 때문에 여러 가지 관점을 함께 검토하여 가급적 명징한 개념 정의에 도움이 되고자 한다. 이와 함께 대중소설의 개념 및 특성과 서사전략 등, 대중소설의 원리를 종합적으로 고찰할 것이다. 또한 한국문학에 나타난 대중성 논의를 통시적으로 고찰해 봄으로써, 이병주 문학의 대중성이 한국 문학의 대중성 논의와 어떠한 연결고리를 가지고 계보적으로 이어져 있는지를 살펴볼 것이다.

3장에서는 통속적 역사 서사의 특징을 지니고 있는『바람과 구름과 비』에 나타난 대중적 '향유'의 요소를 살펴보고자 한다. 역사소설은 신

---

81 통상적으로 역사소설에서 다루는 과거는 40~60년을 상정한다.(손혜숙,『이병주 소설과 역사횡단하기』, 지식과교양, 2012, 31쪽.)

문사의 상업적 전략과 함께 발달해왔다. 따라서 역사소설에 대한 대중의 기대지평을 만족시키기 위한 서사전략이 기획 단계부터 적용되었다. 여기에 추가하여 이병주는 역사성을 전달하고자 하는 작가의 기대지평을 드러내며 독특한 서사전략을 구사한다. 이 소설의 영웅 캐릭터는 대중소설의 공식에 해당하는 토포스(topos)적 인물 형상화를 통해 구체화된다. 역사소설에서 공식의 활용은 독자들로 하여금 익숙하고 편안한 느낌을 줌으로써 대중성을 확보한다. 영웅들의 무협, 의적 모티프, 에로티즘도 현실 세계의 어려움을 잊고자 하는 대중들의 기대지평을 반영한 서사관습이라 할 수 있다. 또한 서사관습의 틀 안에서 인물에 개성을 부여하거나 서스펜스를 활용하는 등의 공식의 변주를 통해 소설적 재미를 끌어내고 있음을 고찰할 것이다. 이 소설에는 역사적 사실에 대한 기록과 비평이라는 사관적 서술전략과 함께 문화·예술에 대한 지적 향유의 요소도 많이 나타난다. 이러한 서술전략을 통해 드러나는 계몽성은 미학적 견지에서는 소설적 완성도를 저해하는 요소가 되지만, 교양의 향유라는 측면에서는 대중들의 기대지평을 반영하고 있음을 고찰할 것이다.

4장에서는 비극적 현실 서사인 『지리산』에 나타난 '공감'의 요소에 대해 고찰할 것이다. 공감은 정신적이고 지적인 가치판단을 전제로 한다는 점에서 감정이입과는 변별된다. 『지리산』은 전쟁이나 분단과 같은 한민족의 역사적 트라우마를 담고 있는 텍스트이기에 공감의 측면에서 대중성을 살펴보기에 적합하다. 이 소설은 작가의 자기서사가 작품서사로 독자에게 수용되는 텍스트이다. 그 과정에서 공감의 원리가 작동하며 공유된 역사적 트라우마에 대한 독자의 문학적 치유를 이끌어내고 있음을 살펴볼 것이다. 또한 이 텍스트의 성장 서사적 구조는 독자의 공감이 쉽게 이루어지게 하는 특징을 지니고 있음을 고찰할 것이다. 아울러 통과의례적 성장의 각 단계에서 느끼는 비장미의 미적체험 역시 공감을 통해 대중성을 확보하는 요소임을 밝힐 것이다. 또한 이 소설이 강조하는 자유, 인간존중, 생명존중과 같은 인간의 보편적 가치들이 질서와 안정의 세계로 도피하고자 하는 대중의 욕구와 맞물려서 공감의 요소가 되고 대중성을 확보하고 있음을 고찰할 것이다.

5장에서는 세태 반영 서사인 『행복어사전』에 나타난 대중의 '정서구조'를 살펴볼 것이다. 정서구조란 한 시기의 문화를 형성하는 사고화된 느낌을 말하기 때문에 당대의 문화나 문학이 대중의 정서구조를 정확하게 읽어낸다면, 대중성을 확보할 수 있는 요소가 되기 때문이다. 이를 확인하기 위해 이 소설에 등장하는 세태를 현실 인식, 연애, 문화 혼종의 세 측면으로 나누어 각각에 드러난 정서구조가 당대 대중의 정서구조를 정확하게 읽어내고 있음을 고찰할 것이다. 70년대 한국 사회는 정치, 사회, 문화를 비롯한 전 영역에서 혼란스러운 과도기의 양상을 보이는 시기였다. 따라서 세태에 대한 대중의 가치관 역시 모순되고 양가적인 정서구조의 특징을 지니고 있었는데, 이 소설이 그러한 측면을 어떻게 읽어내고 대중성을 확보하였는지를 고찰할 것이다.

마지막 6장 결론에서는 본고의 관점과 내용을 요약하고 이병주 소설의 대중성이 갖는 문학사적 의의를 언급하고자 한다. 이병주 소설의 대중성은 미학적 견지에서 부정적 평가의 원인이 되었다. 그러나 텍스트를 수용하는 대중의 입장에서는 익숙함과 편안함이라는 공식과 함께 이병주만의 독특한 서사전략이라는 공식의 변주를 통해 소설에 대한 관심을 유지시키는 요소가 되었다. 또한 이병주 소설의 대중성은 통속성이라는 특징만으로는 설명이 되지 않는 다양성을 포함한다. 이병주의 소설이 가진 대중적 공감의 요소와 함께 대중의 정서구조를 정확히 읽어내는 텍스트의 서사전략도 대중성의 요소가 될 수 있음을 언급할 것이다. 이러한 이병주 소설의 대중성은 점차 고급과 통속의 경계가 사라지고 있는 현 시대의 문학적 경향에서 계보적으로 선구자적 위치를 점유한다는 관점에서 문학사적 의의를 부여하고자 한다.

제2장

대중성 논의의 전개 양상

1. 대중소설의 이론적 검토

대중성(popularity)의 개념을 한마디로 정의내리기는 매우 어렵다. 대중(mass)의 어원은 독일어 'masse'로부터 유래되었는데, 이는 귀족을 제외한 교육받지 못한 계층을 의미했다. 산업 혁명 시기에는 '밀집하게 되는 사람들'을 지칭하였으며, 때로는 '어중이떠중이' 혹은 '오합지졸'의 의미와 혼용되었다. 즉 이 시기 대중의 개념은 산업화와 도시화를 거쳐 새롭게 형성되기 시작한 하층 계급의 근로자들을 일컫는 부정적 속성을 함의하였다.[82] 이후 '다수', '민중' 등의 의미와 혼용되어 쓰였는데, 최근에는 네그리(A. Negri)에 의해 '다중'이라는 새로운 개념도 정립되었다. 네그리는 공동체의 문제에 있어서는 연대를 지향하지만, 아울러 개개인의 독립성을 존중하는 현대 대중의 독특한 특징을 '다중'이라 정의하였다.

---

[82] 안낙일, 「한국 현대 대중소설 연구: 1970년대 이후 소설을 중심으로」, 한림대학교 박사 학위논문, 2003, 35~36쪽.

대중성(popularity)이란 말은 어원적으로 '인구(population)'라는 어의에서 파생된 것으로서 '글을 읽을 수 있는 인구'를 의미하며, 높은 교육을 받은 엘리트에 대립되는 개념으로 사용되었다. 초기의 대중성의 개념에는 대중의 개념이 갖는 부정적 속성이 포함되어 저급의 의미를 나타냈다.

허버트 갠즈(Herbert J. Gans)는 문화를 고급과 저급으로 나누는 태도를 비판하였다. 갠즈에 따르면 대중문화와 고급문화의 차이는 창작자의 취향을 지향하느냐 또는 대중 수용자의 가치와 기대를 만족시키느냐의 차이를 드러낼 뿐이라는 것이다.[83] 갠즈의 견해처럼 고급과 저급의 경계선이 점차 무화되면서 최근의 대중성은 가치중립적 성격을 띠고 있는 것이 일반적이다.

문학에 있어서의 대중성이란 독자들에게 수용되는 인기와 관련이 있기 때문에, 독자와 작가 사이의 소통을 전제로 한다. 일반적으로 대중소설은 독자들의 흥미와 취향을 반영하여 창작되기 때문에 대중성 확보에 유리하다고 할 수 있다. 그리고 대중소설이 반영하는 독자의 취향은 시대적·사회적 상황에 따라 시시각각 변화하기 때문에 대중성의 개념 역시 고정적이지 않고 유동적이 된다.

결과적으로 대중성의 개념은 단선적인 입장과 태도에 의해 규정될 수 없으며, '무엇의 대중성인가', '어느 시기의 대중성인가'에 따라 얼마든지 가변적으로 정의되는 것을 알 수 있다.[84]

대중소설(popular novel)의 사전적 정의는 "대중에게 읽히기 위해 흥미

---

83 H. J. Gans, 『고급문화와 대중문화』, 이은호 옮김, 현대미학사, 1996, 37~97쪽.
84 김석봉, 『신소설의 대중성 연구』, 역락, 2005, 44쪽.

위주로 쓴 소설"이지만, 대중소설에 대한 개념 역시 아직도 명확하게 정의되어 있지 않다. 대중소설의 발생은 영국의 산업혁명과 관련이 있다. 대량화·기계화로 상징되는 산업화는 대중들에게 경제적이고 시간적인 여유를 가져다주었다. 이러한 상황에서 자본가들은 대중들의 여가를 소비할 수 있는 상품을 만들어내는데, 소설도 그 한 가지가 되었다.[85]

대중소설의 개념은 나라별로 다르다. 프랑스의 경우 신문소설과 일반 독자들의 사랑을 받았던 작품들을 대중소설이라 부른다. 마르땡(Y. O. Martin)이 정의하는 대중소설은 독자들이 소설 속에서 그들의 동일성을 찾고, 그것을 읽어가면서 서민을 재창조하고 서민의 새로운 사고를 만들어내는 장르를 말한다.[86] 독일에서는 통속소설, 반(反)문학, 행상소설, 외설문학, 음담소설, 오락소설과 동일한 개념으로 대중소설을 정의한다. 찜머만(B. Zimmermann)은 대중소설의 표준을 시장성과 베스트셀러로서의 지표로 삼는다.[87] 미국의 경우 탐정소설, 서부소설, 연애소설 등으로 대중소설을 정의한다.[88] 우리나라의 경우는 통속소설과 대중소설이 엄격하게 구분되지 않고 혼용되고 있다. 강옥희는 통속소설과 대중소설이 명백한 차이를 가지고 있기 때문에 두 용어를 분리해서 사용해야 한다고 주장한다. 대중소설이 광범위한 계층의 독자들에게 읽히는 소설이라는 의미에서 대상에 대한 초점과 가치론적인 측면에 비중을 두고 있다면, 통속소설은 '상투성, 오락성, 현실순응적인 인

---

85 강현두 편, 『현대사회와 대중문화』, 나남, 1998, 40~48쪽.

86 Y. O. Martin, 「프랑스 대중소설사(1840~1980) 서설」, 『대중문학이란 무엇인가?』, 대중문학연구회 편, 평민사, 1995, 153~175쪽.

87 B. Zimmermann, 「대중소설과 대중학문적 문학」, 위의 책, 75~87쪽.

88 J. Hall, 『문학사회학』, 최상규 옮김, 혜진서관, 1987, 148~180쪽.

습성'등 대중소설의 부정적 면모를 드러내는 작품의 내용적 측면의 가 치평가가 전제된 개념이라는 것이다.[89]

대중소설에 대한 부정적 평가는 대중이나 대중성의 초기 개념이 함의 하는 저급의 이미지에서 기인한다. H. 링크(H. Link)는 고급문학, 오락문 학, 통속문학으로 문학의 범주를 나누면서, 대중소설을 오락소설의 범 주에 포함시켰다. 링크에 의하면 오락소설은 기존의 질서를 강화시키려 는 욕구와 도피하려는 욕구 사이의 긴장 내지 모순을 반영하는 것으로 정의된다.[90] M. 칼리니스쿠(M. Calinescu) 역시 대중소설을 일상의 단조 로움에서 벗어나기 위한 오락적 욕구를 충족시키려는 미적 부적절성을 기본 개념으로 하는 양식으로 정의한다. 칼리니스쿠는 대중소설이 키치 와 동일한 속성을 지닌 것으로 파악하였다.[91] 키치란 대중에 영합하기 위한 목적에서 생산된 졸속하고 저열한 예술 작품을 가리키는 것으로 대중소설의 부정적 속성만을 드러내는 개념이라 할 수 있다.[92]

레슬리 휘들러(L. Fiedler)는 소설이 발생 배경부터 대중 지향적 특성 을 지니고 있음을 주장하였다. 그는 출판이라는 대량 생산의 체제 아래 생산된 근대화 과정에서의 소설은 본질적으로 상업적 속성을 띄고 있다 고 보았다. 태생적으로 다른 이런 소설을 해석하는 과정에서 유럽 중심

---

89 강옥희, 『한국근대대중소설연구』, 깊은샘, 2000, 29쪽.

90 H. Link, *Rezeptionsforschung*, Kohlhammer, 1976, pp.65~66.(조남현, 『소설원론』, 고려원, 1982, 315~317쪽 재인용.)

91 M. Calinescu, 『모더니티의 다섯 얼굴』, 이영욱 외 옮김, 시각과언어, 1993, 283쪽.

92 하우저는 칼리니스쿠와는 달리 이 두 가지 개념을 구분하여 정의한다. 대중예술이 일상적 이고 범속한 형식인 반면, 키치는 쾌락주의적 욕망에 부합하면서도 무조건 예술로 간주되 기를 요구하는 속성이 있다는 것이다.(A. Hauser, 『예술의 사회학』, 최성만·이병진 옮김, 한길사, 1990, 248~249쪽.)

의 비평가들이 지나치게 엘리트주의와 교조주의의 편협한 잣대를 들이
대고 있다는 것이다. 또한 대중혁명(pop revolution)이라고 말할 수 있을
정도로 엄청나게 쏟아지는 대중소설에 대해 독자들은 더 이상 정전(正典)
의 개념으로서의 자세를 취하지 않는다. 그러므로 대중소설에 대한 평
가는 미학과 윤리학 중심에서 쾌락학(ecstatics) 중심의 비평으로 방향을
바꿔야 하며, '정전 열어 놓기(opening the canon)'를 통해 기존의 정전
개념에 대한 새로운 시각을 정립해야 한다고 주장한다.[93]

제리 팔머(J. Palmer) 역시 대중소설이 이미 시도되고 시험을 거친
공식에 따라 재생산되는 문학이라고 정의했다. 따라서 대중소설은 수
용자인 대중의 기호에 민감하게 반응하며 누구나 쉽게 접근할 수 있는
미적 체험에 바탕을 두고 있다고 파악했다. 그는 대중소설의 이러한
공식이 대중성을 확보의 요인임을 설명하며, 대중소설 연구에 있어서
독자와의 영향관계를 중요시해야 한다고 주장하였다.[94]

대중소설의 긍정적 개념 정의에 가장 큰 영향력을 끼친 이론가는 카
웰티라고 할 수 있다. 카웰티는 대중문학과 그를 둘러싼 문화의 역동적
관계에 대한 네 가지 가설을 제시하였다. 즉, 대중문학은 기존 사회의
질서와 윤리에 대한 지배적 동의를 확인하거나, 사회구성원들의 이해관
계의 상충이나 개인의 가치관의 혼돈에서 비롯되는 긴장이나 갈등에
해결책을 제공하며, 일상의 삶에서 금지된 영역을 답사할 수 있는 가상

---

93 L. Fiedler, *What was Literature?*, New York: Simon & Schuster Inc., 1982.(이정
옥, 『1930년대 한국 대중소설의 이해』, 국학자료원, 2000, 77쪽 재인용.)

94 J. Palmer, *Potboilers: Methods, concepts and case studies in popular fiction*,
London & New York: Routledge, 1991, pp.3~7.(김석봉, 『신소설의 대중성 연구』,
역락, 2005, 44쪽 재인용.)

의 세계를 제공하거나, 사물을 보는 전통적 시각과 혁신적 시각 사이의
마찰을 원활하게 하여 문화적 안정을 추구한다는 것이다.[95]

카웰티는 대중소설이 미학적으로 폄하되는 이유가 대중소설이 지닌
도식성, 오락성, 현실도피의 세 가지 속성 때문이라고 파악했다. 그러나
카웰티는 대중소설의 이런 속성이 예술적 가능성과 양립할 수 있음을
주장하며, 대중소설의 미학적 가치를 증명하고자 했다.[96]

도식성과 관련하여 카웰티는 대중소설이 미학성을 확보하려면, 독
자들이 만족감과 안도감을 느끼는 도식성의 틀을 유지하면서도 그 전
개에 있어 자기 나름대로의 개성과 스타일에 있어서 변화의 묘미를 살
려야 한다고 주장한다. 이런 맥락에서 그는 대중소설의 두 가지 평가
기준을 제시한다. 대중문학의 도식적인 인물 묘사에 개인적인 체취를
어떻게 부여하고 있는가와 도식성의 틀을 깨뜨리지 않으면서 이야기
전개의 지평을 어떻게 확대시키고 있는가가 그것이다.

이와 관련하여 카웰티는 진부한 서부극 속의 인물을 살아있는 인물
로 형상화하는 데 성공한다면, 그 인물은 시공을 초월한 원형으로서의
보편적 의미를 획득하게 된다고 설명한다. 구체적인 예로 셜록 홈즈라
는 인물의 형상화를 들고 있는데, 셜록 홈즈는 빈틈없이 날카롭고 초인
적인 이성으로 무장된 인물이라는 도식성을 지니고 있지만, 다른 한편
으로는 몽상적이고 낭만적이며, 아편을 피우고, 바이올린을 켜는 모습
을 통해 셜록 홈즈라는 인물의 원형을 획득하였다는 것이다.

---

95   J. G. Cawelti, 앞의 책, 106~107쪽.

96   대중소설의 도식성, 오락성, 현실도피의 속성이 어떻게 예술적 가능성과 양립하는가에
     대한 이후의 설명은 모두 카웰티의 관점을 요약 제시한 것이다.(J. G. Cawelti, 위의
     책, 84~93쪽.)

카웰티는 인물 묘사의 도식성에 내포된 예술적 가능성이 이야기 전개의 도식성에도 적용된다고 주장한다. 관습과 충돌함으로써 새로움을 창조하는 고급문학의 독창성과는 달리, 도식성의 틀 안에서 새로움을 추구해야 한다는 것이다. 예를 들어 추리소설의 작가라면, '새로운 유형의 소설'을 창조하기보다는 '새로운 유형의 추리소설'을 창조하는 것이 이러한 경우에 해당한다고 할 수 있다.

현실도피나 오락의 속성과 관련하여 카웰티는 삶의 총체적 방식으로서의 도피주의는 비난받아 마땅하지만, 상상력이 동원된 가상의 세계를 구축하고 그 속에 일시적으로 침잠하는 인간의 능력은 그 나름의 가치가 있다고 주장한다. 그는 인간의 내면에는 두 가지의 도피 욕구가 잠재되어 있어서 이 욕구들의 역동적 작용이, 인간의 정서를 흔들어놓거나 안정시키는 대중소설의 특정 체험 영역을 형성하고 있다고 설명한다.

카웰티가 말하는 두 가지 도피 욕구의 첫 번째는 현대 서구사회에서 느끼는 삶의 권태와 무의미함에서 흥미 있고 강렬한 체험의 세계로 도피하려는 욕구이며, 두 번째는 일상에서 끊임없이 우리를 위협하는 불확실, 초조, 죽음, 실연, 전쟁, 좌절감, 박탈감, 압박감 등에서 질서와 안정의 세계로 도피하려는 욕구이다.

이러한 욕구를 실제의 일상생활에서 해결하려면 갈등이 발생하게 된다. 질서와 안정을 추구하면 권태로움을 느끼게 되고, 변화와 모험을 선택하게 되면 불안정과 위험이 내재하게 된다. 그러나 대중소설이라는 가상의 세계에서는 도식성이 제공해주는 안정감을 기반으로 별 다른 저항 없이 불확실하고 흥분에 가득한 세계를 체험할 수 있다. 이것을 얼마나 효과적으로 형상화하는가에 대중소설의 미학적 가치가 드러난다고 할 수 있다. 따라서 대중소설 작가들은 서스펜스, 감정이입, 설득력 있는 가상 세계의 창조라는 세 가지 문학적 기교를 중요시한다.

서스펜스는 등장인물의 불확실한 운명을 걱정하면서 일시적으로 우리 내부에 야기되는 긴장감을 말하는데, 대표적인 예가 연속극이나 연재소설의 각 회의 마지막 장면이다. 고급문학의 불확실함은 해결이 보장되지 않기 때문에 서스펜스로 전이되지 않는 반면, 대중문학의 서스펜스는 결국 해결될 것이라는 강렬한 믿음에서 발생하게 된다.

소설 속 등장인물에 대한 감정이입은 대중소설의 가상세계가 일상세계와 다른 모습이면서도 설득력이 있을 때 예술적 가능성을 보이게 된다. 도식적인 등장인물이나 현실적이지 않은 상황, 진부한 주제도 가상세계의 설득력 있는 묘사를 통해 자연스럽게 느껴진다면, 독자는 등장인물에의 감정이입을 쉽게 이룰 수 있게 된다.

카웰티에 따르면, 대중소설의 현실도피성은 게임이나 놀이와 유사한 속성을 갖는다. 도식성이라는 틀 안에서 서스펜스와 카타르시스를 구축해나가는 일련의 과정이 마치 룰을 따르면서도 변화무쌍한 운동 경기의 과정과 비슷하기 때문이다. 또한 일상생활 속에서 해결할 수 없는 갈등으로부터 일시적 도피를 제공해줌으로써 독자의 자아를 고양시키는 점에서도 놀이와 대중소설의 속성이 비슷하다고 볼 수 있다는 것이다.

카웰티의 견해를 요약하자면, 도식성의 틀 안에서 등장인물이나 이야기 전개에 있어서 변화의 묘미를 살리고, 서스펜스와 감정이입, 설득력 있는 가상세계를 창조할 수 있다면, 도식성과 현실도피, 오락성에 관한 대중소설의 부정적 함의를 뛰어넘는 예술적 성취를 가능하게 할 수 있다는 것이다.

대중소설과 관련한 직접적 논의는 아니지만, 대중소설을 포함한 대중문화 전반에 대한 피스크(J. Fiske)의 이론도 대중소설의 긍정적 해석에 유의미하다. 대중소설이 독자의 입장에서 재해석되기 위해서는 독자의 능동적 행위가 무엇보다 중요하다. 피스크의 대중적 문화(the popular culture)는 문화의 창조적인 전유를 통해서 사회적인 압력에 저항하는 적극적인 독자의 능력에 주목하는 이론이다. 다시 말해 대중적 문화란 대중들이 대중문화를 소비하는 과정에서 이를 통해 새로운 의미를 생산해내는 것, 즉 그것의 저항적이거나 도피적인 사용 또는 독해를 위한 기회를 제공하는 것을 말한다.[97]

대중문화가 지닌 대중적 즐거움(the popular pleasure)은 대중문화에 대한 비판적 평가의 가장 큰 요인이다. 피스크는 대중적 즐거움을 도피와 의미생산의 두 요소로 양분했다. 먼저 도피적인 요소는 신체에 집중되는 것인데, 바흐친과 롤랑 바르트는 육체적 쾌락에 대해 긍정적으로, 칸트나 쇼펜하우어는 그릇되고 열등한 것으로 보았다.[98] 바르트는 텍스트 수용 과정에서 독자가 느끼는 즐거움을 플레지르(plaisir)와 주이상스(jouissance)로 구분했다. 플래지르가 안락한 느낌의 행복감으로 수용자를 만족시키는 사회·문화적 즐거움이라면, 주이상스는 독자들의 문화 심리적 기반을 흔들어 놓을 만큼 강력하고 황홀한 자기 상실의 경지를 유발하는 육체적 즐거움이다.[99] 특히 황홀함(bliss), 엑스터시 또는 오르가즘 등으로 다양하게 번역되는 주이상스는 자아와 주관성이 통제와

---

97 피스크는 대중적 문화(the popular culture)와 대중문화(the mass culture)의 차이를 다음과 같이 구분한다. 대중문화는 산업적으로 생산, 유통된 문화 상품이 수동적이고 소외된 대중(mass)을 위해, 차이를 지워버리고 통합된 문화를 생산하는 방식을, 대중에게 부과할 수 있다고 믿는 사람들이, 차용한 용어라는 것이다.(신혜경, 「피스크의 문화적 대중주의에 대한 제고」, 『美學』 32, 한국미학회, 2002, 289~300쪽.)

98 신혜경, 위의 논문, 301쪽.

99 R. Barthes, 『텍스트의 즐거움』, 김희영 옮김, 동문선, 2002.

제어로부터 벗어나는 것이다. 또한 자아가 이데올로기적 생산과 재생산
의 자리라고 한다면, 자아의 상실은 이데올로기로부터의 도피가 된다.
또한 의미로부터의 도피이기도 한데, 의미는 항시 주체 내에서 사회적
힘을 사회적으로 생산하거나 재생산하는 것이기 때문이다.[100]

피스크는 주이상스가 특정한 맥락에 좌우되는 것일 뿐, 텍스트 전체
의 특징을 말하는 것은 아니라고 주장한다. 텍스트와 독자가 그들의
분리된 정체성을 잃어버리고 의미나 규율에 도전하는 새롭고 순간적으
로 생산된 신체가 될 때, 그러한 독해의 순간에 수용자의 신체에서 일어
나는 즐거움이라는 것이다. 대중문화 속에서 젊은이들이 "시끄러워서
몸으로만 경험되는 록큰롤, 머리돌리기(head banging), 디스코의 번쩍이
는 불빛, 약물" 등의 과도한 신체적 쾌락을 추구하는 것은 사회적인 규율
에 대한 저항의 의미를 생산하는데, 이것이 주이상스의 의미라는 것이
다. 그리고 이러한 대중적 즐거움은 사회 체계를 변화시킬 정도의 것은
아니지만, 권력 집단의 규범적 지배 체제에 대립되는 대중들만의 경험
의 의미와 삶의 영역을 보존하는 것으로서의 가치를 갖는다는 것이다.[101]

피스크는 대중적인 즐거움이 생산적인 즐거움으로 넘어가려면 대중
적인 판별과정이 필요한데, 이것은 고급한 텍스트의 가치를 평가하기
위하여 어떠한 학파나 대학에 의해 생산되는 비판적이거나 미학적인
판별 행위와는 다르다고 주장한다. 대중적 판별과정에는 적절성, 기호
학적 생산성, 소비 양식의 유연성이라는 세 가지 기준이 작용한다. 피
스크는 이 중에서 특히 적절성의 기준이 대중적 판별과 미학적 판별의

---

100 신혜경, 앞의 논문, 302쪽.
101 신혜경, 위의 논문, 303쪽.

변별점이라고 주장한다. 미학은 텍스트적인 구조에 가치를 집중시킴
으로써, 텍스트와 일상생활이 상호 관련되는 사회적인 적절성을 무시
한다는 것이다. 따라서 대중적 식별이란 텍스트의 특질이라는 견지에
서 텍스트 내에서만 작동하는 것이 아니라, 텍스트와 일상생활 사이의
적절성이라는 지점의 식별과 선택이라는 것이다.[102] 대중적 판별과정
에 대한 피스크의 논의는 대중소설을 고급 텍스트의 미학적 가치 판단
의 기준으로 분석하는 것에 대한 위험성을 시사해준다는 점에서, 대중
소설 연구방법론의 한 방향성을 제시해준다고 할 수 있다.

한편, 대중소설에 대한 긍정적 평가는 야우스(H. R. Jauss)의 수용미
학이론에 힘입은 바 크다. 야우스는 "문학 작품의 역사적 생명은 독자
의 참여 없이는 생각할 수 없다. 왜냐하면 수용자의 매개에 의해서 비
로소 작품은 변화를 거듭하는 연속성의 경험지평으로 들어가게"[103]된
다면서 문학 작품에 있어서 독자의 역할을 강조하였다. 야우스가 독자
를 강조하면서 대중소설은 비로소 비평가의 입장이 아니라 독자의 입
장에서 재해석되기 시작했다.

야우스가 말하는 수용자의 개념은 일반적인 독자뿐만 아니라 문학
연구가, 작가는 물론 연출자, 관객 등 어떤 형식이든지 문학작품에 관
여하는 모든 수취인을 말한다. 따라서 야우스에 이르러 독자의 개념도
변화되고 문학작품을 수용하는 행위도 광범위하게 확장되었다.[104]

야우스는 '기대지평'이란 용어로 문학 텍스트의 수용과정을 설명한다.

---

102 신혜경, 위의 논문, 304~305쪽.
103 김천혜, 「수용미학의 흥성과 쇠퇴에 대한 고찰」, 『독일어문학』 8, 한국독일어문학회,
   1998, 234쪽.
104 차봉희 편, 『수용미학』, 문학과지성사, 1985, 28쪽.

기대지평은 수용자의 작품 수용과정에서 수용자의 이해를 구성하는 모든 요소를 포함한다. 이때 '이해'에는 독자가 가지고 있는 본능적이고 선험적, 전통적인 교육 또는 의식·무의식적으로 습득된 수많은 요소들이 관여한다. 또한 개인적 의식뿐만 아니라 집단의식도 이해에 작용한다.[105] 그런데 이때 해명되지 않는 점은 독자에게 미친 작품의 영향이 기록적인 증거물로 파악할 수 있느냐의 문제이다. 야우스는 그 해답을 인간의 이해를 이루는 '경험'으로 파악한다. 그러나 이 경험의 요소에도 주관적인 이해와 '심리적인 반응'이 선행적으로 작용한다. 문학 텍스트의 수용과정에서 일어나는 심리적 작용은 주체가 처한 상황·주위 환경·사회구조 교육 등에 영향을 받는다. 이러한 사실을 고려해 볼 때 수용자의 작품 이해 과정을 분석한다는 것은 매우 복잡하지만, 수용자의 기대지평을 이루는 제반 여건 및 요소들을 밝히는 것을 첫 과제로 삼는다.[106]

야우스가 문학사에 있어 독자의 역할을 강조했다면 볼프강 이저(W. Iser)는 독자의 역할이 생겨나게 되는 구체적인 독서 행위에 관심을 갖는다. 그는 텍스트와 작품을 명확히 구별하는데, 텍스트는 작가에 의해 창조된 것으로 작품(구체화된 텍스트)은 독자가 독서 행위를 통해 재구성되어 탄생시킨 것으로 본다. 이저에 의하면 독자는 텍스트 속에 쓰여있지는 않지만 암시되어 있는 간격 또는 불확정성을 자신의 상상력을 통해 채우고 창조해 나간다.[107] 텍스트의 틈을 상상력으로 채우는 독자의 독서 행위는 대중소설의 수용에 있어 독자 개개인에 따라 다양한 해석이 가능함을 설명해준다.

---

105 차봉희, 위의 책, 32쪽.
106 차봉희, 위의 책, 33~34쪽.
107 이승호, 「독자반응 비평에 관한 연구」, 경성대학교 석사학위논문, 1995, 14~26쪽.

수용미학은 독자 개념의 모호성과 더불어 텍스트 의미 생산의 주체를 작가와 독자 중에 어느 쪽에 더 경중을 둘 것인가에 대한 통일된 이론이 정립되지 않음으로써 많은 한계를 가지고 있는 이론이다. 따라서 대중소설의 연구방법론으로 수용미학만을 도식적으로 적용하는 것은 논리적 모순에 빠질 수 있는 위험성을 내포한다고 할 수 있다. 그러나 텍스트 수용과정에서의 독자의 기대지평이나 정서구조와 같은 주요 개념들의 부분적 활용은 대중소설에 대한 객관적인 해석과 정당한 평가를 위해 많은 도움이 된다고 할 수 있다.

2. 한국 근현대 대중소설론의 통시적 고찰

1900년대 계몽적 지식인들은 소설의 대중성을 대중에게 다가갈 수 있는 유용한 도구라고 인식하였다. 그들에게 소설은 풍속을 교화하고 국민성을 함양해야 한다는 자신들의 이념을 대중에게 전달할 수 있는 수단이 되었다.[108] 하지만 신문지법(1907) 및 출판법(1909)으로 인해 계몽적 성향의 역사·전기소설 및 애국·계몽 담론을 담은 소설들이 출판 금지를 당하자 대중들은 『추월색』(1912)과 같이 자극적인 서사를 담은 작품들에 눈을 돌리기 시작했다. 이러한 상황 앞에서 소설을 계속 쓰고자 하는 계몽적 지식인들은 대중의 흥미를 적극적으로 수용하는 태도의 변화를 가지게 되었다. 1910년대 애국·계몽 담론을 바탕으로 신소설을 창작한 이해조의 경우가 대표적 예인데, 그는 처음에 대중들이

---

108 이선영, 「1910년대의 한국문학비평론1」, 『현상과 인식』 5~4, 한국인문사회과학회, 1981.

즐겨 읽는 『춘향전』이나 『심청전』과 같은 소설은 현실을 기록하지 않고 재미만을 추구하기 때문에 좋은 소설이 아니라고 보았다. 하지만 1912년 『매일신보』에 게재한 「탄금대-후언」에서 기록자로서의 소설가의 임무를 포기하고 허구적으로 구성된 소설의 재미를 추구하고자 하는 의지를 보임으로써 소설의 대중성을 수용하고자 하는 태도 변화를 보이고 있다.[109]

1910년대 중반 이후 근대적 문학을 경험한 신지식층은 문학의 개념에 대한 근본적 논의를 새롭게 정립하려 하였다. 이광수의 「문학의 가치」[110], 「문학이란 하오」[111], 최두선의 「문학의 의의에 관하야」[112], 안확의 「조선의 문학」[113]에서 나타나는 1910년대의 문학론은 개인의 미적 감각, 개별적 감정을 중시하는 것이었다. 이들은 흥미 본위의 고소설이나 번역·번안 소설이 유행하던 당대의 문학 현실을 부정하고, 대중 독자를 배제한 '창작자 중심의 순수한 예술'로서의 문학을 지향했다.[114]

이 시기 통속소설이 소설 전체를 대변하지 않고 소설의 한 하위 양식 개념으로 사용되기 시작한 것은 김동인의 「소설에 대한 조선사람의 사상을……」[115] 글에서 확인된다. 김동인은 이 글에서 "참 문학적 소설"과 대비되는 "비저(卑)한 통속소설"이라 하여 리얼리즘 소설과 대비되

---

109 이주라, 「1910~1920년대 대중문학론의 전개와 대중소설의 형성」, 고려대학교 박사학위논문, 2010, 33~34쪽.
110 이광수_「文學의 價値」, 『대한흥학보』 11, 1910. 3.
111 이광수, 「문학이란 하(何)오」, 『매일신보』, 1916. 11. 10 ~ 11. 23.
112 최두선, 「文學의 意義에 關하야」, 『학지광』 3, 1914. 12.
113 안확, 「조선의 문학」, 『학지광』 6, 1915. 7.
114 이주라, 앞의 논문, 36~40쪽.
115 김동인, 「소설에 대한 조선사람의 사상을……」, 『학지광』 18, 1919.

는 개념으로 통속소설의 개념을 사용하였다. 김동인은 이광수의 소설
을 통속소설로 비판하였는데, 여기에는 독자를 감동시키거나 교화를
목적으로 하는 계몽적 성격의 소설도 포함되는 것이었다. 리얼리즘 소
설만을 가치 있는 소설로 여기도 김동인은 이후 경제적 이유로 신문에
대중소설을 연재하게 되는데 이런 자신을 '훼절'이라고 표현했을 정도
로 대중소설에 부정적 인식을 가지고 있었다.[116]

1920년대에도 대중은 여전히 지식인에 의해 교화되어야 할 계층으
로 인식되었기 때문에 이들의 취향에 맞춘 소설은 여전히 저급한 것으
로 분류되었다. 염상섭은 「소설과 민중」[117]에서 당시의 소설 경향을 세
갈래로 구분하였다. 통속소설 즉 대중문예, 무산파 작가들의 투쟁선전
작품, 부르주아적인 고급문학이 그것이다. 그는 또한 고급문학은 예술
성과 윤리성을 갖춘 반면, 통속소설은 교훈이나 예술을 무시하고 오직
흥미만을 추구하는 저급한 문학으로 보는 관점을 드러냈다.

김기진 역시 대중을 교화의 대상으로 보았지만, 그들을 교화하기 위
한 목적문학의 형태로 통속소설에 긍정적 의미를 부여했다. 김기진은
「통속소설소고」[118]에서 통속소설의 내용적 특징을 보통인의 견문과 지
식, 보통인의 감정, 보통인의 사상, 보통인의 문장 취미로 규정했다.
아울러 그는 기존의 통속소설이 지닌 감상적, 배금주의적, 인도주의적,
종교적, 영웅주의적 감정과 사상을 마르크스주의적 사상과 프롤레타리
아 의식으로 대치시킨 '새로운 통속소설'을 만들자고 주장하였다.

이후 그는 「대중소설론」[119]에서 기존의 통속소설과 구별되는 대중소

---

116 김강호, 『한국 근대 대중소설의 미학적 연구』, 푸른사상, 2008, 22~23쪽.
117 염상섭, 「小說과 民衆」, 『동아일보』, 1928. 6. 2.
118 김기진, 「문예시대관 단편-통속소설 소고」, 『조선일보』, 1928. 11. 9 ~ 11. 11, 11. 20.

설의 용어를 사용한다. 그는 대중소설을 "單純히 大衆의 享樂的 要求를 一時的으로 滿足시키기 爲한 것이 決코 아니요. 그들의 享樂的 要求에 應하면서도 그들을 모든 痲醉劑로부터 救出하고 그들로 하여금 世界史의 現段階에 主人公의 任務를 다하도록 끌어올리고 結晶케하는 作用을 하는 小說"이라고 정의한다. 여기서 그가 말하는 대중이란 노동자, 농민으로 국한되는데, 이들이 쉽게 프롤레타리아 사상을 접할 수 있게 하고 아울러 일제의 검열도 통과하자는 주장이었다. 그가 이 글의 연재를 마치면서 고친 「맑스주의적 통속소설의 구도」라는 제목은, 결국 통속소설에 사회주의 사상을 섞은 유형의 소설을 대중소설이라는 용어로 부르고자 했음을 반증해준다.

그러나 김기진이 「대중소설론」에서 언급한 연애소설에 관한 작법을 살펴보면, 목적문학이 아닌 대중소설 그 자체로서의 통속성에 대해서는 여전히 부정적으로 인식하고 있었음을 알 수 있다. 그는 연애소설을 쓸 때 "정사 장면의 빈번한 묘사는 피할 것이고 될 수 있는 대로 그 연애 관계는 배경이 되든지, 혹은 중심 골자가 되든지 하고서, 다른 사건을 보다 더 많이 만들어야 한다."고 하면서, 연애의 연속인 서사는 "소설 작법상 졸렬한 기교"이며 "여드름 바가지 문학청년과 소녀나 좋아"하는 것이며, "비열한 향락 취미"을 양산한다고 주장하였다.

1920년대에는 대중소설의 한 유형으로 인기를 끌었던 탐정소설과 관련한 논의도 대두되었다. 이 시기의 탐정소설은 번역·번안 소설이 주를 이루었는데, 당시에 동아일보에 탐정소설을 연재했던 김동성은 독자의 지적 수준에 맞추기 위해 외국의 탐정물을 선택하였다고 회고[120]

---

119 김기진, 「대중소설론」, 『동아일보』, 1929. 4. 14 ~ 4. 20.

하였다. 이종명은 「탐정문예 소고」[121]에서 "순문예소설에서 심리적 방면
을 취하고 통속소설에서 사건적 방면을 종합한 것으로 순문예소설과
같은 심오한 사상은 없지만 상식적인 사람들이 쉽게 즐길 수 있는 작품"
을 탐정소설이라 정의했다. 또한 그는 탐정소설이 현실 사회에서 소재
를 취하며 엄밀한 과학적 추리를 통해 사건을 해결하는데 그 방법이
심리적이고 논리적이기 때문에 설득력이 있다고 주장하였다.

1930년대는 방인근, 김말봉, 박계주, 김남천, 한설야, 박태원, 이태
준 등 통속소설 작가는 물론 본격소설 작가까지 합류하여 대중소설의
호황기를 누렸다. 일제 말기 신문 잡지에 대한 사상통제와 카프의 해산
으로 좌표를 잃어버린 문학인들의 전향이 그 한 원인이 되었다. 일제의
검열과 맞물려 급속하게 상업성을 띄게 된 신문사들이 신문의 구독 부
수를 올리기 위한 수단으로 소설을 이용함으로써 대중의 취미에 부합
하는 대중추수적 신문소설의 증가를 부추겼다. 당시 문인들 대다수가
겪고 있던 생활고도 한 원인이 되었다. 김남천은 「작금의 신문소설」[122]
에서 생활고를 해결하기 위해 「흑풍」, 「운명」 등의 신문소설을 쓰던 시
인 한용운을 통렬히 비판했다. "청렴하고 지조 높은 것으로 일세의 사
표(師表)"인 한용운이 "문학을 모욕하고 예술을 유린하여 기성의 인망
을 팔"고 있다는 것이다. 그러나 정작 김남천 자신도 30년대 후반 통속
소설 창작의 길로 들어서게 되고 말았다.

이처럼 1930년대 신문연재소설의 폭발적 증가는 1930년대 대중소
설론의 논의를 신문소설에 대한 관심으로 이끌었다. 통속생이라는 익

---

120 김동성, 「번역회고」, 『삼천리』 6~9, 1934. 9.
121 이종명, 「탐정문예 소고」, 『중외일보』, 1928. 6. 5 ~ 6. 9.
122 김남천, 「작금의 신문소설 – 통속소설론을 위한 감상」, 『비판』 52, 1938. 12.

명으로 기고된 「신문소설강좌」[123]는 소설을 신문소설과 보통소설로 구
분했다. 신문소설은 대중소설, 보통소설은 순수소설을 지칭한 것으로
보인다. 그는 신문소설의 특성이 독자 중심에 있기 때문에, 엽기적인
스토리로 독자의 흥미를 끄는 것이 가장 중요하다고 강조하였다. 또한
독자의 흥미를 끌기 위해서는 장면 배치에 있어서 신문소설만의 특수
한 기교가 필요하다고 보았다. 특히 그는 '일회분 정량'이라는 속성을
신문소설만의 특징으로 강조하면서, 이 속성에 맞는 네 가지 조건을
제시하였다. 일회분이 소설 전체에 일관된 한 부분이 되어야 하고, 전
날 이야기의 계속이어야 하며, 다음날 이야기의 복선이어야 하고, 일
회분만으로 재미가 있어야 한다는 것이 그것이었다.

　　이무영은 「신문소설에 대한 관견」[124]에서 신문소설이 예술로서의 정
당한 평가를 받지 못하는 이유는, 그 시대의 생생한 현실을 포착해 내
는 절대의 탐구를 거부하는 데에 있다고 보았다. 또한 조선 사회는 신
문소설을 써야만 작가적 지휘를 획득하고, 문학에 대한 몰이해가 사회
전반에 만연해 있으며, 잡지나 신문의 편집자가 작가보다 높은 지위에
있는 상황으로 인해, 제대로 된 작가와 작품이 탄생할 수 없다고 개탄
하였다. 따라서 작가들은 작가적 양심을 갖고 신문소설에서 완전히 손
을 떼거나, 생활고로 인해 어쩔 수 없이 신문소설을 써야 할 상황이라
하더라도 예술성을 살려 대중들을 고급 문학의 이해자로 만들어야 한
다고 주장하였다. 이무영의 이 글은 여전히 리얼리즘 소설만을 문학으
로 규정하고 신문소설에 대해서는 부정적 인식을 갖고 있었던 당시 문

---

123 통속생, 「신문소설강좌」, 『조선일보』, 1933. 9. 6 ~ 9. 13.
124 이무영, 「신문소설에 대한 관견」, 『신동아』, 1934. 5.

단의 분위기를 반증해준다고 할 수 있다.

이원조는 「신문소설 분화론」[125]에서 독자에게 사실적 경탄을 일으키는 소설을 좋은 소설이라 정의하였는데, 당시의 우리 문단의 경향이 예술성만을 추구하는 단편소설에만 치중하기 때문에 좋은 신문소설이 등장하지 않는다고 비판했다. 따라서 신문소설은 단편소설적 요소를 가급적 배제하고 철저하게 대중의 흥미본위로 쓰여져야만 독자의 인기를 끌 수 있다고 주장했다. 또한 그는 한 회의 짤막한 단편이 이백 여 회 모여 한 편의 신문소설이 되는 것처럼, 한 제목 밑에 이십 여 편의 단편을 모아서 한 개의 장편소설을 만드는 방식을 새로운 소설 양식의 실험으로 제안하였다.

윤백남은 「대중소설에 대한 사견」[126]에서 소설의 갈래를 순문예소설, 대중소설, 통속소설의 세 유형으로 나누었다. 그는 먼저 순문예소설은 성격을 주로 묘사한 소설이고, 대중소설은 사건을 주로 다루고 있는 소설로 그 차이점을 구별했다. 또한 그는 신문소설을 대중소설의 유형에 포함시키면서 대중소설은 독자, 묘사 방식과 관점, 사건의 취급 수법이 다른 것일 뿐 그 가치에 있어 순문예소설과 우열을 나누는 것은 불합리하다고 주장했다. 그런데 통속소설은 저급한 취미와 상식적인 성격, 기인한 이야기를 다루는 소설로서 대중소설보다 저급한 것으로 분류했다. 김기진이 그러했듯 윤백남 역시 통속소설과 대중소설의 성격을 구별하여 대중소설을 통속소설의 우위에 있는 것으로 본 것이다.

김남천은 「작금의 신문소설」[127]에서 신문연재 장편소설을 "순수소

125 이원조, 「신문소설 분화론」, 『조광』, 1938. 2.
126 윤백남, 「대중소설에 대한 사견」, 『삼천리』, 1936. 2.
127 김남천, 「작금의 신문소설 – 통속소설론을 위한 감상」, 『비판』 52, 1938.

설, 순수와 통속의 얼치기, 현대통속소설, 탐정소설, 영화소설, 야담소
설" 등으로 나누었는데, 이중 순수소설을 볼 수 없다고 한탄하였다. 당
시 유행작가로 김말봉이나 한용운이 꼽히는 현상에 대해서 신문소설의
심사자들이 지나치게 독자의 인기를 의식하고 있음을 비판하였다. 신
문이 희생적인 문화, 비판, 계몽기관으로서의 역할을 못하고 기업화,
상업주의로 흐르면서 소설가를 유행가수와 같은 마당에서 경주를 시키
고 있다고 작금의 현실을 개탄하였다. 김남천은 신문소설의 특징을 일
상성과 시사성으로 보고 있는데, 진정한 의미의 일상성과 시사성은 대
중의 생활 속에서 비판력과 정서를 증축해 놓고 진정한 향락을 누리게
하는 것이라고 정의했다. 그러나 당시 신문소설의 시사적 흥미나 일상
성은 저급한 독자의 취미나 기호에 맞추어 우연적, 엽기적, 색정적이
라고 비판하였다.

상업적으로 흐르는 신문소설에 대한 문단의 비판은 통속소설에 대
한 논의로 집중되었다. 김남천은 「장편소설계」[128]에서 1938년의 장편
소설을 총체적으로 결산하면서 대부분의 작품이 통속소설에 경도되고
있음을 고찰하였다. 여기서 김남천이 말하는 통속소설의 특징은 흥미
본위, 우연과 감상성의 남용, 구성의 기상천외, 묘사의 불성실, 인물설
정의 유형화의 특징을 갖는다. 김남천은 그러한 현상이 장편소설이 갖
고 있는 모순이나 분열, 파괴에 대하여 고민하거나 극복하려고 노력하
지 않고 출판기관의 상업주의에 영합하여 안이한 해결방법으로 나아갔
다고 비판했다.

임화는 「통속소설론」[129]에서 예술소설의 통속소설화가 소설이 가진

---

128 김남천, 「장편소설계」, 『조선문예년감』, 인문사, 1939.

픽션적 성격 때문이라고 분석하였다. 소설의 픽션적 성격은 작가나 환경을 작품 현실 속에 간접적으로 투영하여 성격과 환경의 의식적 분리공작(分離工作)이나 자연적인 분열현상을 낳는다는 것이다. 그 대표적 소설가로 최독견과 김말봉을 비교하였는데, 최독견의 통속소설은 신문학의 쇠퇴현상을 보여주는 것인 반면, 김말봉은 자신만의 독특한 방법으로 현대소설의 모순인 성격과 환경의 불일치를 통일한 유니크한 작가로 평가하였다. 즉, 김말봉은 조선서 전례를 보지 못한 순통속소설, 상업문학의 길을 확립하고 그 방향을 매진한 작가라는 것이다. 여기서 통속소설과는 조금 다른 '순통속소설'이라는 용어를 사용하는데, 이것은 임화가 통속화 현상을 예술의 자연적 성장이라는 관점에서 긍정적으로 평가하고 있음을 드러낸 것이라 할 수 있다.

이태준은 「통속성, 기타」[130]에서 소설은 속어를 사용하는 천만 공용의 생활자를 묘사하는 것이기에, 통속성 없이는 소설이 구성될 수 없다고 주장하였다. 또한 통속성은 개인과 개인 간의 유기성을 의미하는 사회성이라고 정의하였다. 따라서 통속성 없이는 아무런 사회적 행동도 결성도 가질 수 없기에, 소설뿐 아니라 위대한 예술은 모두 통속성의 제약 밑에서 가능하다고 주장하였다. 그리고 작품에 있어서 하대될 통속성은 연애나 나체가 등장하는 것이 아니고 작가가 대상으로 영혼을 통제하지 못하고, 흥미만으로 그리는데서 생기는 부진실미(不眞實美)라는 것이다. 이태준은 여러 평문에서 대중소설의 통속성이나 대중의 흥미추수적인 태도를 옹호하였으나, 다른 한편으로는 신문이나 잡

---

129 임화, 「통속소설론」, 『문학의 논리』, 학예사, 1940.
130 이태준, 「통속성, 기타」, 『문장』, 1940. 9.

지의 연재소설이 지닌 상업성을 비판하고, 경제적 곤란으로 그런 소설
을 쓸 밖에 없는 작가의 처지를 한탄하기도 하였다.

안회남은 「통속소설의 이론적 검토」[131]에서 애초부터 순수소설과 통
속소설의 구분 없이 소설, 즉 본격소설 하나만의 장르가 존재한다고
주장하였다. 순수문학에서 흥미를 고려하여 통속성을 갖자는 주장이
나, 대중문학에서 재미 외에 예술성을 얻자는 주장이나 모두 제대로
된 소설을 쓰자는 데 목적이 있다는 것이다. 그는 또 통속소설과 본격
소설의 통속성을 구별하면서, 통속소설은 진정한 통속성을 지니고 있
는 것이 아니라 도금된 통속성을 지니고 있다고 주장했다. 그가 말하는
진정한 통속성은 상식성이다. 그는 이데아의 세계를 가지고 사상에 치
우친 문학을 순수소설로 스토리의 세계를 가지고 행동에 기울어진 문
학을 대중소설로 정의했는데, 순수소설은 상식의 수준을 상승시키려
고 하고 대중소설은 상식의 수준을 추종한다고 평가했다. 반면에 통속
소설은 상식의 저하와 추락의 성격을 가지고 있는데, 이는 곧 통속성의
저하와 추락을 의미하는 것이라 주장했다. 안회남의 논의는 일견 통속
성에 긍정적 의미를 부여하는 듯 보인다. 그러나 그가 말하는 진정한
통속성이란 결국 순수소설에 가까운 특성을 말하고 있으며 순수소설과
통속소설의 사이에 대중소설의 장르를 설정하였다는 점에서 기존의 논
의와 뚜렷한 차별점을 보이고 있지는 않다.

1930년대의 대중소설 논의를 종합해보자면 문학의 대중성을 대체적
으로 부정적으로 보는 예전의 입장에서 한 발 나아가 대중성을 긍정하
는 방향으로 조금씩 변화를 보이고 있음을 알 수 있다. 통속소설을 좋

---

131 안회남, 「통속소설의 이론적 검토」, 『문장』, 1940. 11.

은 통속과 나쁜 통속으로 구분 지어 좋은 통속의 경우 '대중소설' 혹은 '순통속소설'로 나쁜 통속은 '통속소설'로 부른 것을 보면, 이 시기부터 통속소설의 용어가 대중소설이라는 용어보다는 좀 더 부정적 의미로 쓰이고 있었음을 알 수 있다.

1940년대는 일제 말기와 광복 직후라는 혼란한 사회 상황으로 인해 김내성의 「대중문학과 순수문학-행복한 소수자와 불행한 다수자」[132] 정도만 발견될 뿐 활발한 대중소설 논의의 장이 펼쳐지지는 않았다. 김내성은 이 글에서 대중문학과 순수문학을 구분하고 있는데, 대중문학은 독자의 문학적 교양 수준을 염두에 두는 반면에 순수문학은 작자 자신의 문학적 척도에서 자유롭게 창작되는 것이라고 규정하였다. 따라서 대중문학은 독자대중의 위안을 위해, 순수문학은 작가의 위안을 위해 창작된다는 것이다. 그가 말하는 대중은 문학적 교양이 낮은 사람들을 가리키는 것으로 전체 국민의 문학적 교양이 향상된다면 순수문학과 대중문학의 구분은 자연히 사라질 것이라고 주장하였다. 또한 순수문학만을 향유하는 엘리트 계층을 '행복한 소수자'라고 일컫고, 대중문학에 탐닉하는 계층을 '불행한 다수자'라 칭하면서, 대중문학이 그 양 계층을 포괄해야 한다고 주장했다. 그러기 위해서는 대중문학이 불행한 다수자를 위해서 존재하되, 그들의 선도적인 위치에서 대중의 문학적 교양을 끌어올려야 한다는 것이다.

1950년대의 대중소설 논의로는 먼저 정비석의 「통속소설소고」[133]를 들 수 있다. 여기서 그는 선발된 소수의 독자만을 대상으로 하는 소설

---

132 김내성, 「대중문학과 순수문학 – 행복한 소수자와 불행한 다수자」, 『경향신문』, 1948. 11. 9.

133 정비석, 「통속소설소고」, 『소설작법』, 신대한도서(주), 1950, 231~234쪽.

을 본격소설로, 각양각색의 다수의 독자를 대상으로 하는 소설을 통속
소설로 정의했다. 따라서 통속소설은 상식적 윤리관, 파란곡절이 많은
줄거리, 많은 대화체, 빠른 속도, 평이하면서 선동선정적인 문장을 담
아야 한다고 충고하였다. 그리고 통속소설의 사회 교화적 역할을 중시
해야 하고, 본격소설과 통속소설이 융합된 새로운 경지의 소설을 개척
해야 한다고 주장했다.

그는 또한 「신문소설론」[134]에서 신문소설이 하나의 새로운 문학적
장르를 이루었다고 평가하며 '신문소설적 성격'에 대해 고찰하였다. 그
것은 첫째, 신문소설은 신문이라는 지면의 특성상 현실적이고 첨단적
인 주제를 택해야 한다는 것, 둘째, 현실의 토대 위에서 현실을 반영하
는 사회의 예리한 반사경이어야 한다는 것, 셋째, 매회 매수의 제한과
연재물이라는 특성상 기복이 중첩하고 사건이 복잡해야 하며 장면전환
이 빨라야 한다는 것, 넷째, 각계각층의 독자를 고려하여 가능한 한 많
은 층의 인물을 등장시키고 누구에게나 수긍될 수 있는 사건을 구성해
야 한다는 것, 다섯째, 많은 인물이 등장하는 신문소설의 특성상 독자
의 기억을 유지시키기 위해 인물의 등장 횟수와 시간을 균등하게 안배
해야 한다는 것, 여섯째, 오락의 목적으로 소설을 읽는 독자를 위해 평
이한 문체와 빠른 템포를 갖출 것과 감성적 독자를 위해 선동적이고
선정적인 문장을 갖추어야 한다는 것이다.

김동리는 「大衆小說과 本格小說-그 性格的 差異에 관한 열가지 問
答」[135]에서 대중소설과 본격소설을 나누는 기준이 무엇인지에 대한 논의

---

134 정비석, 「신문소설론」, 『소설연구』 2, 서라벌예술대학 출판부, 1958.

135 김동리, 「大衆小說과 本格小說 - 그 性格的 差異에 관한 열 가지 問答」, 『한국평론』,
1958, 167쪽.

를 펼쳤다. 그는 "① 대중소설과 통속소설을 혼동하는 듯한데 구별되어
야 하는 것 아닌가, ② 신문소설·통속소설·대중소설에 대해 각각 어떻
게 생각하는가, ③ 대중소설과 통속소설을 구분하는데 그것은 순수소설
가의 입장에서가 아닌가, ④ 예술성을 기준으로 본격소설과 대중소설(통
속소설)을 구분하는데, ⑤ 우리는 서구에 비하면 후자가 아닌가, ⑥ 춘원
의 소설은 순수소설인가 통속소설인가, ⑦ 순수소설은 독자를 무시해도
좋은가, ⑧ 톨스토이의 『부활』도 통속소설 아닌가, 대중소설과 본격소
설은 무엇으로 구분되는가, ⑨ 대중소설은 재미있고 순수소설은 재미없
는 이유는 무엇인가, ⑩ 통속소설은 구성적이고 본격소설은 구성이 없다
고 하는데 무슨 뜻인가"라는 열 가지 문제 제기를 통해 그동안 대중소설
과 본격소설의 구분에 관한 분분한 논의를 명확하게 규정하고자 시도했
다. 특히 통속소설과 대중소설을 구별하여 사용하는 것은 주로 대중소
설 측의 주장인데 그것이 무의미하다고 보았다. 통속소설이 대중의 야
비한 취미에 아부하기 위해 예술성을 상실하였기에 대중소설과 다르다
고 주장하지만, 통속소설이라고 하여 꼭 그런 것은 아니라는 것이다.

방인근은 「대중소설론」[136]에서 문학과 예술을 대중이 이해할 수 있
도록 하는 것이 소설이라고 정의하며 이런 이유로 대중성이 없는 소설
은 소설로서의 가치를 지니고 있지 않다고 평가했다. 또한 소설을 읽는
대중이란 상당한 지식 계층에 속한다고 보면서 대중의 수준을 저급한
것으로 보는 경향을 비판하였다. 따라서 대중소설과 문예소설이 일체
가 되는 소설이 가장 가치 있는 소설이라고 규정하면서 이를 위해 평이
한 문장, 문장·묘사·스토리의 치밀성, 자연스러운 구상, 풍부한 내용

---

136 방인근, 「대중소설론」, 『소설연구』 2, 서라벌예술대학 출판부, 1958.

을 필수 요건으로 갖추어야 한다고 주장했다.

50년대의 대중소설 논의 중에서 가장 쟁점이 되었던 것은 정비석의 소설『자유부인』에 대한 논쟁과 중간소설 논쟁이었다. 정비석의 소설 『자유부인』은 1954년 1월 1일부터 8월 9일까지 서울신문에 연재된 장편소설인데, 사회 지도층 인사인 교수 부인의 퇴폐적인 행각과 외도 문제 등을 적나라하게 다룸으로써 작품이 연재되는 동안 각계각층에서 갑론을박이 벌어졌을 정도로 큰 주목을 받았다.[137] 논쟁의 발단은 황산덕의 「『自由夫人』作家에게 드리는 말」[138]이란 글에서 시작되었다. 그는 정비석의 소설이 충분한 보상 없이 국가의 문화건설에 이바지하려고 갖은 모욕과 불편을 감수하며 대학을 지키는 교수를 모욕하고 있다고 비판했다. 정비석은 「脫線的 是非를 駁함」[139]에서 황산덕이 탈선적 폭언과 감정적 흥분으로 문학자를 모욕하고 있다고 대응하였다. 황산덕은 「다시 『自由夫人』作家에게」[140]라는 반박문에서 정비석의 소설은 인간의 휴머니티나 인간현실의 리얼리티, 작품내용의 모럴, 예술의 순수성이 결여되고, 단지 남녀관계 묘사나 성욕에만 치우쳐서 문학작품이 아니라고 비판하였다.

이들의 논쟁에 대해 홍순엽은 「『自由夫人』作家를 辯護함」[141]이란 글

---

[137] 정비석에 의하면, 작품이 연재되는 동안 『서울신문』의 발행부수가 기하급수적으로 늘었다가 연재가 종결된 뒤에는 5만 2천 부 이상이 일시에 격감하는 신문 역사상 처음 있는 기록을 세웠다고 하는 것을 보면 그 인기가 얼마나 대단했었는지를 짐작할 수 있다.(정비석, 「작가의 말」, 『자유부인』, 고려원, 1996, 8쪽.)

[138] 황산덕, 「『自由夫人』作家에게 드리는 말」, 『대학신문』, 1954. 3. 1.

[139] 정비석, 「脫線的 是非를 駁함」, 『서울신문』, 1954. 3. 11.

[140] 황산덕, 「다시 『自由夫人』作家에게」, 『서울신문』, 1954. 3. 14.

[141] 홍순엽, 「『自由夫人』作家를 辯護함」, 『서울신문』, 1954. 3. 21.

에서 작품 속에서 등장인물인 대학 교수와 교수 부인의 탈선적 행동을 묘사했다고 해서, 그것이 실제의 대학 교수와 교수 부인을 모욕하는 것은 아니라며 정비석을 옹호했다. 백철은 「文學과 社會와의 關係」[142]에 서 황산덕은 문학과 사회의 관계가 연속적이라는 입장에서 실제 사회의 도덕적 잣대를 문학에 적용한 것이고, 정비석은 문학과 사회의 관계가 비연속적이라는 입장에서 작품과 실제 사회를 분리해서 생각했기 때문 에 충돌이 발생하였다고 보았다. 또한『자유부인』이 작가의 모럴이 결여 된 점은 인정하지만 그것이 작가만의 책임은 아니고 신문소설이라는 저널리즘의 책임으로 돌려야 할 것으로 보았다.

중간소설 논쟁은 김동리가 본격소설과 대중소설 사이의 중간적인 성격을 갖는 중간소설이라는 용어를 사용한 것에서 시작되었다. 김동 리는 「本格作品의 豊作期-불건전한 批評態度의 止揚可期」[143]에서 소설 문단의 가장 현실적인 문제가 본격소설과 통속소설이 서로 반목하고 있는 현상이라고 지적했다. 본격소설(또는 순수소설) 쪽은 통속소설(또는 대중소설)이 진지한 문학적 가치나 예술적 의의가 없다고 생각하고, 반 대로 통속소설 쪽은 본격소설을 특수한 고상한 취미로 알거나 아예 모 르거나 한다는 것이다. 이러한 문단의 현실에 대해 김동리는『小說界』 나『小說公園』과 같은 중간소설을 지향하는 월간지의 간행이 통속소설 의 독자를 끌어올리는 매개 역할을 할 것이라고 전망하였다.

이에 대해 김우종은 「中間小說論을 批評함-金東里씨의 發言에 대하 여」[144]에서 김동리의 중간소설론이 모순과 오류를 지니고 있음을 지적

---

142 백철, 「文學과 社會와의 關係」, 『대학신문』, 1954. 3. 29.
143 김동리, 「本格作品의 豊作期-불건전한 批評態度의 止揚可期」, 『서울신문』, 1959. 1. 9.
144 김동리, 「中間小說論을 批評함-金東里씨의 發言에 대하여」, 『조선일보』, 1959. 1. 23.

하였다. 김동리가 말한 『小說界』나 『小說公園』에 실린 작품들이 중간
소설이 아니라는 것이다. 그는 순문학과 대중문학의 중간이라는 중간
소설의 정의가 이쪽도 아니고 저쪽도 아닌 중간이 아니라 이쪽도 되고
저쪽도 되는 것을 의미한다고 주장하였다. 또한 그는 김동리가 말하는
중간소설은 순문학으로서의 가치도 없고 대중을 계몽할 수 있는 대중
문학에도 속하지 않는 무가치한 소설을 말하는 것이라고 비판하면서,
중간소설은 본격문학 또는 순문학에도 속하는 한편 대중성을 지니고
있는 가장 이상적인 소설이라고 재정의 하였다.

　1950년대의 대중소설 논의를 종합하면 대중소설을 긍정적으로 보는
입장은 많이 늘어났지만, 대중소설을 평가하는 기준은 여전히 본격소
설을 다루는 지식인 계층의 시각에서 이루어졌다는 것을 알 수 있다.
그렇지만 문학 고유의 예술적 가치와 대중성을 균형 있게 담고자 했던
고민의 과정에서 중간소설이라는 새로운 논의가 진행된 것이 특징이라
할 수 있다.

　1960년대는 박정희 정권의 출판 산업 육성정책과 독서 인구의 급격
한 증가로 인해 상업적인 출판문화가 정착되기 시작하며, 대중소설의
상업적 성격을 가속화시킨 시기였다. 장백일은 「통속소설의 반성」[145]에
서 통속소설의 양적 증가와 질적 하락이 근대 정통문학의 한 붕괴 과정
의 표현이라고 비판하였다. 이는 대중소설을 도피적인 소비욕구만을
자극하는 통속적 오락으로 보는 순수 정통문학의 비판적 견지가 여전
히 문단 내부에 뿌리 깊게 자리 잡고 있었음을 보여주는 논의라고 할
수 있다.

145　장백일, 「통속소설의 반성」, 『한양』, 1964. 9, 174쪽.

1970년대에는 산업화와 대중사회로의 전환이 빠르게 이루어지면서 최인호의 「청년문화선언」(1974)으로 대표되는 청년문화론이 대두되었다. 여기서 '청년'의 용어는 당시의 대중문화 전반을 아우르는 의미로 사용되었다. 통기타, 생맥주, 청바지로 표상되는 청년문화는 기성세대의 시각으로는 상업적 소비문화에 지나지 않는 것으로 비춰졌지만, 최인호는 청년들이 독자적인 주체성을 갖는다면 그 또한 의미 있는 대중문화 중의 하나가 될 수 있다고 주장했다. 최인호의 이런 주장은 그의 소설론에도 그대로 반영되었다. 그는 「나의 문학 노우트」[146]에서 "무의미한 논쟁을 벌이는 작가들과 비평가, 그 논쟁이 생존에까지 영향을 미치는" 사실에 환멸을 느낀다고 토로하며 기성문단에 대한 실망과 불신을 드러냈다. 문단의 자칭 엘리트들이 읽히지도 않는 소설에 대해 "순수냐, 참여냐, 리얼리즘이냐, 관념소설이냐, 민족문학이냐, 농촌문학이냐, 소시민문학이냐, 도피문학이냐 하는 어지러운 명칭들을 나열"할 뿐이라는 것이다. 최인호에게 중요한 것은 문단의 평가가 아니라 많이 팔리고, 많이 읽히는 독자의 호응이었다. 그는 1970년대가 이런 대중소설이 생겨날 수 있는 모처럼의 기회라면서, 청년작가들이 대중소설을 위해서는 기성 문단의 편견에서 자유로울 것을 요구하였다. 산업사회의 발달로 대중의식이 고양되었고 대중과 민중은 구분되지 않기 때문에 대중문화에 대한 타락한 상업주의라는 비난은 정당하지 않다는 것이다. 최인호는 또한 소설가는 작품을 통해 대중과 소통할 수 있는 새로운 언어를 찾아야 할 의무를 가지고 있으며, 현실에 밀착한 언어로 쓰인 작품이야말로 독자의 삶을 풍요롭게 하고 대중문화의 발전에 기

---

146 최인호, 「나의 문학 노우트」, 『누가 천재를 죽였는가』, 예문관, 1979, 286~297쪽.

여할 수 있다고 주장하였다.[147]

1970년대부터 1980년대는 최인호의 『별들의 고향』(1974), 박범신의 『풀잎처럼 눕다』(1980), 김홍신의 『인간시장』(1982) 등의 이른바 상업주의 소설이 폭발적 인기를 누린 시기였다. 이러한 현상에 대해 1980년대에는 비평가와 작가가 대립적 논쟁을 펼쳤다. 곽광수는 「僞裝 잘 된 低質이 人氣높다」[148]에서 상업주의 소설은 진정한 가치인 사용가치가 아닌 교환가치에 지배받게 된다면서, 상품으로서의 소설이 잘 팔리는 것은 그만큼 작가가 거짓된 것이라고 비판하였다. 또한 베스트셀러를 만들기 위해 대중들을 조종하는 것은 문단을 지배하는 문학그룹과 대출판사들이라고 지적하였다. 또한 이러한 상업주의를 완전히 없앨 수 없기 때문에 문학 종사자들 스스로가 돈과 허명(虛名) 앞에서 거짓되지 않았는지를 끊임없이 되물어야 한다고 경고하였다.

이러한 곽광수의 논의에 대해 유현종은 「批評商人의 책임 크다」[149]에서 문학의 상업주의화에 대해서는 동감을 표하면서도, 비평가들이 자기 유파를 만들어 모래 위의 발자국만도 못한 이론으로 무장하여 헤게모니 쟁탈을 벌이고, 근친상간적 비평도 서슴지 않으며, 상업주의화 된 문학만을 일방적으로 매도하고 있다고 지적하였다. 또한 작가를 유혹하고 베스트셀러를 조작하는 문학상인은 물론 치열한 작가정신이 사라지고 센티멘털리즘적 경향에 치우친 작가들까지 비판하였다.

유현종의 논의에 대해 곽광수는 「眞意 제대로 알아야 한다」[150]라는

---

147 최인호, 「나의 문학 書翰」, 「예술가와 결혼생활 그리고 거짓말」, 『누가 천재를 죽였는가』, 예문관, 1979, 295~315쪽.
148 곽광수, 「僞裝 잘 된 低質이 人氣높다」, 『조선일보』, 1980. 6. 20.
149 유현종, 「批評商人의 책임 크다」, 『조선일보』, 1980. 6. 24.

글로 반박하였다. 그는 유현종의 글이 자신의 논지와 같은 관점인데, 단지 자신은 소설사회학적 방법으로 상업주의의 몰윤리성을 분석적으로 제시한 것이고, 유현종은 직관적으로 제시한 방법상의 차이일 뿐이라고 해명했다. 또한 유현종의 '문학상인'과 자신의 '문학그룹과 대출판사'는 똑같이 상업주의를 조장하는 집단을 가리키는 것이라고 반박했다. 유현종은 다시 「항아리 속의 自慢 버리자」[151]에서 비평가들이 상업주의에 대한 일반론만을 제시할 뿐이기에, 세부적이고 근원적인 깊이로 재논의하자고 주장했다.

조남현은 「創作의도가 問題다」[152]에서 곽광수의 논의는 상업주의 문학의 발생 원인을 사회구조에서 찾으려했다는 점에서 70년대의 상업주의문학론과 변별된다고 평가하면서, 유현종의 논의는 작가로서의 피해심리가 반영된 것이라고 비판했다. 그렇지만 곽광수와 유현종의 논의는 모두 적극적이고 능동적인 독자에 대한 안목이 없다고 보았다. 또한 문학에 관한 상업주의는 결과보다는 창작의도에서 찾아야 하며, 상업주의 작가에 대해서는 독자의 몰가치하고 양적인 반응만을 기대하는 통속소설작가를 말한다고 정의했다.

김이연은 「作家는 많은 讀者를 원한다」[153]에서 소설이 독자와의 거리를 좁히고 대중에게 영향을 주게 된 것은 70년대 이른바 잘 팔리는 소설과 그 작가의 공적이라면서 비문학인이 소설을 읽는 것만 해도 의미 있는 일이라고 평가한다. 따라서 독서 인구를 더 늘리기 위해 작가는

150 곽광수, 「眞意 제대로 알아야 한다」, 『조선일보』, 1980. 6. 27.
151 유현종, 「항아리 속의 自慢 버리자」, 『조선일보』, 1980. 7. 1.
152 조남현, 「創作의도가 問題다」, 『조선일보』, 1980. 7. 4.
153 김이연, 「作家는 많은 讀者를 원한다」, 『조선일보』, 1980. 7. 8.

재미있는 소설을 쓰도록 노력해야 하며, 재미없는 소설은 죄악이라고
단언한다. 윤재근은 「文人은 철저한 藝人되어야」[154]에서 상업주의 소설
론에 대한 모든 논의들이 '몰윤리성(沒倫理性)'때문이라고 주장했다.
즉, 70년대의 비평이 독립성을 유지했다고 볼 수 없는 것은 작품 자체
보다는 독자의 관심에 맞추거나 문인에게 어떠한 문학이념을 강요하려
는 경향에 도취되어 있었고, 여기에 문인들도 자기세계의 구축보다는
시류에 맞는 감각을 보이려고 한 것을 지적했다.

김종철은 「상업주의소설론」[155]에서 최인호의 『별들의 고향』이 상업
주의 소설의 시작이라고 보았는데, 이들 소설들에 대해 "신문사와 출
판사의 교묘한 광고와 대중조작, 독자의 천박한 취미를 자극하거나 불
건전한 방식으로 독자를 마취시킴으로써 대중적인 인기를 얻는 작가
측의 '세련된 기교'가 흔히 있기 마련"이라는 측면에서 부정적으로 평
가했다. 상업주의소설은 그 가치 이상으로 터무니없이 큰 대가를 거두
어들이는 상품이라면서 대중소설 또는 통속소설과도 구별되는 개념이
라고 정의했다. 그러나 상업주의소설이 구체적으로 대중소설 또는 통
속소설과 어떻게 다른지에 대해서는 명확한 결론을 내리지 않았다.

1990년대는 냉전체제의 종식과 함께 거대담론이 사라지고 개인의
일상성에 초점을 맞춘 소설이 인기를 끌었다. 따라서 순수문학만을 연
구의 대상으로 삼던 문학연구자들도 문학의 대중성과 대중소설에 대한
학문적 접근을 시도하기 시작했고 그 결과 많은 논의들이 축적되었다.
박성봉은 『대중예술의 미학』[156]에서 대중소설을 포함한 대중예술 전반

154 윤재근, 「文人은 철저한 藝人되어야」, 『조선일보』, 1980. 7. 11.
155 김종철, 「상업주의소설론」, 『한국문학의 현 단계 II』, 백낙청·염무웅, 창작과비평사,
    1983, 89쪽.

의 대중성에 대한 미학론을 수립했다. 그는 특히 대중소설에 있어 부정적 가치 평가의 근거로 작용했던 '통속성'의 미적 범주를 웃음의 해학성, 성의 관능성, 폭력의 선정성, 몽상의 환상성, 눈물의 감상성으로 분류했다. 이 논의는 통속성을 문학의 예술적 가치의 한 요소로 포괄하고 있다는 데에 의의가 있다고 할 수 있다.

2000년대에 들어오면서 순수문학과 대중문학의 경계가 점점 더 모호해졌다. 특히 판타지, 팩션, 칙릿소설[157], 탐정소설, 의학이나 법정소설, SF 등의 장르소설이 인기를 끌면서 이들 소설 중에서 예술적 완성도가 갖춰진 소설들을 중간소설의 영역으로 분류하고자 하는 논의가 대두되었다. 60년대 김동리의 논의에서 나왔던 중간소설론의 재쟁점화는 그만큼 예술성과 대중성을 다 갖춘 작품을 가장 이상적인 문학으로 생각하는 경향을 반증하는 것이라고 할 수 있다.

중간소설 옹호론자들의 주장은 "중간소설은 세계문학의 큰 흐름이며 서사의 재미와 함께 문학의 품격도 겸비하여 과거의 대중문학보다 차원이 높다는 것, 본격소설 역시 중간소설의 다양한 자양분을 수용해야 그 지평을 넓힐 수 있다는 것, 최첨단 정보기술 수준에 맞춰 생산된

---

156 박성봉, 『대중예술의 미학』, 동연, 1995, 323~369쪽.

157 칙릿(chicklit)은 젊은 여자를 뜻하는 속어 'chick'과 문학이라는 뜻의 'literature'의 합성어다. 즉, 칙릿소설은 20-30대의 젊은 여성 독자를 대상으로 하는 소설이라 할 수 있는 것이다. 이러한 유형의 소설은 1990년대 중반 영국의 『브리짓 존스의 일기』로부터 시작되었다. 이 소설은 직장생활, 가족, 연애, 우정, 엄마의 남자친구, 몸무게, 알코올 섭취량, 섭취 칼로리, 즉석복권 구입 등 도시의 젊은 여성들에게 아주 흔한 소재를 에피소드별로 유쾌하게 풀어낸다. 이후 2000년대 들어 『악마는 프라다를 입는다』, 『섹스앤더시티』로 이어진다. 우리나라에서는 정이현의 『달콤한 나의 도시』, 백영옥의 『스타일』, 『다이어트의 여왕』, 정수현의 『쇼를 하라』, 『압구정 다이어리』, 『블링블링』, 김민서의 『나의 블랙 미니드레스』 등이 대표적인 칙릿소설로 꼽힌다.

보편적 문화 콘텐츠로 전 세계적 베스트셀러를 가져야 한다는 것"[158]
등이다.

　문흥술은 이에 대해 "중간소설은 결코 소설이 될 수 없다."고 단언했
다. "소설은 사회의 모순과 치열하게 대결하는 고독한 투쟁의 여행임
에도 이를 외면하며 멀티미디어적 상상력만을 추구하는 것이 오히려
본격소설을 위축시킨다는 것, 세계화·정보화의 흐름 속에서 자본의
이해관계에 따라 상업화한 이미지들이 난무하는 만큼 민족적 특수성에
기반해 세계 인류가 공감하는 내용이 더욱 필요하다는 것, 최첨단 IT
기술을 접목해 만드는 중간소설은 인간적 향기가 없는 문화 상품"[159]일
뿐이라는 것이다.

　문흥술의 중간소설 옹호론자에 대한 비판은 일견 일리가 있지만, 한
편으로 당대의 문학 경향을 당대에 결론 내릴 수 있는 것인지에 대해서
는 좀 더 주의가 필요하다. 만약 중간소설이 그의 비판대로 "정보사회
의 대중문화가 지니고 있는 병폐를 고스란히 안고 있는 문학에 대한
모독이고 매춘이고 그저 한때의 유행"[160]에 지나지 않는다면 언젠가는
저절로 사라지게 될 것이지만, 후대에도 살아남는다면 이상의 문학처
럼 새로운 문학 양식의 실험으로 평가받게 될 수도 있을 것이기 때문이
다. 1930년대 이상의 문학은 작품이 창작됐던 당대에는 좋은 평가를
받지 못했다. 그러나 2000년대에 이상의 문학은 "시대의 모순에 대한
작가의 치열한 응전력이 깔려 있기 때문에 파격적인 양식 실험에도 불
구하고 문학이 될 수 있다."[161]는 상반된 평가를 받고 있는 사실이 그것

---

158 문흥술, 『언어의 그늘』, 서정시학, 2011, 20~21쪽.
159 문흥술, 위의 책, 28~33쪽.
160 문흥술, 위의 책, 32쪽.

을 증명한다고 할 수 있다.

이병주의 주요 작품 활동 시기는 1960년대부터 1980년대까지이다.
따라서 이 시기의 대중소설론의 영향과 무관하지 않다. 게다가 저널리
스트라는 이병주의 직업적 경험 역시 이병주 소설의 대중성에 영향을
미쳤을 것이다. 본고에서 검토할 이병주의 『행복어사전』에는 소설가
를 지망하는 등장인물 서재필의 소설론에 대한 고뇌가 핵심 서사 중의
한 부분을 차지한다. 등장인물이 작가 자신을 지칭한다는 단순한 논리
를 적용하는 것은 아니지만, 소설론에 관한 한 작가 자신의 사고를 대
변한다고 볼 수 있다고 가정하면, 등장인물 서재필의 소설론을 바탕으
로 작가 이병주의 소설론을 추론해 볼 수 있다.

이 소설에서 서재필이 고민하는 소설론을 압축하면 다음과 같이 요약
해 볼 수 있다. 첫째는 목적문학에 대한 소설론이다. 조카 형식은 삼촌
서재필에게 옆집 부부의 행복을 위해서 소설을 써 볼 것을 제안한다.

> "아주머니나 아주머니 남편의 성격을 고쳐야 지금의 형편을 개선할
> 수 있다고 생각하면 그 성격을 어떻게 고치면 되는가를 쓰고 노력이 부
> 족하다고 느끼면 노력을 얼마쯤 보태면 되는가를 쓰고 외부로부터의 도
> 움이 필요하다면 얼마만한 도움이 최저한 필요한가, 최대한으로 얼마만
> 한 외부의 도움이 가능한가를 공상을 일절 배제하고 그야말로 현실적으
> 로 분석적으로 과학적으로 써보는 깁니더. 만일 그 소설이 리얼하고 그
> 들에게 도움이 될 것이라면 소설로서도 성공한 것이니 문학수업과 그들
> 을 구제하는 사업이 동시에 이루어지는 것 아닙니꺼."[162]

---

161 문흥술, 위의 책, 32쪽.
162 이병주, 『행복어사전』 4, 한길사, 2006, 243~244쪽.

"공상을 일절 배제하고 그야말로 현실적으로 분석적으로 과학적으로" 쓰는 소설은 리얼리즘 소설이라 할 수 있다. 그러나 리얼리즘 소설은 일체의 가치판단도 배제하고 객관성만을 드러내야 하는데, 여기서 형식이 결국 주장하는 것은 소설이 현실사회의 수단이 될 수 있도록 시도해 보라는 것이다. 이러한 시각은 옆집 부부가 표상하는 대중이라는 존재를 소설을 통해 계몽해야 하는 대상으로 생각하는 지식인 계층의 엘리트주의적인 사고방식을 나타내준다. 서재필은 고민에 빠지지만, 결국 형식이 얘기하는 옆집 부부 이야기의 소설화를 시도하지 않는다. 서재필이 형식의 부탁에 대해 일갈하지 않고 고민에 빠졌었다는 사실은 작가 이병주 역시 목적문학에 대해 부정적인 생각을 가지고 있었던 것은 아니었음을 보여준다. 즉, 목적문학의 필요성을 부정하지는 않았지만 작가자신이 시도하려했던 문학은 아니었음을 추론할 수 있다.

두 번째는 본격소설에 대한 소설론이다.

> 소설을 찾는 데 있어서 두 가지의 길을 선정해 놓은 때문이었다. 하나는 바깥으로 소설을 찾아나가는 방향이었다. 그 방향엔 서울역이 있었고, 절두산이 있었고, 정약전이 죽은 흑산도가 있었고, 베트남과 캄보디아가 있었고, 지리산이 있었다. 다른 하나는 내 마음의 미로를 찾아가는 안으로의 방향이었다. 그 방향으로 켜진 네온사인엔 마르셀 프루스트가 있었고 제임스 조이스가 있었고 카프카가 있었다.[163]

먼저, 바깥으로 소설을 찾아나간다는 것은 사회의 현실을 정확히 포착하는 리얼리즘 소설을 쓰고 싶다는 열망을 나타낸다. 다음으로, 마

---

163 『행복어사전』 3, 한길사, 2006, 318쪽.

음의 미로를 찾아가는 안으로의 방향 설정은 심리주의라는 기법적 흐름에 치중한 예술성이 강화된 소설을 쓰고 싶다는 소망을 나타낸다. 『행복어사전』의 곳곳에서 이병주는 제임스 조이스의『율리시스』에 대한 찬탄을 서술한다. 『율리시스』는 의식의 흐름이라는 심리주의적 서술기법을 활용하여 인물들의 내면을 그려내는 소설로서 19세기까지의 전통적인 소설 개념을 타파하고, 20세기 문학의 두 조류인 사실주의와 상징주의를 결합시킨 작품이라는 평가를 받았다. 다른 두 작가 마르셀 프루스트나 카프카의 작품 경향도 내면 심리에 치중한 소설이라는 사실을 감안해보면, 이병주가 쓰고자 하는 소설이 어떤 것인지 확연하게 드러난다. 그런데 이들 두 가지 소설들은 모두 본격소설의 영역에 속하는 것으로, 이병주 역시 문학 본연의 기능에 충실한 작품을 쓰고자 하는 열망이 있었음을 추론할 수 있다.

세 번째는 대중소설론이다. 서재필은 신문소설을 쓰는 이른바 직업작가를 만나서 이야기를 나누게 된다. 그 소설가는 직업작가라는 특성상 소설외적인 배려를 너무 많이 해야 해서 현실을 반영하는 거울로서의 소설을 쓰지 못한다고 토로한다. "강렬한 드라마가 광화문 근처에 소용돌이치고 있는데 그것을 외면하고 멜로드라마를 꾸며야 하니"[164] 어색한 신문소설을 쓰게 된다는 것이다. 서재필은 그 작가의 소설이 "신문소설일지는 몰라도 문학은 아니"[165]라며 마음속에서 강한 반발을 느낀다. 서재필이 느끼는 반발은 신문소설의 지나친 상업성에 대한 1970년대 문단의 비판적 관점으로 볼 수 있다. 또한 이병주 자신도 경

---

164 이병주, 위의 책, 331쪽.
165 이병주, 위의 책, 332쪽.

제적인 이유로 인해 통속성이 강화된 소설을 많이 집필했는데, 그것에 대한 자기반성이나 자괴감이 나타나있는 것으로도 짐작할 수 있다. 그러나 이병주는 소설에 있어서 독자의 흥미를 끄는 요소가 있어야 한다는 점은 긍정적으로 생각했다.

> 소설은 흥미와 동시에 그 흥미의 의미를 제공해야 하는 것이다. (…중략…) 사람 가운덴 자기의 인생만으론 부족을 느끼는 그런 사람이 있다. 사람에겐 남의 인생까지도 살아보고 싶어하는 불령한 욕망이란 것이 있다. 이런 불가능한 욕망을 대행하는 것은 소설 이외를 두곤 없다.[166]

이병주는 대중 독자들이 현실에서 불가능한 욕망들을 대리 만족하고자 하는 체험을 제공해 주는 것이 소설의 기능이라고 간파했다. 종합하자면 이병주는 상업주의적인 신문소설류의 통속성에 대해서는 부정적으로 생각했지만, 소설에 있어서 독자의 중요성을 인식하고 있었다. 이런 그의 소설론은 그의 작품이 대중성과 밀접한 관계를 지닐 수밖에 없는 한 요인이 되었다고 할 수 있다.

---

166 『행복어사전』 5, 한길사, 2006, 313쪽.

◆ 제3장 ◆

통속적 역사 서사에 담긴 '향유'

『바람과 구름과 비(碑)』

1. 역사소설에 대한 대중의 기대지평

역사소설은 일반적으로 가치관의 혼란이 극심해지는 시기나 급격한
지각변동 앞에서 현재의 위치나 미래를 예견하기 어려운 상황에 유행
하였다.[167] 이러한 시기의 대중들은 현실의 어려움을 극복하기 위하여
두 가지 대안을 모색하게 된다. 그 중에 하나는 현실도피다. 어려운 현
실을 잊어버리기 위해 현실도피를 실현하는 것이다. 이것은 쾌락의 탐
닉이나 대중의 영웅을 통한 대리만족을 통해 실현되었다. 반면에 과거

---

[167] 박유희는 이에 대한 근거로 "임진왜란, 병자호란 양란 이후에 실기류나 몽유록 등 기존
의 산문양식을 변화시키며 역사 허구화의 기틀이 마련되어 가고, 근대 초기에 산문매체를
중심으로 지식인들의 계몽적인 역사서사물이 번성하고, 근대문학의 전형기라 일컫는
1930년대에 야담과 역사소설이 발달하며, 한국전쟁 이후 어려운 상황에서도 역사적인
배경을 빌려 오는 여성국극과 일제강점기 역사소설을 원작으로 하는 사극영화가 대거
제작되고, 1950년대 신세대 작가들이 1960년대 이후에는 역사소설에 투신했던 일"을 들
고 있다.(박유희,「역사허구물 열풍과 연구의 필요성」, 대중서사장르연구회,『대중서사
장르의 모든 것-2 역사허구물』, 이론과 실천, 2009, 13~14쪽.)

의 시공간을 현재로 불러들여 해결책을 찾고자 하는 욕망도 동시에 존재하였다. 역사소설은 이와 같은 대중의 기대지평을 만족시킬 수 있는 가장 좋은 대중서사장르가 되었다.

역사소설의 대두와 유행은 신문사의 상업화 전략과도 밀접한 관련이 있다고 할 수 있다. 3·1 운동 이후 일제는 문화정치를 실시하였는데 이 일환으로 창간된 신문이 『조선일보』와 『동아일보』였다. 이들 신문사는 일제의 검열을 피하면서도 대중의 기대를 만족시킬 수 있는 방법을 '조선적인 것'에서 찾았다. 그 중에서 특히 역사소설의 연재는 '조선적이고 민족적인 어떤 무엇'이라는 신문사의 전략과 대중의 기대가 맞아떨어지는 것이었다. 그래서 1930년대 역사소설은 지식인의 전유물이었던 역사를 대중의 눈높이에 맞출 수 있는 쉽고 친숙한 방식으로 서술되었다.

즉, 역사가 담고 있는 표면적 교훈성에 추격, 격투, 남녀 주인공의 애절한 사랑, 권력층의 비화, 성애 묘사 등 대중독자들의 눈길을 사로잡는 흥미 요소를 첨가하였다. 또한 독자들이 암울한 현실 공간에서 경험하는 실의와 패배 감정을, 소설이라는 가상의 공간에서 펼쳐지는 영웅들의 활약담을 통해 해소할 수 있도록 구성되었다.[168]

1950년대의 역사소설도 신문사의 증가와 더불어 융성했고 큰 인기를 얻었다. 조선시대 궁중비사라는 소재적 측면이나 서술방식 측면에서 1930년대 역사소설의 연장선상에 놓인 박종화의 『여인천하』[169]는 이 시기의 대표적 작품이라 할 수 있다. 이에 대해 박유희는 "중종시대를 배경

---

168 김종수, 「역사소설의 발흥과 그 문법의 탄생 - 1930년대 신문연재 역사소설을 중심으로」, 『한국어문학연구』 51, 한국어문학연구학회, 2008, 290~291쪽.
169 1958년 11월 11일부터 1959년 11월 17일까지 『한국일보』에 연재.

으로 문정왕후와 정난정을 중심으로 한 정치적 음모와 권력다툼에 초점
을 맞추어, 사적인 영역에서만 그려지던 여성을 공적인 정치영역으로
끌어냈다."고 평가한다. 또한 이 작품이 "치맛바람으로 상징되는, 한국
전쟁 이후 여성의 변화와 그것에 대한 부정적인 시선을 동시에 반영한
것으로, 당시 대중의 이중적 기대, 즉 변화와 안정이라는 모순된 욕망을
충족"시키고 있는 점을 인기의 비결로 분석하며, "이 모순된 욕망이 대중
서사물을 대하는 수용자의 가장 보편적인 기대"라고 평가하였다.[170]

1960년대의 역사소설은 무협소설의 성격을 띤 이야기가 큰 인기를
끌었다. 최인욱의『임꺽정』[171]은 이 같은 경향을 대표하는 소설인데, "반
항적인 영웅을 그리는 흥미로운 의적 이야기이자, 왕이나 양반이 아닌
피지배층의 생활상을 보여주는 민중적인 이야기로 60년대 역사소설의
지평을 확장"[172]하였다는 평가를 받았다.

1970~80년대는 민중을 중심에 둔 허구를 통해 한국 현대사를 재구
성하려는 역사소설이 창작되었다.『토지』,『객주』,『장길산』,『태백산
맥』[173] 등의 대하소설들이 그 대표적 작품이다. 이 소설들은 엄청난 대
중적 인기를 누리면서, "한국현대사의 전사이자, 한국사회의 구조적
모순을 보여주는 알레고리이자, 민중적 삶의 현장을 중계하는 박물지
이자, 삶의 윤리와 이데올로기에 관한 지침서"[174]가 되었다. 따라서 이

170 박유희, 앞의 글, 30쪽.
171 1962년부터 1965년까지『서울신문』에 연재.
172 박유희, 앞의 글, 31쪽.
173 황석영의『장길산』은 1974년『한국일보』에 연재되기 시작하여 1984년에 신문 연재소설
　　사상 최장기간의 연재가 끝날 때까지 큰 인기를 누린다.『장길산』과『객주』는 만화와 드
　　라마로,『태백산맥』은 영화화,『토지』는 여러 가지 매체로 여러 번에 걸쳐 전환된 대표적
　　대하역사소설이다.

시기는 '역사'이면서 '의미 있는 허구'이어야 한다는 루카치 식의 역사소설에 대한 비평적 기대와, 재미있으면서도 계몽적 역사소설을 원하는 대중의 기대가 화해롭게 조우한 시대였다.[175] 이 시기의 대하역사소설의 인기는 1990년대 중반까지 이어졌는데, 이것은 대중들의 역사에 대한 지대한 관심과 함께 교훈과 감동을 줄 수 있는 실용적인 읽을거리에 대한 간절한 시대적 욕구를 증명하는 것이라 할 수 있다.

이병주의『바람과 구름과 비』역시 1970~80년대 대하역사소설의 계보 안에서 설명될 수 있는 작품이다.『바람과 구름과 비』는 1977년 2월 12일부터 1980년 12월 31일까지 약 4년여(총 1천 1백 94회)에 걸쳐『조선일보』에 연재되었다.『조선일보』의 경우『바람과 구름과 비』가 연재되기 이전에는 월탄(月灘) 박종화의 역사소설『세종대왕』이 8년 동안 연재되었으며,『바람과 구름과 비』의 연재가 종료된 이후에는 바로 이어서 유현종의 역사소설『천년한(千年恨)』이 연재되었다. 이와 같은 사실을 보더라도 당시 역사소설에 대한 독자들의 관심이 얼마나 지대했었는지를 알 수 있다. 상업성을 고려해야 하는 신문사의 입장에서 독자들의 관심이 없었다면 그와 같이 지속적으로 역사소설을 연재하지는 못했을 것이기 때문이다.

이런 대중적 기대에 부응하여『바람과 구름과 비』의 서사는 독자를 소설로 몰입하게 만들었다. 최천중이라는 인물을 중심으로 삼전도장에 모이게 되는 여러 영웅형 인물들의 활약은 고전소설의 독서 경험에 익숙한 대다수 독자들에게는 낯익은 방식이었다. 또한 한시의 인용이

---

174 박유희, 앞의 글, 33쪽.
175 박유희, 위의 글, 33쪽.

나 실록에 근거한 객관적 기록은 대중들의 지적 욕망을 충족시켰으며, 무협적 요소나 성애 묘사는 현실에서 금기시되는 세계에 대한 대중들의 호기심을 채워주었다. 즉 구한말의 어지러운 정세라는 역사적 배경을 표면에 내세우면서도 그 이면에는 대중들의 욕망을 자극하고 반영하는 묘사들로 대중들의 관심을 끌었던 것이다. 대중들은 이러한 역사소설을 통해 역사를 쉽고 재미있게 접하면서도 자신들의 욕구를 충족시켜주는 내용에 빠져들었다.[176]

'역사'이면서 '의미 있는 허구'이어야 한다는 루카치 식의 역사소설에 대한 비평적 기대와, 재미있으면서도 계몽적 역사소설을 원하는 대중의 기대가 화해롭게 조우한 시대[177]였던 1970~80년대의 역사소설에 대한 기대는 이병주에게도 예외 없이 적용되었다. 1977년 2월 16일 『조선일보』의 좌담[178]은 이병주의 『바람과 구름과 비』에 대한 비평적 기대를 엿볼 수 있는 좋은 예이다.

> 金=저로서는 文學이론으로 보게 되는데요, 두 분 말씀에 공감을 느낍니다. 原論的으로 말해 그런 표현이 가능하다면 「역사소설의 로망시대」를 청산하고 「역사소설의 리얼리즘 시대」로 접어들었다고 보기 때문에 개척돼야 할 때라고 생각해요. 한가지 李선생께 여쭈어 보고 싶군요. 프로벨의 말입니다만, 자신이 살고 있는 현실에 대한 절망, 혐오, 증오감을 털어놓기 위해 역사로 가며 현실에서의 절망, 혐오, 증오가 깊을수록 역사로 간다고 합니다. 그렇다면 李선생께서 이야기거리가 풍부한 現代를

---

176 김종수, 앞의 논문, 297쪽.
177 박유희, 앞의 글, 33쪽.
178 이병주의 『바람과 구름과 비』가 연재된 직후, 이병주, 소설가 宋志英, 국문학자 金烈圭의 좌담 내용을 게재하였다.

택하지 않고 굳이 역사소설을 택한 이유가 있을게 아닌가하는 점이에요.

李=E H 카의 말입니다만 역사는 주어진 사건의 총체가 아니라 쓰여진것입니다. 또 역사는 과거와 현재의 對話라고도 했어요. 쓰여진다면 現時點에서 쓰여져야 하지 않느냐, 항상 새로 쓰여져야 하는게 역사라면 가장 타당한 경우가 역사 자체가 아니라 역사문학의 경우라고 생각합니다. 정사로 굳어진 것을 수정하기란 어려운 노릇이지요. 그래서 역사로는 못하지만 다시 쓰여짐을 가능케 하는 것이 역사문학, 즉 소설이라는 생각이지요. 현재 입장에서 과거와 대화한다, 다시 말해 오늘 이 시점에서 韓末에 살다간 사람들과 대화하고 싶었던 겁니다.

宋=역사의식이란 문제가 중요하다고 봐요. 그것은 바로 현실의식이란 말로 표현할수도 있겠지요. 종래 대부분의 역사소설은 과거의 사건과 인물을 표현할수도 있겠지요. 종래 대부분의 역사소설은 과거의 사건과 인물을 그대로 그린 것입니다. 가령 李光洙는 首陽을 나쁘게 그렸지만 金東仁은 1백 80도 뒤바꾸어 「大首陽」으로 추어 올렸어요. 새로운 해석입니다. 그런 해석을 바탕으로 지난 것을 찾아낸다는 것은 意義있는 일이에요.

李=리얼리즘 이야기가 나왔읍니다만 리얼리즘을 어떤 주어진 상황자체를 가장 진실성있게, 설득력있게 전달하는 것이라고 볼 때 역사소설에 있어서의 리얼리즘 묘사에 있다기보다는 構成이라고 생각해요. 역사의 큰 흐름 속에서 진실성을 갖는 구성말입니다. 톨스토의의 「戰爭과 平和」의 위대성도 묘사력이 아니라 구성력에 있어요.

宋=역사소설에서 가장 중요한 것이 바로 구성이지요.

李=픽션에 중점을 두면 사실이 왜곡되기 싶고, 픽션을 쓰지 않으면 사실의 集成밖에 안 되지 그 사이를 뚫는 것이 문제일 것 같아요.[179]

---

179 「歷史小說에 새 轉機를」, 『조선일보』, 1977. 2. 16, 5면.

위 좌담에서 김열규는 "「역사소설의 로망시대」를 청산하고 「역사소설의 리얼리즘 시대」로 접어들었다고 보기 때문에 개척돼야 할 때"라며 역사소설이 리얼리즘을 담는 그릇으로서의 역할을 해야 할 때라는 의견을 피력한다. 이것은 당시의 역사소설에 대한 비평가들의 기대를 대변한다고 볼 수 있다. 소설가 송지영 역시 역사소설 안에 "역사의식"을 담아야 한다는 말로 이와 같은 의견에 동의를 구하고 있다. 이병주도 "역사소설의 리얼리즘"이라는 원론적 원칙에 동의하면서, 다만 그 전달의 방법이 묘사가 아닌 구성에 있음을 강조하고 있다. 즉 역사소설 안에 리얼리즘을 담아내기 위한 방법으로 역사와 허구를 적절하게 섞는 구성을 고민하고 있음을 드러내고 있는 것이다. 허구적 차원은 역사소설의 재미를 담당하고 있는 부분으로 이병주는 이를 위해 "주인공부터가 궁중 출신, 양반을 피하고 밑바닥에 사는 사람, 첩실 소생, 몰락한 양반, 천주교인에 대한 학살로 부모를 잃고 떠돌아다니는 사람"[180]을 내세우고 독자로 하여금 "역사소설의 사명을 내세우기 전에 흥미"[181]를 먼저 느끼게 하려고 구성하였음을 밝히고 있다.

그러므로 이병주의 『바람과 구름과 비』에서 보여지는 대중적 흥미 요소들은 역사소설의 리얼리즘이라는 소설의 목적과 그것을 효과적으로 전달하기 위한 구성으로 "대중독자의 기대심리와 욕망 충족에 호응하려는 오락적인 전략의 일환"[182]으로 보여진다. 『바람과 구름과 비』의 경우 소설의 전반부는 대중적 흥미 요소가 많이 고려되었지만, 후반부는 이병주가 독자에게 전달하고자 하는 역사적 사건에 대한 논평적 성

---

180 「歷史小說에 새 轉機를」, 위의 좌담.
181 「歷史小說에 새 轉機를」, 위의 좌담.
182 김종수, 앞의 논문, 290쪽.

격을 많이 보여주고 있다는 점이 이러한 사실을 증명해준다고 볼 수
있다. 그리고 이병주의 이러한 전략은 "재미있으면서도 계몽적 역사소
설을 원하는 대중의 기대"에 부합하는 것이었다고 할 수 있다.

『바람과 구름과 비』의 대중성은 역사소설에 대한 대중의 기대지평
과 작가 이병주의 기대지평이 교차되는 지점에 있다. 역사소설에 대한
대중의 기대지평은 현실에서 충족될 수 없는 위안과 환상을 과거라는
공간으로 이동하여 충족하고자 하는 열망이다. 이것은 때로는 희망이
없어 보이는 현실의 상황을 전복시키고 새로운 역사가 도래하기를 바
라는 열망일 수도 있고, 자신들이 원하는 모든 것을 통쾌하게 해결해
주거나 대신해주는 영웅의 출현에 대한 소망일 수도 있다. 작가 이병주
의 기대지평은 자신의 역사소설을 사실과 허구의 중간쯤에 놓이게 하
는 것이었다. 그것을 위해 그는 먼저 영웅 캐릭터를 창출하고, 그 영웅
들의 활약상을 통해 대중의 열망을 실현시켰다. 그리고 역사적 사실을
대중에게 효과적으로 전달하기 위해 그가 창조한 허구적 인물 속에 역
사적 사실이 자연스럽게 녹아들게 하는 서사전략을 구사했다.

역사소설에 대한 대중의 기대지평은 대중문학을 읽는 독자들이 만
족감과 안도감을 느끼는 익숙한 형식과 관련이 있다. 과거부터 길들여
진 체험이 독자의 내부에 형성해 놓은 기대지평으로 인해 독자는 새로
접하는 작품에서도 쉽고 편안한 체험을 추구한다는 것이다. 카웰티에
따르면 대중문학 작가는 잘 닦여진 도식성을 통해 새로운 작품을 신속
하고 효과적으로 만들어낼 수 있는데, 이것은 상업주의의 생산성과 잘
맞아떨어지는 요인이 된다. 또한 대중소설을 반복해서 읽는 독자는 점
점 대중소설의 공식에 익숙해지면서 가상의 세계로 무리 없이 빠져들
어 가게 되는 특징이 있다고 보았다.[183] 카웰티의 논의는 상업성을 추구

하는 신문연재소설인『바람과 구름과 비』가 대중소설의 서사관습을 충실히 따를 수밖에 없는 이유를 설명해준다.

70년대 역사소설에 대한 대중의 기대지평을 반영하는 이 소설에서 독자는 재미와 교양이라는 두 가지 즐거움을 향유하게 된다. 재미는 대중소설의 서사관습을 충실히 활용하거나, 공식의 변주를 통해 변화의 묘미를 줌으로써 실현되었다. 또한 이 소설에서 구현되는 역사·문화·예술에 대한 계몽적 서술 전략은 당대 대중들의 교양에 대한 욕망과 맞물리며 대중성을 확보한 요인이 되었다.

2. 서사관습 활용과 변주의 대중적 재미

이병주는『바람과 구름과 비』를 집필하며 종래 역사소설이 지닌 영웅중심의 인물 묘사의 한계를 뛰어넘겠다고 공언했다. 물론 이 소설 속에 등장하는 주요 인물들의 출신이 왕이나 양반 등 신분적 측면에서 우월한 것은 아니다. 그러나 주요 인물들이 가진 태생적 비범함은 영웅의 틀을 벗어나지 못한다. 그 이유는 대중들의 역사소설에 대한 기대지평 때문이다. 대중들은 그들이 살고 있는 현실이 만족스럽지 못하다고 느낄 때 당대의 현실과 닮아있는 과거를 소환한다. 그리고 그 역사적 시공간 안에서 현실에서는 충족되지 못하는 심리를 충족시키고자 욕망한다. 이런 대중의 심리는 자연히 영웅의 출현을 기대하게 만든다. 완벽한 능력을 지닌 영웅이 보통의 대중이 해결할 수 없는 현실의 모순을

---

183 J. G. Cawelti, 앞의 글, 83~84쪽.

대신 해결해주기를 바라는 것이다. 그래서 특별한 능력을 지닌 대중의 영웅이 펼치는 역사적 시공간은 새로운 역사가 도래하기를 바라는 대중 정서와 맞물려 강력한 흡인력을 갖게 된다.[184]

『바람과 구름과 비』의 전반부 내용을 요약하자면 구한말 이씨 왕조의 폭정으로 인한 쇠락한 국운과 피폐한 백성들의 처지에 반감을 품은 관상사 최천중이 새로운 왕조를 건설하고자 하는 이상을 품게 되면서 그 준비 과정의 일환으로 삼전도장을 세우고 전국에 흩어져 있는 인재를 모으는 과정이라 할 수 있다. 따라서 삼전도장에 모이게 되는 각각의 인물 소개가 소설 전개의 많은 부분을 차지하고 있으며, 인물 소개의 핵심은 그 인물들이 삼전도장에 올 수 밖에 없는 비범성과 특이성을 지니고 있음을 설명하는 것이다. 각각의 인물들이 가진 비범성과 특이성은 독자들로 하여금 고전소설의 인물들에서 익히 보아왔던 영웅성과 흡사한 느낌을 주며 익숙함이라는 대중성을 확보한다. 이는 대중소설의 특징이 독창적인 상황을 창조하기보다, 이미 알려져 있는 고유의 독자 대중이 수용하고 사랑하는 토포스적 상황들의 목록을 조합한다는 에코의 관점과 일치한다. 에코는 토포스적 상황들의 구체적인 예로 공평하게 이전 모델들을 뒤따르는 것, 자유롭게 사건들을 확장하고 이미 종결된 게임을 다시 펼치는 것, 자유분방하게 자기 주인공들의 심리를 미리 조립된 것으로 설명한다.[185]

대중소설이 독자에게 익숙한 인물형을 제시하는 이유에 대해서 카웰티는 인물에의 감정이입이 용이하기 때문이라고 설명한다. 카웰티

---

184 김종수, 앞의 논문, 298쪽.

185 U. Eco, 『대중의 슈퍼맨』, 김운찬 옮김, 열린책들, 1994, 105쪽.

에 따르면 모든 이야기에는 감정이입을 유도하는 등장인물이 있는데, 고급문학은 독자들이 탐탁지 않게 생각하는 인물이라 할지라도 강제적으로 감정이입을 시키지만, 대중소설은 독자들이 절대적으로 동일시하고 싶은 인물에 한해서만 감정이입을 하게 된다는 것이다. 대체적으로 대중소설의 주인공은 힘이 세고, 용감하며, 여자 복이 많고, 머리가 비상하며, 항상 정의의 편에 서는 인물이다. 이때 감정이입을 위해 중요한 것은 복잡한 주인공의 심리 묘사보다는, 끊이지 않고 계속되는 사건의 연속이라는 서사전략을 선택하는 것이다. 심리 묘사는 멀리 떨어져 주인공의 내면을 관찰하는 반면, 사건 위주의 서사전략은 주인공이 겪는 고난을 마치 독자도 함께 참여하여 극복해나가는 듯한 효과를 줌으로써 주인공과 독자의 감정의 끈을 더욱 끈끈하게 만들어주기 때문이다.[186] 『바람과 구름과 비』의 서사 역시 심리 묘사보다는 영웅들이 펼치는 활약담을 중심으로 한 사건 위주의 구성적 특징을 지닌다.

이 소설의 주요 인물들이 지닌 영웅성은 미천한 신분이지만, 태생적 비범성을 지닌 것으로 구축되었다. 먼저 소설의 중심인물인 최천중을 묘사한 부분을 살펴보자. "키가 훤칠하고 모양이 반듯했다. 툭 튀어나온 이마에선 재기(才氣)가 느껴졌고, 부리부리한 눈망울로 보아 만만찮은 기우(氣宇)의 소지자라고 판단할 수도 있었다."[187]에서는 외모나 분위기가 이미 비범성을 지니고 있음을 나타내준다. 점술사(占術師)이자 관상사(觀相師)인 최천중의 직업적 능력 또한 "산수도인(山水道人)이란 이름의 도사(道士)를 십 년 동안 사사한 후 세상에 나온 지가 2년밖에

---

186 J. G. Cawelti, 앞의 글, 90쪽.
187 이병주, 『바람과 구름과 碑』 1, 기린원, 1992, 19쪽.

안 되었지만, 그를 겪은 사람들은 모두 그의 영특한 신통력에 감탄"[188]
할 정도로 출중하며 재물도 풍성하지만 목적을 이룰 때까지 종자를 거
느리는 것을 보류할 정도로 절제력이 있는 인물이다.

최천중의 아들인 왕문은 최천중의 철저한 계획으로 탄생한 인물이
다. 최천중은 완벽한 유토피아인 이상국가를 세울 결심을 하고 그 준비
의 첫 번째로 새로운 국가의 왕이 될 아들을 낳기로 결심한다. 왕이
될 사주를 미리 맞추어 놓고, 왕재(王才)를 낳을 수 있는 여자를 선택하
는 등 최천중의 치밀한 계획으로 왕문이 잉태된 것이다.

> 왕재가 되려면 우선, 완벽한 사주(四柱)를 타고나야 한다. 최천중은,
> 완벽하다고 생각하는 사주 삼종(三種)을 구상했다. 30년쯤 후에 등극할
> 예정의 연령을 가정한 결과였다. 최천중은 금강산으로 들어가 폭포에서
> 목욕재계한 후, 비로봉에 올라 천지신명에게 절하고, 준비한 삼종 가운데
> 하나의 사주를 택하기 위해 괘(卦)를 뽑았다. 신명의 계시가 있었다. '갑
> 자년 무진월 경인일 을축시(甲子年 戊辰月 庚寅日 乙丑時).' 철종 15년,
> 또는 청동치(淸同治) 3년 2월 20일 첫새벽. 최천중은 2년 전에 이렇게
> 미리 사주를 맞추어 놓고, 자기의 씨를 받을 밭을 찾아 헤맸다.[189]

잉태의 순간부터 왕재(王才)의 자질을 갖춘 준비된 인물로 태어난 왕
문은 열 살 때부터 이미 스승을 뛰어넘는 기대 이상의 학문적 재능을
보인다. 선천적으로 타고난 재능과 함께 엄격한 훈련과 교육까지 받게
되어 학문과 인격에 이르기까지 흠결 없는 자질을 갖춘 인물로 성장하
게 된다.

---

188 이병주, 위의 책, 19쪽.
189 이병주, 위의 책, 21쪽.

왕문의 학문적 스승인 강원수(康元水)는 "두 살 때 어머니의 젖꼭지를 물고 언문 14행을 줄줄 외고 십간십이지(十干十二支)에 통달"했으며, "세 살이 되었을 때에는 천자문을 종횡으로 외고, 추구(推句) 한 권을 다 떼고", "다섯 살에 이르렀을 때 당송팔가문(唐宋八家文)을 이해하며 암송했"으며 "당시(唐詩) 수백 수를 외기도 했"을 정도로 천재성을 지닌 인물[190]이다. 게다가 여색을 밝히는 행동에 있어서의 기행(奇行)은 강원수의 비범한 인물로서의 자질을 더욱 강조하면서 독자의 흥미를 끌게 되는 요소가 된다.

삼전도장에 모이게 되는 다양한 재능을 구비한 인재 중에서 무술을 담당하는 연치성 역시 노비에게서 태어난 미천한 출신 성분을 지녔다는 약점 외에는 모든 것이 완벽한 인간이다. "준수한 이마, 반반한 관골, 수발한 코, 꽃잎 모양을 방불케 하는 입술, 옥을 깎아 만든 것 같은 턱"[191]을 지니고 있으며, 최천중으로 하여금 "천지의 조화(造化)가 반드시 무슨 의도가 있기에 저런 얼굴을 만들었을 것"[192]이란 믿음을 갖게 할 정도로 아름다운 외모를 가지고 있다. 뿐만 아니라 무술에도 비범한 능력이 있어 다른 사람들은 십 년의 수련으로도 가망 없는 것을 여섯 달, 혹은 두 달 만에 배워서 마침내 "열 살이 되었을 때는 출중한 무술가라고 할 수 있을 만큼 성장"하게 된다.

연치성과 함께 뛰어난 무술 실력을 지닌 인재로 김권, 윤량, 이책 등의 인물이 더 등장하는데 이들 역시 무예를 연마하여 궁술(弓術)에 능하고 둔신(遁身), 축지(縮地)에도 능한 재주를 지녔다. 이 소설의 주요

---

190 『바람과 구름과 碑』 6, 7쪽.
191 이병주, 위의 책, 40쪽.
192 이병주, 위의 책, 41쪽.

독자층이 남성이었음을 가정한다면, 이들 인물들이 활약을 펼치는 무술 장면에 대한 생생한 묘사는 대중성 확보에 큰 역할을 했으리라 짐작된다.

> 사나이가 사정없이 반월도를 휘둘렀다. 그 찰나, 날쌘 연치성의 앞발을 가슴에 맞고 칠 척 장신의 사나이가 문턱 너머로 나뒹굴었다. '찰그랑!' 한 것은 반월도가 그놈 손에서 떨어지는 소리였다. 연치성이 얼른 뛰어나가 반월도를 집어 들었다. 나뒹굴었던 사나이가 몸을 일으키려고 하는 것을, 반월도의 칼등으로 머리를 때려 실신(失神)시켰다. 두세 놈으로 보이는 역시 복면을 한 놈들이, 마당으로 뛰어내려 무너진 담 근처에 모여 서는 것이 달빛 아래 보였다. (…중략…) 연치성은 칼을 왼손으로 바꿔 쥐었다. 어느 틈에 찼는지 허리춤에 달려있는 혁낭 속으로 연치성의 손이 들어갔다. '철촉이구나' 하고 최천중이 지켜보고 있는데, 연치성의 오른팔이 크게 휘둘렸다. 거의 동시에 '으음'하는 신음 소리와 함께 사람 쓰러지는 소리가 담 쪽에서 들려 왔다. 영문을 몰라 쓰러진 놈을 부축하려다 말고, 엉거주춤 비껴 서려는 놈들에게 연거푸 철촉이 날았다.[193]

이 소설이 창작되기 전의 시기인 1960년대의 역사소설에는 이미 이러한 무협적 요소가 적극 반영되는 추세였다. 이는 신문연재 역사소설의 상업화 전략과 맞물려 당시의 역사소설에 대한 대중의 기대를 포착한 신문사의 기획이 큰 영향을 미쳤다. 1962년에 『경향신문』은 역사소설난에 중국 무협소설을 번안한 김광주의 『정협지』를 연재하며 60년대 무협소설 열풍을 주도[194]하였다. 이런 분위기에서 신문사는 역사소설에

---

193 『바람과 구름과 碑』 2, 253~254쪽.

도 무협소설의 분위기를 섞어 넣어주기를 요구했고, 그렇게 탄생한 대표적 작품이 최인욱의 『林巨正』이다. 1962년부터 1965년까지 『서울신문』에 연재되어 선풍적인 인기를 끌었던 『林巨正』은 원래 신문사 측에서 '삼국지'와 '수호지'를 섞은 혼합형 작품을 요구[195]했으나, 작가가 임꺽정이라는 소재를 택했다고 한다. "무협소설을 통해 표현할 수 있는 장쾌한 액션과 함께 우리 민족의 삶을 보여"[196]주는 이런 류의 역사소설에 대한 대중의 기대는 이병주가 『바람과 구름과 비』를 창작한 70년대에도 유효한 것이었다. 대중들은 궁중비화나 당쟁을 묘사하던 기존의 역사소설에서 느낄 수 없었던 새로운 재미를 이러한 무협적 요소에서 찾았다. 소설 속에서 뛰어난 무술로 종횡무진하는 영웅들의 활약은 주로 힘없는 백성이 법의 보호 아래 있지 못할 때이다. 당대의 대중들은 정치적 암흑기였던 60, 70년대의 현실 상황의 절망을 가상세계의 강한 영웅을 통해 위안받고자 역사소설의 무협적 요소에 열광했다.

대중들이 열광하는 또 다른 영웅의 전형은 의적이다. 사리사욕을 일삼는 부패한 세력을 응징하는 익명의 의적은 독자들에게 쾌감을 주고 영웅의 존재에 신비감을 부여한다. 의적은 도둑질을 하는 사람임에도 불구하고 그의 행위가 개인적 욕망을 위한 것이 아니라 민중의 울분을 대신 해소해주는 것이기에 대중들에게 윤리적 정당성을 획득한다.[197]

---

194 이후 김일평의 『군협지』(1966), 김광주의 『비호』(1969)와 같은 작품과 와룡생의 작품을 중심으로 무협소설은 선풍적인 인기를 끌었다.(정동보, 「무협소설 개관」, 대중문학연구회 편, 『무협소설이란 무엇인가』, 예림기획, 2001.)

195 김창식, 「최인욱의 『임꺽정(林巨正)』 연구」, 『대중문학을 넘어서』, 청동거울, 2000, 143쪽.

196 이주라, 「1950·60년대 역사소설에 나타난 역사적 공간의 특징 – 박종화의 『여인천하』와 최인욱의 『林巨正』을 중심으로」, 『우리어문연구』 31, 우리어문학회, 2008, 430쪽.

때문에 홍길동과 같은 의적 모티프는 역사소설에서 대중성을 획득할
수 있는 가장 손쉬운 소재라 할 수 있다.

> "이 나라는 비록 강불천리(江不千里), 야불백리(野不百里)한 좁은 나
> 라이긴 하나, 정사만 잘 되면 고복격양(鼓腹擊壤)할 수 있는 곳이여. 그
> 런데도 상(上)은 호사를 탐해 하정(下情)을 모르고, 관(官)은 가렴주구
> 를 일삼으니, 백성의 살 길이 막연하구나. 사나이 이 세상에 나서 의로
> 운 선비는 못 될망정, 이런 꼴을 보고 지나칠 수야 있겠나. 여기 모인
> 우리만이라도 힘을 합쳐, 이 세상을 좋은 세상으로 만들어 보자꾸나. 의
> 사(義士)가 될 수 없으면 의적(義賊)이라도 되어야 하는 거여. 나쁜 양반
> 놈들의 재물을 털어 가난한 사람들에게 나눠 주는 것은 의로운 일이니
> 라. 알겠나?"[198]

최천중의 이와 같은 말은 의적에 대한 민중의 인식을 대변하는 것이
다. 그래서 최천중 역시 특유의 지략과 모사로 권문세족의 재산을 강탈
하는데 별로 죄의식이 없다. 그렇게 모은 재산으로 어려운 백성을 돕고
새 나라를 세울 인재를 모으는 데 쓴다는 자부심이 있었기 때문이다.
최천중이 부패한 권문세족의 재산을 강탈해가는 소설 속 에피소드들은
동일한 이유로 독자들에게 쾌감을 준다.

> 갑자기 홍길동의 얘기가 장안을 휩쓸었다. 시골의 사랑방, 머슴들 방
> 을 휩쓸었다. 모두들 홍길동처럼 되어 보았으면 하는 소망의 발현이었
> 다. 그러나 난데없이 장삼성이 돌아왔다는 소문이 퍼졌다. 평안도 관찰

---

197 김종수, 앞의 논문, 302쪽.
198 『바람과 구름과 碑』 2, 190~191쪽.

사가 상납하는 봉물과 원납전이 황해도 봉산에서 감쪽같이 탈취된 사건
이 발생했는데, 도둑들이 나졸 한 놈에게 다음과 같이 일렀다는 것이다.
"장삼성이 대원군의 폐정(弊政)을 좌시할 수 없어 부득이 일어섰으니 앞
으로 정사를 고쳐야 한다. 불연이면 조정까지도 안태하지 못할 것이니
그렇게 알라." 장삼성의 출현은 재조(在朝)의 고관들을 섬뜩하게 했다.
반면 일반 서민들에겐 갈증 난 입이 냉수를 마신 기분이었다. 장삼성에
관한 소문은 꼬리에 꼬리를 물고 침소봉대(針小棒大)하게 전파되었다.
"평안 감사가 보낸 백만 냥을 털어 갔다." "뺏긴 봉물을 값으로 치면 그
것도 백만 냥이 넘는다." 이런 소문이 퍼진 지 얼마 되지 않아 영건도감
(營建都監)이 경복궁 역사에 동원한 인부들에게 주려고 돈을 쟁여 놓은
창고가 털렸다. 이건 정말 귀신이 곡할 일이었다. 어느 날 아침 부도감
(副都監)이 창고 문을 열었더니 어디에서 바람이 횡 불어 왔다. 바람 구
멍은 찾을 수 있었다. 천장의 일각이 도려 낸 것처럼 뚫려 있었다. 실히
서른 섬이 되었을 엽전이 한 푼 없이 사라졌고 창고 벽엔, "장삼성 수
령."이란 쪽지가 붙어 있었다.[199]

『바람과 구름과 비』에서 전형적인 홍길동 모티프로 등장하는 인물
은 장삼성(張三星)이다. 그의 실제 이름은 하준호이며, 신분을 숨기고
의적으로 활동하다가 나중에 최천중의 삼전도장을 뒤에서 돕게 되는
인물이다. 장삼성의 활약에 대한 서사가 일개 에피소드로 다루어지지
않고, 소설 속 서사의 중요한 줄기를 형성하고 있는 점은 역사소설 속
에서 의적 모티프가 갖는 대중성의 비중이 얼마나 큰 것인지를 반증해
준다고 할 수 있다.
한편, 『바람과 구름과 비』가 대중의 기대를 충족시킬 수 있었던 또

---

199 『바람과 구름과 碑』 6, 301~302쪽.

다른 요소는 소설 속 영웅들이 누리는 '무절제한 여성 편력'이다. 30년
대나 50년대의 역사소설에서도 연애담이나 성애 묘사는 대중성을 확
보하는 주요한 요소였다. 이 시기의 소설 속 역사 공간은 주로 궁궐에
한정되어 있었기 때문에, 왕을 둘러싼 궁중 여인들의 암투나 삼각관계
등이 대중의 호기심을 자극하였다. 일반 백성들이 쉽게 접근할 수 없는
곳이 궁궐이었기에 그 곳에서 벌어지는 궁중비화는 대중의 상상력을
더 극대화시켰다. '성'에 대한 개인적인 호기심과 사회적인 금기가 상
충되었던 당시의 상황에서 역사소설은 윤리적 갈등에서 벗어나 대중들
의 성적 호기심을 채울 수 있는 소설적 공간[200]이 되었다.

　60, 70년대의 역사 소설 속 성애 묘사는 '왕을 중심으로 한 절대 권
력자의 여성 편력'에서 '대중 영웅의 여성 편력'으로 주체만 바뀌었을
뿐 이전과 비슷한 양상을 띠었다. 『바람과 구름과 비』가 창작된 1970
년대는 '성'을 다룬 소설이 '호스티스 문학'이라는 별명을 얻을 정도로
유행하던 시기였다. 특히 신문연재 역사소설은 여성의 육체에 대한 과
감한 성애 묘사로 대중의 흥미를 끌었는데, 이병주 역시 그러한 영향
아래에서 소설을 집필했음을 짐작할 수 있다.

　　옥방지요(玉房指要)를 비롯한 중국의 방중술(房中術)을 익힌 최천중의
　　수련(手鍊)이 기절 상태에서 깨어난 왕 씨 부인의 육체에 드디어 정화(情
　　火)를 불붙이기에 성공한 것이다. 이러한 반응을 확인한 최천중의 손이
　　대담하게 행동을 개시해서, 왕 씨 부인이 첩첩이 껴입은 속옷의 음미로운
　　부분에 이르는 매듭의 마디를 풀어 나갔다. 이미 모든 일을 체관한 부인은
　　눈을 감은 채 숨소리를 죽이려고 했다. 그렇지만 여체의 슬픈 생리는

---

200 김종수, 앞의 논문, 308쪽.

어떻게 할 도리가 없었다. 숨결이 점점 가빠만 졌다. 얼굴에 홍조가 돋아 났다.[201]

이 소설에서 가장 빈번하게 여성들과 관계를 맺는 인물은 최천중이다. 위 인용문은 최천중이 왕 씨 부인을 겁탈하는 장면을 서술한 것이다. 왕 씨 부인은 자신을 겁탈하는 최천중에게 겁을 먹기는커녕 오히려 성적 욕망을 느끼게 되는 것으로 그려진다. 그리고 이것은 모두 최천중의 화려한 방중술과 같은 탁월한 성적 능력 때문인 것으로 묘사된다. 조선 말이라는 시대적 배경과 양반집 부인이라는 신분을 고려해봤을 때, 성에 대한 보수적 관념을 지녔을 왕 씨 부인의 태도와는 전혀 상반된 반응이다. 게다가 겁탈이라는 특수한 상황에서 여성이 갖는 공포의 심리는 전혀 고려되지 않는다. 최천중은 부인을 두고 있음에도 불구하고, 완벽한 왕재를 잉태시킨다는 명목으로 겁탈한 유부녀 왕 씨 부인을 비롯하여, 평생의 조력자가 되는 점술사 황봉련, 그 밖에도 기생, 과부, 처녀를 가리지 않고 끊임없이 관계를 맺는다. 위 인용문에서 나타나는 바와 같이, 최천중이 여자들과 관계를 맺는 과정에서 흥미로운 사실은 여자의 동의 없이 이루어진 겁탈과 같은 비윤리적 행위라 할지라도 한결같이 피해 여성들의 자발적이고 암묵적인 동의가 이루어진다는 것이다. 어느 여성도 결과적으로는 끝까지 저항하거나 최천중을 원망하지 않으며, 오히려 욕망의 화신으로 변하여 더욱 더 최천중을 갈망하는 태도를 보인다. 이러한 남성 중심적 성애 묘사 역시 30년대 이후의 역사소설에서 흔히 볼 수 있는 서사관습이라 할 수 있다.

---

201 『바람과 구름과 碑』 1, 55~56쪽.

또한『바람과 구름과 비』에서 보이는 긴장감 넘치는 무협 요소, 폭력적 장면, 남녀의 성애 묘사와 그로 인한 황홀한 감각 등은 독자에게 강력한 육체적 쾌락을 선사한다. 칼과 칼이 부딪치고, 사람의 신체가 훼손되고, 뼈가 부러지고 피가 낭자한 무협 장면에서의 공포의 감정은 독자의 쾌락을 배가시킨다. 또한 사랑하는 연인들의 합의하에 이루어지는 결합이 아니라, 겁탈과 같은 폭력적 성애 묘사에서 오는 긴장감은 독자의 육체적 쾌락을 극대화시켰다.

이렇듯 독자의 기대지평에 부응하는 대중소설의 서사전략의 핵심은 통속성이나 도식성으로 통용되는 일정한 공식을 지향한다. 공식은 독자의 흥미를 유발하고 안정된 수요를 창출하기 위해 작품 내적으로 수용한 일정한 플롯과 갈등구조, 정형화된 주인공, 과잉정서 등의 문학적 관습(convention)을 의미한다. 에코는 대중소설에 나타나는 관습적 인물형과 상황을 '토포스(topos)'라 정의하였는데, 토포스를 활용한 형상화는 구체적인 상황 묘사나 참신한 인물 묘사 대신 독자가 알고 있는 관습적인 상상력의 틀에 기대는 것이다.[202]

살펴보았듯이 이 소설에서 서사의 중요한 한 축을 구성하는 부분은 고전소설에서 익숙하게 보아왔던 비범한 영웅형 인물들의 의적, 무협, 여성 편력 등에 관한 활약담이다. 일반적으로 역사소설이 가치관의 혼란이 극심해지는 시기나 급격한 지각변동 앞에서 현재의 위치나 미래를 예견하기 어려운 상황에 유행[203]하였다는 점을 고려해 볼 때, 이 시기의 대중들은 현실도피나 대안 탐색의 목적으로 역사소설을 수용하였

---

202 U. Eco,『대중의 영웅』, 조형준 옮김, 새물결, 1994.
203 박유희, 앞의 글, 13~14쪽.

다고 볼 수 있다.

폭력이나 섹스와 같은 순간적이고 자극적인 흥밋거리를 제공하여 대중들로 하여금 삶의 질곡과 현실의 낭패감을 벗어나 가상의 세계로 몰입하게 하는 것이 고급문학의 관점에서 보는 대중문학의 현실도피의 부정적 성격이다. 그러나 카웰티는 현실 세계의 혼돈, 불확실성, 모호함, 억압 등이 자기 나름의 도식성에 따라 단순명료하게 하나의 완결된 세계로 닫혀지게 하는 것을 현실도피의 특성으로 보았다. 그는 대중들의 내면에는 흥미 있고 강렬한 체험의 세계로 도피하려는 욕구와 질서와 안정의 세계로 도피하려는 욕구가 공존한다고 보았는데, 이 두 가지 욕구의 갈등을 해결할 수 있는 방법이 바로 대중소설이 제공하는 현실도피의 체험이라고 주장하였다. 일상의 불확실함, 위험 또는 윤리적 갈등 없이는 겪을 수 없는 일들이 대중소설이 제공하는 가상의 세계에서는 별 다른 저항 없이 전개되었다가 마무리된다. 카웰티는 대중소설의 도식성 덕분에 확보되는 이러한 안정감이 현실도피의 체험을 더욱 강력하게 만들어준다고 주장하였다.[204] 또한 그는 대중소설의 현실도피성이 게임이나 놀이와 유사한 속성을 갖는다고 보았다. 도식성이라는 틀 안에서 서스펜스와 카타르시스를 구축해나가는 일련의 과정이 마치 룰을 따르면서도 변화무쌍한 운동 경기의 과정과 비슷하다는 것이다. 또한 일상생활 속에서 해결할 수 없는 갈등으로부터 일시적 도피를 제공해줌으로써 독자의 자아를 고양시키는 점도 그러하다고 보았다.[205]

한편, 『바람과 구름과 비』에는 영웅형 인물이라는 도식성의 틀을 유

---

204 J. G. Cawelti, 앞의 글, 87~89쪽.
205 J. G. Cawelti, 앞의 글, 91~92쪽.

지하면서도, 이 인물들에게 종래의 역사소설에서 볼 수 없는 개성 있는 성격을 부여하고자 하는 공식의 변주가 나타난다. 이는 이병주가 그의 기획의도에서 밝혔던 종래의 역사소설에서 볼 수 없던 새로운 유형의 인물을 형상화하겠다는 발언과 상통한다.

카웰티는 대중소설에 대한 독자들의 재미를 이끌어내기 위해서는 독자들이 만족감과 안도감을 느끼는 도식성의 틀을 유지하면서도, 자기 나름대로의 개성과 스타일이 있는 인물 묘사를 통해 변화의 묘미를 살려야 한다고 주장했다. 예를 들어 셜록 홈즈가 초인적인 이성으로 무장된 인물이라는 도식성을 지니고 있지만, 다른 한편으로는 몽상적이고 낭만적이며 아편을 피우고 바이올린을 켜는 새로운 모습을 통해 셜록 홈즈만의 인물원형을 획득하였다는 것이다.[206]

> 물론, 그에겐들 착잡한 생각이 없을 까닭은 없었다. 맑고 고고하게 살고 있는 선비를 농락할 뿐 아니라, 그 부인에게 불의의 정욕을 갖는다는 것은 어느 모로 보나 어긋나는 짓이란 것쯤은 그도 알고 있었다. 그러나 용이 동천하려면 개천의 미꾸라지들과 개구리들의 등이 터져야만 했다. 하나의 왕재(王才)를 얻기 위해선 범인들의 윤리는 짓밟혀야만 했다. 묵자(墨子)를 숭앙하는 외골수는 장자(莊子)의 기우(氣宇)에 억눌려야 하는 것이다.[207]

위 인용문은 최천중이 자신의 필요에 의해 왕 씨 부인을 겁탈할 계획을 세우면서 왕 씨 부인의 남편인 왕덕수에게 느끼는 약간의 죄책감

---

206 J. G. Cawelti, 앞의 글, 84~93쪽.
207 『바람과 구름과 碑』 1, 44쪽.

에 대한 자기 합리화의 심리를 서술한 부분이다. 최천중은 자신의 목적을 위해 왕덕수에게 계획적으로 접근하여 친분을 쌓은 후, 자신을 믿고 호의를 베푸는 왕덕수를 속이기 위해 술에 약까지 타 먹이는 비윤리적 행위를 자행한다. 이처럼 이 소설의 영웅형 인물들은 힘없는 백성을 보호하는 의로움을 지녔지만, 완벽하게 윤리적인 인간을 지향하는 인물들은 아니다. 소설의 주인공인 최천중의 경우 유부녀 납치, 겁탈, 축첩 행위를 비롯하여 사기로 남의 재산을 뺏는 행동에 이르기까지 반윤리적 행위를 자신만의 명분을 내세워 별다른 죄책감 없이 서슴없이 저지른다. 삼전도장에 모이게 되는 여러 인물들 역시 비범한 재주를 가지고 있지만, 동시에 온갖 비도덕적이고 상식에 맞지 않는 기행을 일삼는 인물들이 태반이다. 즉, 이 소설의 영웅들은 이전의 역사소실에 나타났던 구국(救國)의 영웅이 아니다. 심지어 최천중은 나라를 위기에서 구하기는커녕, 오히려 기존의 체제를 전복하려는 야심을 품고 있으니 체제전복적인 야심가형 영웅이라고 할 수 있다. 즉 이들은 그 비범성에서는 영웅의 전형성을 지니고 있지만, 성격적인 면에서는 새로운 대중적 영웅이라 할 수 있다.

이병주가 새로운 영웅 캐릭터를 창출하고자 했던 이유는 60년대 이후의 역사소설에 대한 대중의 기대지평이 변화했기 때문이다. 50년대 대중들은 박종화의 역사소설에 나타난 지배 계층의 권력 다툼이나 사랑 이야기, 선악의 이분법적 대립과 같은 전형적 이야기 구조를 선호했다. 전쟁으로 인한 사회 질서의 파괴와 윤리관의 균열 속에서 혼란의 시대를 살고 있던 대중들은 기존의 도덕관념과 질서가 통용되는 명확한 세계를 원했던 것이다.[208] 그러나 60년대로 넘어오면서 대중들은 역사소설의 공간이 보다 더 민중들의 생활이 드러나는 공간으로 옮겨지기를 열망했다. 따라서 이러한 민중 중심의 공간 변화와 민중의 삶이라는 소재적 변화로 인해, 영웅의 캐릭터 역시 기존의 구국 이미지가 아닌 보다 더 민중친화적인 이미지로 재구축되기 시작한 것이다.[209]

카웰티가 대중소설의 재미를 위해 제시한 또 하나의 서사전략은 서스펜스이다. 서스펜스란 소설에 등장하는 인물의 불확실한 운명을 걱정하면서 일시적으로 우리 내부에 야기되는 긴장감을 말한다. 이 긴장감은 항상 어떤 식의 해결이 약속되어 있는 긴장감인데, 가장 대표적인 경우가 각종 연재물의 마지막 장면이다. 카웰티에 의하면 고급문학의 불확실함은 독자의 짐작과 기대에서 끊임없이 빗나가고 어떠한 해결도 보장되지 않음으로써 서스펜스로 전이(轉移)되지 않는다. 그러나 대중소설의 서스펜스는 아무리 불확실한 상황이라 해도 결국 어떻게든 후련하게 해결될 것이라는 믿음 위에서 강력해진다는 것이다.[210]

이 소설은 1977년 2월부터 1980년 12월까지 총 1천 1백 94회에 걸쳐 연재된 신문연재물이라는 특징을 가지고 있다. 회당 분절되는 연재물의 특성상 마지막 장면은 독자의 호기심과 긴장감을 자아내어 다음 회에 대한 기대를 이끌어내도록 구성되었다. 대체적으로 이것은 도저히 극복할 수 없을 것 같은 절대 절명의 위기에 처한 주인공의 운명이라거나, 아무도 대적할 수 없을 것 같은 막강한 힘을 지닌 악인의 등장이라는 서사적 특징을 지닌다. 이는 독자에게 주인공이 고난을 극복하지 못하거나 악이 승리해 버릴지도 모른다는 서스펜스를 느끼게 함으로써, 소설적 재미를 이끌어내는 요소가 되었다.

---

208 이주라, 앞의 논문, 427쪽.
209 이주라, 위의 논문, 434쪽.
210 J. G. Cawelti, 앞의 글, 89~90쪽.

3. 계몽적 서술전략을 통한 지(知)의 향유

『바람과 구름과 비』의 후반부에는 이병주 소설만의 독특한 색깔이 드러나는데 그것은 역사적 사실에 대한 기록과 논평이다. 이병주는 『지리산』을 비롯한 여러 소설에서 기록문학에 가까운 사실적 문체를 구사하였다. 특히 역사소설과 관련하여 이병주는 대중의 흥미를 자극하면서도 사관(史官)의 역할을 함께 해야 한다는 소설관을 가지고 있었다. 대중소설에 있어서도 대중성과 역사성을 함께 고려해야 한다는 그의 소설관은 중국의 역사가 사마천을 떠올리게 한다. 이병주가 자신의 글쓰기에서 사마천을 롤모델로 삼았다는 사실은 여러 가지 에피소드에서 드러난다. 필화사건으로 감옥에 2년 7개월을 복역할 때에도 사마천의 『사기』를 즐겨 읽었다고 하며, 박정희의 5·16 군사 쿠데타를 기록한 『그해 5월』이라는 소설에는 사마천의 이름을 빌린 "이사마"라는 작중인물이 등장하기도 한다.[211]

사관(史官)은 실록을 편찬하는 데 핵심적인 자료인 '사초(史草)'를 작성했다. 사초란 사관이 왕 옆에서 그날그날 일어난 일들을 빠짐없이 기록한 것이다. 조선시대의 사관은 매일 사초를 작성하여 춘추관에 보

---

211 중국에서는 옛부터 역사와 이야기의 관계가 명확하게 구분되지 않았다. 그래서 예전에는 지금의 관점으로 볼 때, 소설로 분류될 만한 내용의 글들이 역사책으로 분류되었던 경우가 많았다. 그것은 역사의 기록이나 소설, 이 모두가 행위의 기록과 관련되어 있었기 때문이다. 이것은 전통적인 중국 사회의 궁중에서는 공식적으로 역사를 기록하던 사관(史官)과 허구적인 이야기를 기록하던 집단이 대개 동일한 집단이었다는 사실로도 증명이 된다. 일례로 유명한 역사가인 반고(班固)는 『한서(漢書)』를 집필하기도 했지만, 한 무제(漢武帝)에 대한 일화집인 『한무고사(漢武故事)』를 지었다고도 알려져 있다. 이와 같은 역사가와 소설가의 모호한 경계선이 이병주가 지향하는 소설가의 모습이었다고 짐작할 수 있다. (안정훈, 「古代 中國의 目錄書를 통해 본 '小說' 개념의 기원과 변화」, 『中國小說論叢』 7, 1998, 참조.)

고하고, 집으로 돌아와서는 다시 또 하나의 사초를 작성하여 집에 보관
했다. 이렇게 사관이 개별적으로 집에서 보관하던 사초를 '가장사초(家
藏史草)'라고 하는데, 가장사초는 이후 실록 편찬을 위해 실록청이 설치
되면, 그때 실록청에 제출되어 실록 편찬의 자료로 사용되었다. 사관
은 가장사초에 자신이 직접 들은 사건과 인물에 대한 역사적 평가를
기록하였다. 그래서 실록에는 '사실'과 함께 '비평'이 담겨 있는 것이
다.[212] 이병주가 그의 소설에서 사관(史官)적 서술전략을 활용했다 함은
바로 이러한 역사적 사실에 대한 기록에 가까운 문체와 함께 그 사건에
대한 자신의 논평을 작중 인물의 입을 빌어, 혹은 서술자의 직접적 개
입으로 서술하고 있다는 점이다.

① "『바람과 구름과 碑』의 무대는 한말(韓末)입니다. 역사상 어느 시
기든 중요한 시기는 없었다고 생각합니다. 사람도 중병을 앓을 때가 가
장 중요하지 않습니까. 개화기를 앞두고 병부터 먼저 앓았다는 점에서
중요해요. 조선 왕조라는 것이 형편없는 나라더군요. 5백 년 동안 끌어
왔다는 게 이상스러울 지경입니다. 백성을 올바르게 이끈 임금은 세종
대왕밖에 없다고 해도 좋지 않을까요? …(중략)…"[213]

② 한말의 역사는 우리 민족의 회한(悔恨)이다. 그런 만큼 해석도 다채
다양할 수밖에 없는 것이다. 나는 시민의 눈으로, 또는 서민의 애욕을
통해 그 회한을 풀이해 보고자 하는 것이다. 가끔 다음과 같은 생각을

---

212 한국학중앙연구원, "한국민족문화대백과사전-사초-"(http://encykorea.aks.ac.kr/
Contents/Index) 참조.

213 「〈산실의 대화〉 소설가 李炳注씨, 역사란 현싯점에서 더욱 새로워, 새 연재 "바람과 구
름과 碑"…重病의 韓末을 그리겠다」, 『조선일보』, 1977. 1. 19, 5면.

해 보는 것이다. 서울의 지식인들과 일부 지배층이 동학당과 합세해서 청국과 일본의 개입을 막고 혁명의 과정을 밟았으면 어떻게 되었을까? 만일 국왕과 동학도가 일치해 버렸으면 그 결과가 어떻게 되었을까? 나는 이러한 가상 아래 있을 수도 있었던 찬란한 왕국, 기막힌 공화국에의 꿈을 곁들여 민족사의 의미를 생각해 보고 싶은 것이다. 그런 가운데서도 안타까운 것은 의병 운동이다. 국권을 수호하기 위한 그 거룩한 저항의 용사들은 오늘날 국사(國史)에서 정당한 자리를 차지하지 못하고 있을 뿐만 아니라, 일제 사관(日帝史觀)에 억눌려 억울한 대접을 받고 망각의 먼지 속에 파묻혀 있는 것이다. 내가 의도하는 바는, 그것까지를 포함해 서 3·1운동까지의 회한사를 적으려는 것이다.[214]

『바람과 구름과 비』에 민비나 대원군과 같이 실명으로 등장하는 당 대 권력층들과 김옥균·박영효·홍영식·서재필 등의 개화파들은 사실 에 입각한 인물들로서 역사 소설의 사실성에 부합한다. 따라서 소설 속에서 이들이 관련된 조선말의 역사적 사건들은 실제의 역사적 사실 과 밀접한 관련을 맺는다. 이병주가 하필 조선 말이라는 시대적 배경을 소설 속으로 옮겨온 것은 그의 트라우마인 학병 체험의 원인이 조선의 멸망과 일제 식민지화에 있었기 때문이다. 그가 이 소설을 통해 조선의 멸망과 일제 식민지화의 근본 원인을 속속들이 파헤쳐보고 싶은 뚜렷 한 목적의식을 가지고 있었다는 사실은 집필 전 편집자와의 인터뷰인 위 인용문 ①, 그리고 연재를 마치며 그가 쓴 기고문인 인용문 ②에 선 명히 나타난다.

이병주는 1980년 제9권까지에 해당하는 연재를 마치고 7년 만에 제

---

214 이병주, 「"바람과 구름과 碑"를 끝내고」, 『조선일보』, 1980. 12. 31, 5면.

10권을 발간하며 발간사에서 10권은 흥미 본위보다 기록 본위로 썼다고 하였는데, 그 이유는 기록성에 충실한 대목이 없고선 앞으로 전개될 파란만장한 이야기가 알맹이 없는 허구가 될 것이기 때문이라고 설명했다.[215] 그리하여 한말의 주요한 역사적 사건에 대해서는 실록에 근거하여 그 원인과 과정 결과를 자세히 기록하였다. 예를 들어 러시아와 맺은 '조아 육로 통상 장정(朝俄陸路通商章程)'과 같은 조약은 그 문서의 상세한 내용까지 그대로 기재[216]하였다. 동학농민운동과 같은 사건은 최제우로부터 비롯된 동학의 창설부터 탄압, 그리고 전주 민란, 익산 민란, 고부 민란 등이 일어나게 된 원인을 불합리한 조선말의 조세제도까지 자세히 설명하며 분석 제시하였다. 특히 전봉준을 필두로 한 동학농민운동의 봉기과정은 그 시초부터 실패로 끝나기까지의 전개과정과 전봉준의 처형 장면에 이르기까지 실록에 실린 날짜별 기록까지 차용하여 생생한 역사성을 확보하였다. 청일전쟁이나 갑오경장과 같은 주요 사건들 또한 조선의 실록뿐만 아니라 일본과 청의 문헌까지 기술[217] 함으로써 역사를 바라보는 객관적 시각을 견지하고자 노력하였다.

이러한 사실 그대로의 기록에 가까운 문체는 실제 실록을 접하기 어려운 대중들의 지적 호기심을 충족시켜 주는 효과가 있었다. 또한 역사적 인물의 최후와 같은 정사(正史)에서 접하기 어려운 뒷이야기도 대중의 호기심을 채워주었다. 예를 들어 급진 개화파였던 김옥균이 갑신정변에 실패한 후 일본으로 망명하였다가 암살을 당하고 그 시체가 능지처참되는 비참한 최후를 맞는 과정은 기록과 픽션의 적절한 경계를 넘

---

215 『바람과 구름과 碑』 10, 325쪽.
216 이병주, 위의 책, 97~101쪽.
217 이병주, 위의 책, 221~234쪽.

나들며 흥미를 제공하였다. 김옥균이란 인간을 평가하기 위해 이광수의 자료를 삽입한 것[218]도 역사소설의 객관적 실증성을 부가시키는 효과를 주었다.

① "일본의 야심에 그 원인이 있다기보다, 조선 국민의 민도가 낮아서 그렇게 될 위험이 있다는 겁니다. 민도가 낮다는 말은 적합하지 않을지도 모릅니다. 이렇게 바꾸어 말해야겠습니다. 조선의 국민들은 정부에 애착을 느끼지 않기 때문에, 그런 사실이 일본의 야심을 유발(誘發)할 염려가 있다는 겁니다. 영국이 인도를 먹은 것은, 당초 영국이 그런 야심을 가졌던 것은 아닙니다. 처음엔, '유리하게 무역을 하겠다. 즉, 영국의 상품을 인도에 많이 팔아먹고, 인도에서 생산되는 원자재를 싼 값으로 사 오도록 하겠다.'는 장삿속이 있을 뿐이었습니다. 그랬는데, 인도의 정치 사정이 워낙 혼란되어 있고, 인도 민중의 정부에 대한 애착이나 신뢰가 전혀 없다는 것을 알게 되자, 영국 정치가들 몇몇이 인도를 먹어버릴 계획을 세우게 된 겁니다. 비록 약하고 작은 나라라도, 국민이 정부에 애착을 가지고 정부를 중심으로 하여 단합되기만 하면, 이웃 나라가 야심을 품고 덤비지 못합니다. 그런데 조선의 사정을 보니 남의 일 같지 않습니다."[219]

② "나 같으면 계몽(啓蒙)을 위주로 하여 노력하겠소. 그 계몽 사업을 통해 한 사람 한 사람 동지를 규합하겠소. 목적에 이르기엔 아주 더딘 동작 같지만, 가장 확실한 길이라고 생각하오. 나라의 운명은, 개개인의 포부만으로 결정되는 게 아니오. 의견이 옳은가 그른가 따지기 전에, 얽

---

218 "김옥균의 장점은 교유(交遊)에 있었다. 실제로 교유를 잘 했다. 문장이 교묘하고 화술도 좋았다. 시(詩), 문(文), 서(書), 화(畵), 모든 것에 능했다. 김옥균의 단점은 덕의(德義)와 모략이 없다는 데 있었다."- 이광수 '박영효를 만난 이야기'에서(이병주, 위의 책, 119쪽.)
219 이병주, 위의 책, 141쪽.

히고설킨 이해관계(利害關係)를 먼저 정돈해야 하오. 귀족들의 이해와
서민들의 이해는 다르오. 양반의 이해와 상민들의 이해도 다르오. 정치는
의(義)로써 움직이는 것이오. 그러니 이해관계를 정돈하여, 어느 길을
택하면 보다 많은 사람에게 이익이 되는지, 그 길을 먼저 국민에게 이해시
켜야 하는 겁니다. 그래 갖고, 그 길을 걷지 않고는 나라나 개인이 살
수 없다는 각오로 뭉쳐, 그 뭉친 조직이 많은 사람의 지지를 받게 될
때 비로소 보람을 갖게 되는 것이오. 설혹 지금은 보람을 갖지 못해도,
후대에까지 이어 갈 수가 있어, 언젠가는 성공되는 그런 길을 찾아 계몽
사업을 하겠소. 내가 이 나라 국민으로 태어났다면 꼭 그렇게 하겠소."[220]

위 인용문은 최천중이 미국 공사 푸트와 조선의 정세를 논하는 장면
에서 푸트가 당시의 정세에 대한 자신의 생각을 말하고 있는 장면이다.
여기서 푸트의 장황한 설교조의 말은 사실 작가가 말하고자 하는 바를
대신 전달하는 것이다.[221] 이렇듯 소설 곳곳에는 사실적 기록과 함께
역사적 상황에 대한 작가의 논평이 개입되어 있다. 이는 독자들의 이해
를 돕는 주석적 역할을 한다는 점에서 대중의 눈높이에 맞추고자 하는
대중성의 측면에서 긍정성을 갖는다. 그러나 지나칠 경우 계몽적으로
흐를 수 있다는 점을 경계해야 한다. 역사소설에서 지나친 서술자의
개입이 계몽적 성격을 짙게 띠게 되면, 충실한 역사적 사건의 재현도
될 수 없고 현재의 전사로서의 의미도 지닐 수 없게 되며 결국 독자의
공감을 불러일으키지 못하는 한계를 지닐 수밖에 없기 때문이다.

---

220 이병주, 위의 책, 144쪽.
221 이러한 사실은 푸트 공사의 말을 간추려서 음미하는 최천중의 반응으로 증명된다. "푸트
　공사의 말은 대강 이와 같이 간추릴 수 있었는데, 최천중은 그 내용을 반복하여 음미했다.
　푸트 공사의 말은 일일이 타당했다."(『바람과 구름과 碑』 9, 145쪽.)

또한 역사 소설에서 역사적 사건에 대한 작가의 지나친 논평은 독자에게 잘못된 판단을 내리게 할 수도 있는 위험성을 내포한다. 독자는 소설에 담긴 제한된 자료와 작가의 주관적 판단을 절대적 진리로 받아들이는 오류를 범할 수 있기 때문이다. 위 인용문 ①의 경우 제국주의의 침략을 약소국 국민들의 탓으로 돌리면서 정당화하는 오류를 범하고 있으며, ②의 경우도 강대국의 이권 다툼 사이에 낀 약소 국민의 처신을 지나치게 개인적 차원으로 협소화시켜 버리는 오류를 범하고 있다.

> 그 후 세월이 흐르는 동안에 우리 주장대로 국경이 정해졌는데, 2차 대전 후 이 국경 문제가 재연되자, 김일성은 간단하게 중국의 요구대로 굴복해 버려, 백두산이 중국의 소유가 되었다고 한다. 김일성은 이중하만한 견식도 배짱도 가지지 못한 자라고 할밖에 없다.[222]

위 인용문은 조선과 청국의 국경 분쟁이 생겼을 때 토문 감계사(土們勘界使) 이중하(李重夏)가 토문을 두만강 부근에 두려는 청국의 요구에 끝끝내 불응하였다는 일화를 서술하면서 덧붙인 서술자의 직접적 개입 부분이다. 서술자는 우리나라의 국경문제가 현재와 같이 되어버린 것이 김일성의 탓이라고 덧붙이며, 이중하만도 못하다고 평가하며 불만스러운 감정을 드러낸다. 이러한 부분들이 소설 속에서 여러 번 드러나는데 이것은 독자로 하여금 사실과 허구의 경계에 있어야 하는 역사 소설의 본질을 망각하게 하여 소설적 재미를 반감시키게 된다.

이러한 여러 한계에도 불구하고, 이병주가 계몽적 서사전략을 구사한 이유는 조선 멸망의 원인과 그것에서 얻는 교훈을 현대사와 관련하

---

222 『바람과 구름과 碑』 10, 91쪽.

여 독자들에게 전달하고자 하는 기대지평을 가지고 있었기 때문이었
다. 앞에서 살펴보았듯이 70년대는 리얼리즘적 역사소설에 대한 비평
적 기대와 재미있으면서도 계몽적 역사소설을 원하는 대중의 기대가
조우한 시대였다. 따라서 대중의 기대라는 측면에서 이병주 소설이 갖
는 적절한 계몽성은 오히려 독서에서 얻을 수 있는 지적(知的) 향유의
한 요소로 대중성 확보의 중요한 요소가 되었다.

지적 향유에 대한 대중의 기대는 당시의 사회 상황과도 밀접하게 연
결되어 있다. 한국 사회는 1950년대 후반부터 문화의 핵심 키워드로
교양이 대두되었는데, 이것은 수많은 전집이나 총서·신서 등의 기획물
이 교양을 표제로 하여 발간되었다는 사실로 증명된다.[223] 경제력과 공
교육의 확대로 60~70년대 독서 인구가 폭발적으로 증가했는데, 이때
이들의 독서 목적 중에 하나도 교양의 향유였다. 교양은 인간이 사회생
활을 영위하는 데 알아야 할 모든 것을 말하는데, 당대 대중들이 일반적
으로 손쉽게 교양을 접할 수 있는 방법은 책읽기였다. 특히 대중소설은
문화화된 교양을 통해 독자들을 자극하고 지식화된 교양을 서사로 풀어
냄으로써, 독자들의 자기 향상 동기를 충족시키는 데 도움이 되었다.[224]

이 소설에 나타나는 이병주의 또 다른 계몽적 서술전략인 문화나 예
술에 대한 묘사 역시 이런 사회적 상황과 결부되어 대중성 확보의 요
인[225]이 되었다고 판단할 수 있다. 그 첫 번째 예는 소설 전체에서 두드러

223 천정환, 「처세·교양·실존 - 1960년대의 '자기계발'과 문학문화」, 『민족문학사연구』 40, 민족문학사학회, 2009.
224 진선영, 「대중소설의 이데올로기와 미학」, 『구보학보』 4, 구보학회, 2008, 151~152쪽.
225 이병주의 소설이 지니는 교양적 특성에 대해서는 여러 논자들의 의견이 대체적으로 일치한다. 노현주는 이병주의 작품에 등장하는 주요 인물들이 예술적 감각과 문학에 대한 교양이 깊은 자들이라고 파악하였다. 따라서 "인물들의 대화와 토론, 작가의 자전적 서술

지게 활용된 한시(漢詩)의 인용이다. 이것은 구한말이라는 시대적 배경을 드러내는 장치로 쓰이기도 하지만, 독서를 통해 지적인 욕망을 충족시키고자 하는 대중의 기대를 만족시키기 위한 서술전략이기도 했다.

> 나라의 불행은 시인(詩人)의 행(幸)이런가. 창상(滄桑)을 읊은 시 구절 절묘하니라.[國家不幸詩人幸 賦到滄桑句便工]

청(淸)나라 조익(趙翼)이 유산 원호문(遺山元好問)에게 제(題)하여, 원호문이 적은 평시(評詩)의 일절이다. 나는 이 구절에서 받은 충격으로 원호문의 글을 읽기 시작했다. 비극이 있는 곳에 비가(悲歌)가 있게 마련이지만, 그 비가가 만인의 가슴을 치며 영원할 수 있자면, 금조(金朝)의 유신(遺臣) 원호문과 같은 천재(天才)가 매체(媒體)로 되어야 한다는 사실을 비로소 알았다. (… 중략 …) 나라의 불행이 시인에겐 행(幸)으로 될 수 있다지만, 고왕금래(古往今來) 어떤 시인도 이 같은 행을 얻기 위해 나라의 불행을 바라지는 않았을 것이다. 나라는 망해도 시(詩)는 남는다면, 시의 행(幸)은 될망정, 시인(詩人)의 행복까지 될 수는 없다. 시는 비록 별처럼 영원해도, 생신(生身)의 시인은 망국(亡國)의 한과 더불어 상처를 입는다. 이렇게 볼 때, '국가불행시인행(國家不幸詩人幸)'은 하나의 역설(逆說)이 되지 않을 수 없으며, 이 역설은 그 비통한 영탄(詠嘆)의 색조(色調)로 하여 그대로 절창(絶唱)이랄 수가 있다. 하여간 망국의 한(恨)이 원호문의 경우에서처럼 처연(凄然)한 시화(詩華)를 이룬 예는 드물다.[226]

위 인용문은 구한말이라는 망국의 시기를 시대적 배경으로 다루는

등을 통해 보여주는 이병주의 교양주의가 대중독자들의 교양에 대한 지향과 욕망에 부합"하였다고 보았다.(노현주, 앞의 논문, 121쪽 참조.)

226 『바람과 구름과 碑』 1, 5~7쪽.

소설의 본격적인 전개에 앞서, 망국과 관련한 중국과 한국의 몇몇 시를 소개하고 있는 소설의 맨 첫 장 「서곡(序曲)」의 도입 부분이다. 인용문에는 원호문에 얽힌 일화, 그에 대한 서술자의 논평이 나타나있다. 특히 망국의 시와 시인에 관한 서술자의 논평은 서술자의 주관적 감상과 생각을 그대로 내보이고 있다. 즉, 망국의 한은 시인의 시를 절창으로 빛나게 할 만큼 원통하고 절절하다는 사실을 독자에게 각인시킴으로써 계몽적 성격을 드러내는 것이다. 「서곡」에는 원호문 외에도 두보, 신원의 한시와 일제강점기의 안중근, 이병찬, 이상화, 심훈, 윤동주의 시를 작가의 논평을 곁들여 소개하고 있다. 또한 「서곡」 외에 본격적인 소설의 전개 과정에서도 등장인물들의 심리를 드러내거나, 인물들 간의 지적 교류의 매개물로 한시를 적재적소에 활용하였다. 이를 통해 독자는 소설이라는 서사 속에서 작가의 논평을 곁들여 풀어낸 어려운 한시를 손쉽게 접하고 지적 향유를 누릴 수 있었다.

> ① 계류의 잔잔한 흐름이 있었고 다소곳한 미소처럼 돋아나는 새싹, 함수(含羞)의 꽃봉오리, 피어오르는 꽃, 꽃, 꽃의 환희, 새들의 노랫소리. 어느덧 아지랑이 삼삼한 들이 전개되고 아득히 연산의 능선(陵線)이 조는 듯 나타나는데, 화려한 춘색이 열두 줄 현(絃) 위에 엮어지는 것은, 어떤 조화의 묘(妙)란 말인가. 음(音)으로써 색(色)이 이루어지고 그 색이 다시 음으로 화하여 울리니 색즉시음(色卽是音)인가, 음즉시색(音卽是色)인가. 도도연(陶陶然)하고 황황연(恍恍然)에 장구를 치는 방초는 어느덧 천녀(天女)의 모습을 닮아 거의 투명하고, 주자(奏者) 서순정은 보랏빛 구름을 허리에 두른 천인(天人)의 모습이었다.[227]

---

[227] 『바람과 구름과 碑』 6, 97쪽.

② 토끼 간이 선약(仙藥)이란 선관(仙官)의 말을 듣고 토끼 간 구할 사신을 선정하는 자리의 대목에 이르자, 좌승상(左丞相) 거북이 등장하면 거북의 소리, 우승상 잉어가 등장하면 잉어의 소리, 대장(大將) 고래가 등장하면 고래의 소리, 한림 학사 깔따구는 깔따구 소리, 표기 장군(驃騎將軍) 벌덕게가 등장하면 벌덕게의 소리……. 이처럼 등장하는 수십의 소리를 각각 다르게 발성하며, "호부 상서(戶部尙書) 문어는 팔족(八足)이니 팔조목(八條目)으로 응하였고, 숭어는 용맹 있어 뛰기를 잘하옵고……." 하는 대목으로 흘러갈 즈음에는 만당의 청중들이 이미 넋을 완전히 잃고 있었다. 그 극적(劇的)인 사설에 취하고 그 음성에 녹았다.[228]

이 소설에 나타나는 지적 향유의 또 다른 예는 예술에 대한 묘사이다. 최천중이 새 나라를 건설하려는 야심을 품으면서 삼전도장에 모으는 인재들의 각양각색 재주 묘사는 이 소설의 많은 부분을 차지하는 흥미진진한 소설적 재미에 해당한다. 최천중은 "무술, 학예는 물론이고 물재주, 나무재주 잘하는 놈", "심지어 거짓말 잘하는 놈도"[229] 기인(奇人)이라 칭하며 삼전도장의 인재로 끌어 모은다. 그 인재들 중엔 예인(藝人)들도 다수 포함되어 있는데 인용문에 나오는 서순정이라는 인물이 대표적 예이다. 인용문 ①은 서순정의 가야금 연주를 묘사한 부분이다. 여기서 서순정의 가야금 음률은 마치 자연의 신비를 다 품은 듯 오묘하고 조화로운 것으로 묘사되며, 더불어 그러한 음률을 만들어내는 서순정은 인간이 아닌 천인(天人)으로 신격화됨으로써, 가야금 연주에 대한 독자의 상상력을 자극한다. 인용문 ②는 서순정이 판소리 '토별가'를 부르는 장면이다. 여기서 서순정의 판소리는 마치 1인 다역의 화려한 연극처럼

---

228 이병주, 위의 책, 111쪽.
229 이병주, 위의 책, 105쪽.

청중들을 사로잡는 것으로 묘사된다. 특히 판소리 '토별가'의 내용 중에서 흥미로운 대목을 구체적으로 언급하고 있는데, 이러한 서술전략으로 인해 독자는 판소리 '토별가'에 대한 지식을 습득함과 동시에 마치 판소리 '토별가'를 현장에서 실제로 듣는 것과 같은 생동감을 느끼게 된다. 인용문 ①, ②에서와 같이 소설 속에서 서순정은 천재적 음악인으로 묘사된다. 아울러 부유한 양반 가문 출신인 서순정이 타고난 천재성으로 인해 운명적으로 천대받던 계층인 음악인이 되어가는 과정이 흥미진진한 서사로 펼쳐진다. 이렇듯 흥미로운 서사와 함께 자연스럽게 소개되는 가야금 연주나 판소리에 관한 소설 속 묘사는 현실적 제약으로 인해 실제의 문화생활을 접할 수 없었던 당대 대중들에게 상상적으로나마 쉽고 재미있게 문화를 향유할 수 있는 수단이 되었다.

◆ 제4장 ◆

비극적 현실 서사에 담긴 '공감'

『지리산』

1. 역사적 트라우마의 문학적 치유

『지리산』은 이병주의 소설 중에서 평자들의 가장 많은 관심[230]을 받았을 뿐만 아니라 대중적으로도 폭넓은 호응을 얻은 작품이다. 그런데 기실 『지리산』이 갖는 대중성은 일반적으로 대중소설을 분석하는 '참조틀'[231]과는 조금 다른 경향을 보이고 있다.

일반적으로 논의되고 있는 대중소설의 서사 원리와 미적 구조는 '주인공의 비범성, 선악 대결 구도의 지속적 활용, 정의 실현의 구현자로서의 주인공 설정, 작품 구조의 도식성, 등장인물의 전형성, 해피엔딩의

---

230 이병주의 개별 작품론 가운데에서는 『지리산』에 대한 연구가 가장 많다.

231 텍스트의 의미를 해석해 나가는 과정에서 독자가 의존하는 것을 '참조틀'이라 하는데, 문학적 관습 즉 장르적 공식성을 특징으로 한다. 공식은 문학적 관습이나 다른 텍스트에 대한 기억 등에 바탕을 둔 선험적 지식 곧 친숙함을 중심으로 형성된다. 독자는 일련의 텍스트에 통용되는 공식을 바탕으로 친숙한 기대지평에 따라 편안하고 안락한 독서과정을 즐길 수 있게 된다. 이렇게 장르의 공식에 충실한 대중소설의 특성에 주목하여 대중소설을 장르소설이라 부르기도 한다.(이정옥, 앞의 책, 91쪽.)

설정, 애정담의 빈번한 사용' 등으로 규범화 할 수 있다.[232] 물론 이병주
의『지리산』도 이러한 대중소설의 서사 원리와 미적 구조에서 완전히
벗어난 것은 아니다. 멜로드라마로서의 성격은 보이고 있지 않지만, 완
벽한 인격을 소유하고 있는 여러 등장인물들의 비범성과 전형성은『지
리산』의 소설적 완성도를 저해하는 요소로 꾸준히 지적되어 왔다.[233]

그렇다면『지리산』이 대중들에게 사랑을 받으며 수용될 수 있었던
보다 근본적인 이유는 어디에 있었을까.『지리산』은 일제강점기에서
출발하여 해방공간, 남북의 이데올로기 대립, 6·25전쟁, 그리고 분단이
라는 근현대사의 정치적 혼란기를 배경으로 하는 소설이다. 연도로 계
산하면 1939년부터 1956년까지라고 할 수 있는데, 그 암울했던 시기의

---

232 임성래 외,『대중문학의 이해』, 청예원, 1999, 24~27쪽. 이 외에도 강옥희는 1930년대
후반 한국 대중소설의 서사구성 원리를 "계몽성과 이상주의, 과학주의에의 지향, 흥미
추구와 상투성, 작위적 결말과 예측 가능성"등으로 파악하고 있고, 김강호는 1930년대
한국 통속소설의 구조적 특징이 "애정 갈등과 삼각 관계로서의 공식성에서 출발해 로망스
적 모험과 멜로드라마적 서사구조를 보여주는 것"이라며 이는 "세계 화합의 도덕적 환상,
현실도피적 지향성, 영웅 출현에의 기대 심리"등과 같은 독자의 기대지평에 부응하기 위
한 방편으로 분석하고 있다.(강옥희,『한국근대 대중소설 연구』, 깊은샘, 2000; 김강호,
『1930년대 한국 통속소설 연구』, 부산대학교 박사학위논문, 1994; 안낙일,「한국 현대
대중소설 연구 - 1970년대 이후 소설을 중심으로」, 한림대학교 박사학위논문, 2003, 40~
41쪽 재인용.)
233 지리산의 중심인물인 이규와 박태영은 완벽한 인간으로 묘사되어 있다. 이규는 동경제대
를 다닐 정도의 수재이며, 그런 이규의 재능은 박태영 앞에 빛이 죽을 정도이다. 박태영은
천재일 뿐만 아니라 "재주가 있는 사람에게 있기 쉬운 경박함이 전혀 없는 조용하고 침착한
소년, 어느 한 군데 나무랄 데 없는 학생"으로 묘사된다. 이에 대해 정호웅은 "이 같은
완벽함이란 참으로 찾기 어려운 지극히 예외적인 경우가 아닐 수 없는데, 그 예외성으로
인해 박태영은 이미 장편소설의 주인공으로는 부적합하다. 사회적 제관계의 그물망 중심
부가 아니라 전면 또는 일탈된 측면에 놓일 수밖에 없는 존재인 것이다. 그러므로 그를
통해 변화하는 현실의 전체성을 역동적으로 담아내기란 불가능하다. 개별자로서 자신의
성격이 이끄는 대로 움직일 수밖에 없는 고립된 개별자일 뿐이다."고 지적한다.(정호웅,
「영웅적 인물의 행로」,『역사의 그늘, 문학의 길』, 김윤식 외 편, 한길사, 2008, 254쪽.)

그늘에서 살아온 청년들의 삶을 담아내고 있다. 그리고 이러한 시대사
적 아픔은 비단 소설 속 인물들의 개인적 문제가 아니라, 당대의 독자들
이 함께 공유해온 역사적 트라우마²³⁴라 할 수 있다.

앤 캐플란(E. A. Kaplan)은 사회적인 재앙은 역사가 남긴 아픈 잔재가
되어 개개인에게 영향을 미친다고 역설하였다. 그래서 트라우마 목격서
술은 불의가 만연한 세상을 변화시키려는 욕구에서 발생하며 목격윤리
로 발전한다고 보았다. 즉 트라우마를 수용할 수 있는 언어로 표기하여
상처를 열고 진실을 폭로하면, 독자는 목격하고 애도하며 연대책임의식
을 조성하도록 학습되고 그 가운데 트라우마가 치유²³⁵된다는 것이다.²³⁶

이병주의 소설적 글쓰기의 출발이 그의 개인적 트라우마에서 비롯
되었다는 사실은 이미 널리 알려진 사실이다. 노현주는 이병주의 소설
이 자기 자신의 인간 회복을 위한 글쓰기였다고 규정하며, 이병주 소설
의 한 특징을 '사소설의 전유'라 명명하며 다음과 같이 언급한다.

---

234 트라우마는 기근, 홍수, 화재 등 자연적 재앙과 전쟁, 테러, 고문, 집단수용, 아동학대,
납치, 가정폭력, 성폭력 등 사회적 재앙으로 인한 극심한 충격이 무의식에 남아 심리적인
상흔이 반복해서 경험되는 증상을 의미한다.(김정선, 『외상, 심리치료 그리고 목회신학』,
한국심리치료연구소, 2006, 118쪽.)

235 '치유'라는 용어는 'Therapy'나 'Healing'의 번역에서 유래한 것으로 보인다. 그러나 전
자는 '치료'라는 의미로 더 자주 번역되는 것이 보통이고, '치유'라고 하면 후자의 의미가
더 일반적이다. 후자는 '상처 치유(Wound Healing)'와 같은 의학적 개념을 심리적 차원
으로 은유화한 것이다.(이봉원, 「의사소통 장애와 치유의 문제」, 『인문학연구』 21, 경희
대학교 인문학연구원, 2012, 68쪽.)

236 E. A. Kaplan, *Trauma Culture: The politics of Terror and Loss in Media and
Literature*, New Brunswick, New Jersey: Rutgers UP, 2005, 20~147쪽.(김봉은,
「미국 원주민 문학에 재현된 트라우마와 치유: 셔먼 알렉시의 『탈주』 중심 연구」, 『미국
소설』 17(1), 미국소설학회, 2010, 20쪽 재인용.)

이병주는 소설을 통해 자신의 인생의 최대의 트라우마를 언급하는데, 그것은 일제의 '학병 체험'과 5·16 군부에 의한 필화사건이다. 이 두 가지의 사건은 이병주의 소설 세계에서 지속적인 변주를 통해 이야기되고 있다. 이것은 마치 외상 후 증후군의 치료를 위해 상처를 반복적으로 이야기하는 심리치료의 한 기법을 연상하게 한다. 특히 후자의 사건은 작가가 저널리스트에서 작가로 변신하는 계기가 되는 것으로서 그의 소설이 정치지향적인 이유를 내포하는 것이기도 하다.[237]

주지하다시피, 이병주의 트라우마는 크게 두 가지로 나누어지는데, 그 중의 하나는 '학병 체험'이다. 이병주는 1941년 학병으로 동원되어 중국 소주에서 일본군으로 복무하다가 해방 이후 한국으로 돌아왔다. 김윤식은 일제 식민지시대 이병주의 학병 체험이 그의 글쓰기의 모태가 되었다고 설명한다.[238] 김윤식은 이병주를 논하면서 학병 출신의 하준수가 보이지 않는 곳에서 이 소설의 중심부에 자리 잡고 있으며, 『지리산』은 실록을 바탕으로 쓴 학병소설이라고 평가했다. 또한 김윤식은 이병주 글쓰기의 원점인 학병 체험이야말로 그의 처녀작인 「소설·알렉산드리아」로부터 시작해서 그의 마지막 유작인 『별이 차가운 밤이면』에 이르기까지 계속 이어진다고 주장한다.

이병주의 두 번째 트라우마는 '감옥 체험'이다. 이병주는 1961년 국제신보 논설위원 재직 시에 쓴 두 편의 논설이 발단이 되어 10년형의 선고를 받고 2년 7개월의 감옥 생활을 경험하게 된다. 이병주의 「소설·알렉

---

237 노현주, 앞의 논문, 36쪽. 본고에서는 이병주 소설의 사소설적 경향에 대해 작가의 창작 과정보다는 독자의 텍스트 수용과정에 좀 더 논의의 무게중심을 두고자 한다.

238 김윤식, 「이병주의 처녀작 『내일 없는 그날』과 데뷔작 「소설·알렉산드리아」 사이의 거리재기」, 『한국문학』, 2007, 봄호.

산드리아」와 「겨울밤-어느 황제의 회상」(『문학사상』, 1974.2)과 「내 마음
은 돌이 아니다」(『한국문학』, 1975.10)는 필화사건으로 수감생활을 했던
이병주의 감옥 체험기가 녹아 들어있는 자전적 작품이다. 김종회는 이
병주의 거의 모든 작품에 이러한 감옥 체험이 드러난다고 설명한다.
감옥 체험이야말로 이병주 소설의 원형에 해당한다는 것이다.[239]

 이병주가 자신의 개인적 트라우마를 글쓰기의 출발로 삼은 것은 문학
치료학의 이론으로 설명한다면 '자기서사'의 과정을 이행한 것이라고 할
수 있다. 문학치료학에서 하나의 사태를 제대로 이해하기 위해 구성된
자초지종과 앞뒤의 맥락을 '서사'라고 한다. 즉 서사란 인간관계의 형성
과 위기와 회복에 대한 서술이라 정의하는데, 특히 한 인간의 내면에서
끊임없이 작용하며 삶을 구소화하고 운영하는 근원적인 서사를 자기서
사라 지칭한다.[240] 이러한 자기서사들은 실제로 일어난 진짜 이야기라고
주장할 수 있다는 점에서 픽션이 갖지 못한 특별한 매력을 지닌다. 이는
자서전이나 실제 주인공을 재현하는 각색된 독백의 인터뷰와 같은 서사
들이 지니는 커다란 매력이라고 할 수 있다. 독자는 그것이 예술성이
조금 부족하다든가 심지어는 서사적 긴장감을 전혀 주지 못한다고 하더
라도 그런 문제들에 대해서는 쉽게 덮어주려는 경향이 있다.[241]

 『지리산』은 식민, 전쟁, 좌우 이데올로기의 대립, 분단이라는 근대
사의 격랑 속에서 시대의 아픔과 결코 무관하지 않은 이병주의 고통스

239 김종회, 「근대사의 격랑을 읽는 문학의 시각」, 『위기의 시대와 문학』, 세계사, 1996.
240 정운채, 「문학치료학의 서사이론」, 『문학치료연구』 9, 한국문학치료학회, 2008, 250쪽.
    _____, 「문학치료학의 서사 및 서사의 주체」, 『영화와 문학치료』 3, 서사와문학치료연
    구소, 2008, 247쪽.
241 H. P. Abbott, 『서사학 강의』, 우찬제 외(3인) 역, 문학과지성사, 2010, 276쪽.

러운 자기서사[242]의 과정으로 볼 수 있다. 총 7권으로 구성된『지리산』
에서 1, 2, 3권의 주된 내용은 광복이 되기 전의 일제 식민 시대 우리
민족의 고통과 일제에 맞서 항일투쟁을 벌이는 청년들의 이야기이다.
특히 이규와 박태영이라는 인물을 중심으로 감시와 규제로 인해 자유
가 억압당한 상태에서의 일제 식민지하에서의 학교생활, 일제의 학병
징집과 그것을 피해 지리산으로 숨어 들 수밖에 없었던 고통이 생생히
기술된다. 일제의 학병 징집을 피할 수 없었던 이병주와는 달리, 소설
속 이병주의 페르소나인 이규 그리고 중심인물 박태영은 학병을 피해
자신들의 신념대로 인생을 개척해가기 시작하는데, 이것은 이병주의
학병 체험에 대한 죄의식을 반증해 주는 소설 속의 반어적 장치라고
할 수 있다. 3권 중반부부터는 그토록 원했던 해방의 기쁨은 잠시일
뿐 또 다시 비극적 정치사의 격랑에 휩쓸리게 되는 청년들의 삶이 박태
영의 빨치산 투쟁을 중심으로 펼쳐진다. 즉, 좌우 이데올로기의 대립
과 그로 인한 전쟁 그리고 전쟁 이후에도 강대국의 이권에 따라 움직이
는 나라의 위태로운 운명과 분단이라는 비극이 등장인물들의 삶을 송
두리째 뒤흔든다. 중심인물인 박태영의 경우 학창 시절 비상할 정도로
우수한 두뇌의 소유자[243]였지만, 타고난 재능을 마음껏 펼치며 살아가

---

242 물론『지리산』의 중심 서사는「아태의 수기」를 바탕으로 한 박태영의 이야기이다. 그러
   나 소설 속 결말에서 기록자를 자처하는 이규는 민족의 고통을 지켜볼 수밖에 없었던
   이병주의 페르소나라는 관점에서 자기서사로 본 것이다.
243 "박태영은 두뇌가 비상할 정도로 우수했다. 일본인 교사들이 혀를 내두를 정도의 수재였
   다. 박태영을 교내에서 일약 유명하게 한 것은, 교우회지에 그가 2학년 때 실은「고향」이란
   작문이었다. …(중략)… 박태영의 재능은 작문에서만 빛나는 것이 아니고, 수학에 있어서도
   탁월했다. 기하를 배우면서 가끔 교과서에는 없는 공식을 발견해서 교사에게 질문하는
   바람에 교사가 땀을 흘리는 경우조차 있었다. 그러면서도 박태영은, 재주 있는 사람에게
   있기 쉬운 경박함이 전혀 없는 조용하고 침착한 소년, 어느 한 군데 나무랄 데 없는 학생이

는 평범한 삶은 그의 몫이 아니었다. 일본의 군인으로 참전해야 하는 징용을 피해 지리산으로 숨어든 이후 그토록 바라던 해방을 맞이했어도 그는 끝내 지리산을 벗어나지 못하고 죽음이라는 비극적 결말로 삶을 끝맺게 된다.

박태영은 해방 이후 '화원의 사상'이라 믿는 공산주의 사상에 경도되어 빨치산 투쟁을 선택한다. 해방 전 그가 지리산에서 경험한 화원의 사상은 조국의 독립과 민족의 해방을 위해 새로운 질서와 터전을 만들고, 옳고 그른 것을 가리며, 솔선수범하고, 다른 사람의 고통을 함께 나누는 것이었다. 빨치산 투쟁을 통해 그는 그것이 가능하리라 믿었다. 그러나 사상으로서의 공산주의가 아닌 정치로서의 공산주의를 경험하며 박태영은 혼란에 빠지게 된다. 그리고 빨치산의 규율이 갖는 모순과 비인간성은 박태영에게 큰 충격을 주게 된다. 남편과 아이를 죽인 여자가 당에 충성했다는 이유로 높이 평가받는 반면에, 수년간 동고동락한 동지는 정찰 임무 중 호박죽 한 그릇 얻어먹고 잠깐 잠을 잤다는 이유만으로 총살시켜 버리는 사건들을 목격하며, 박태영은 점차 자신의 선택에 허무와 회의를 느끼게 된다.

- 상대방이 비인도적이라고 해서 이쪽도 비인도적이라야 할 필요가 있는가.
- 자본주의자들에 의한 노동자의 희생에 비분강개하는 당신이 이 지리산에서만도 엄청난 파르티잔의 희생을 어떻게 생각하는가.
- 그들의 희생을 미 제국주의자와 이승만에 의한 희생이라고만 보는가. 당신들의 편견과 오산이 빚은 희생이라고 보진 않는가.

었다."(이병주, 『지리산』 1, 한길사, 2006, 58~59쪽.)

- 당신은 그 희생자들에 대한 보상을 어떻게 생각하는가. 유물론자인 당신은 명복 같은 것은 물론 부정할 것이다. 종교적인 진혼 같은 것도 부정할 것이다. 죽은 자를 위해 바치는 꽃은 형식일 것이다. 그렇다면 지리산에서 죽은 그 무수한 사람들에 대해 할 일이 없지 않은가.
- 당신은 무엇을 믿고 그 수많은 청년들을 서슴없이 죽음터로 보내고 규율의 이름으로 예사로 사형 선고를 내렸는가.
- 당신은 시체의 입에서 밥알을 꺼내 먹는 대원들을 보고 어떻게 느 꼈는가.[244]

『지리산』이 발표된 1970년대는 6·25 전쟁이 발발한지 20여 년 밖에 안 됐을 시기이다. 따라서 박태영이 겪는 감정의 혼란은 근현대의 혼란 스러운 정치적 격변기를 살아온 당대의 독자들에게도 허구적 사실로만 느껴지지는 않는다. 게다가 『지리산』의 가장 큰 서술적 특징은 「이태의 수기」[245]라는 실제 수기가 바탕이 된 증언문학이라는 점이다. 소설 속에 등장하는 빨치산의 투쟁에 관한 상세한 기록과, 날짜별로 요약 정리된

---

244 『지리산』 7, 188~189쪽.

245 이 소설에서 참고하는 김남식의 『(실록)남로당』은 1975년 신현실사에서 출간되었다. 이 병주에게 있어 『지리산』을 집필할 때의 작품서사는 「이태의 수기」, 「신판 임꺽정-학병거부자의 수기」(『신천지』, 서울신문사, 1946.4~6)라 할 수 있다. 『지리산』 후반부의 기록은 「이태의 수기」로 이루어져 있고 이 수기의 원 저자인 이우태는 이태라는 필명으로 『남부군』(두레, 1988)을 출간하였는데, 70년대에 자신의 원고를 출간할 길이 없자 이병주에게 참고자료로 건네주었다고 회고한 바 있다. 「이태의 수기」를 상당부분 게재하고 있는 6권 중반 이후부터 7권 중반까지의 내용 때문에 이병주는 후에 『남부군』으로 자신의 수기를 출판한 이태(이우태)에 의해 원고를 도용했다는 항의를 받았다. 이우태는 자신의 원고를 참고하라고 했으나 이병주가 대량 인용한 것은 참고의 범위를 넘어선 것이라 비판했다. 이에 대해 이병주는 기록물의 희귀성과 원 저작자를 존중하는 의미에서 각색을 하지 않았다고 항변했다. 이 사건은 『동아일보』에서 양측의 입장을 담은 글을 나란히 게시하는 것으로 일단락되었다.(『동아일보』, 1988. 8. 16; 노현주, 앞의 논문, 136쪽 참고.)

국내 외 정세 등은 『지리산』의 객관적이고 사실적인 성격을 더욱 강하게 부각시켜준다. 그리고 이러한 사실성은 독자들로 하여금 허구와 실제의 묘한 경계에서 소설 속 인물들에 자신의 감정을 더 잘 이입시킬 수 있도록 기능한다. 이데올로기의 대립과 그로인한 허무하고 냉혹한 결말 앞에 좌절해야 했던 대중들은 자신들의 처지를 대변하는 소설 속 인물들의 고백을 통해 자신들의 트라우마를 객관적으로 인식하게 된다. 또한 현실에서 자신들이 겪고 있는 정치·사회의 제 문제들이 과거의 사건들과 밀접하게 연결되어 있다는 사실을 깨닫게 된다.

소설의 수용 과정에서 독자들은 식민과 분단이라는 역사적 트라우마를 공유함으로써 『지리산』을 자신들의 작품서사로 받아들이게 된다. 독자는 『지리산』이라는 작품서사를 통해 새로운 경험을 함으로써, 식민과 분단의 트라우마에 대한 각자의 자기서사를 보충하고, 잠재되어 있던 내면을 자극하여 일깨움으로써 자기서사를 강화하고, 분열되어 갈등하고 있던 자기서사를 통합하는 것을 목표로 치유의 단계[246]로 나아가게 된다.

작가의 자기서사→작품서사→독자의 자기서사로 이어지는 텍스트의 수용과정에서 치유를 이끌어내는 작동원리는 '공감(empathy)'이다. 독일의 철학자 립스(T. Lipps)는 예술 작품의 감상에서 발생하는 심미적 체험을 설명하는 이론으로 공감의 개념을 처음 정립했다. 립스는 공감을 정서적 현상으로 파악하여 공감의 최종 결과를 '공유된 느낌(shared feeling)'이라고 보았다. 한편 미드(Mead)는 '이해할 수 있는 능

---

246 정운채, 「서사의 힘과 문학치료방법론의 밑그림」, 『독서치료이론의 이론적 기초』, 문학과 치료, 2006, 324~326쪽.

력'이라는 인지적인 요소를 공감의 지배적 특성으로 파악하였다. 미드
는 공감하는 사람이 잠정적으로 타인의 역할을 취하거나 또는 다른 사
람의 입장에 처해 보는 '사회적 공감'을 중요하게 생각하였다. '치료적
기술'로서의 공감에 주목한 로저스(Rogers)는 공감의 조건이 합일이나
융합이 아니라 자기와 타인을 변별하는 데 있다고 주장했다.[247] 막스
셸러(M. Scheler)는 공감을 자신과 타인 모두의 주관적 경험이 관여하는
독특한 심리 상태로 보았다.[248]

일반적으로 공감은 '감정이입'과 혼재되어 사용되지만, 엄격히 말하
자면 약간씩 변별되는 지점이 있다. 감정이입은 독자가 서사주체를 일
체로 받아들이는 것인데, 이 과정에서 독자의 긴장이 완화되고 잠재적
고립감과 불안감이 해소되는 긍정적 기능이 있지만, 자아 정체성의 혼
란이라는 위험요소를 갖는다. 이에 반해 공감은 대상과 분리되는 과정
이 필요하며 대상의 감정을 대리적으로 느끼는 것이다. 또한 감정이입
은 육체적이며 본능적인 반면, 공감은 '정신적이며 지적인 가치판단'을
전제로 한다.[249]

공감의 과정에서 독자의 삶의 경험이나 배경지식은 공감의 깊이에
많은 영향을 끼친다. 즉, 독자가 텍스트에 드러난 대상의 내적 현실이
나 외적 현실에 대한 유사경험이 있을 경우 더 쉽게 공감하게 된다.
『지리산』의 수용과정에서 등장인물을 둘러싼 역사적 비극은 독자들에
게도 공유된 트라우마다. 따라서 독자들은 자신들의 경험을 떠올리며,
등장인물의 고통에 더 쉽게 연민의 감정을 느끼게 된다.

247 박성희, 『공감학』, 학지사, 2004.
248 W. Ickers, 『마음 읽기 공감과 이해의 심리학』, 푸른숲, 2003.
249 한국문학평론가협회, 『문학비평용어사전』, 국학자료원, 2006.

텍스트의 수용과정에서 독자가 느끼는 연민의 과정은 서사주체의
불행 또는 어려운 상황에 대해 불쌍히 여기고 가엾어 하는 이해의 감정
이다. 독자들은 상상적으로 서사주체의 입장이 되어봄으로써 서사주
체의 불안과 외로움의 감정을 함께 느끼고 동시에 그 감정이 적정하다
고 인정함으로써 서사주체에게 공감을 표시한다.[250]

스미스는 타인에 대한 염려, 타인의 부당한 고통에 대해 마음 아파
하는 연민, 타인의 고통에 대해 함께 고통스러워하는 동정, 그리고 동
감 등의 부드러운 감정을 도덕적 감정이라 칭하면서 행동으로 이어지
지 않더라도 그 감정 자체는 윤리적 가치를 지닌다고 보았다.[251] 이런
관점에서 본다면 소설 속 등장인물에 대한 공감은 윤리적 가치로 승화
되며 독자들이 공유한 역사적 트라우마에 대한 문학적 치유를 이끌어
내는 기제가 될 수 있다.

> "나는 장차 훌륭한 의학 박사가 될 게다. 너는 커서 훌륭한 문학 박사
> 가 돼야 한다."
> "문학이 뭡니꺼?"
> "의학은 사람의 몸을 고치는 것이고, 문학은 사람의 마음의 병을 고치
> 는 것이다."[252]

위 인용문은 어린 이규가 작은 외삼촌과 나누는 대화의 일부분이다.
문학이 뭐냐고 질문하는 독자에게 이병주가 작은 외삼촌의 입을 빌어

---

250 진선영, 앞의 논문, 212쪽.
251 A. Smith, 『도덕감정론』, 박세일·민강국 옮김, 비봉출판사, 1996.
252 『지리산』 1, 57쪽.

문학은 사람의 마음의 병을 고치는 것이라고 정의 내리는 것이라고도
할 수 있다.『지리산』은 증언 문학이라고 일컬을 정도로 사실적 기록에
충실한 소설이다. 아이러니하게도 기록이라는 문체가 갖는 냉철함과
건조함은 그 기록들 이면에 숨겨진 개인의 고통을 더욱 부각시켜 독자
의 공감을 용이하게 하는 소설적 장치로 기능한다. 인용문에서 알 수
있듯이 이병주는 자신의 소설이 치유의 문학이 될 수 있기를 희망했고,
독자 역시 이 소설이 갖는 문학적 치유의 측면에 호응함으로써 대중성
을 확보할 수 있었다고 볼 수 있다.

2. 통과의례적 성장 서사의 공감적 요소

공감이 단순한 감정이입이 아니라 '정신적이며 지적인 가치판단'임을
전제로 할 때,『지리산』의 성장 서사적 구조는 대중들의 텍스트 수용에
있어서 공감의 대중성을 확보하는 데 유리하다. 성장 서사는 "유년기에
서 소년기를 거쳐 성인의 세계에 입문하는 인물이 겪는 내면적 갈등과
성장, 자신을 둘러싸고 있는 세계에 대한 각성"[253]이라는 특징을 가지고
있다. 소설 속 서사주체의 성장의 단계에 따라 텍스트를 수용하는 대중
독자들 역시 성장을 경험한다. 이때 성장이라 함은 "개체적이고 고립된
존재가 사회적이고 개방적 존재로 변화함과 동시에 성숙하고 합리적인
세계 인식을 통해 낙관적 잠재성을 실현하는 것"[254]을 말한다.

---

[253] 한용환, 앞의 책, 1992, 241쪽.
[254] 진중섭,「인물의 성장과정을 통한 장편소설 교육 연구」, 서울대학교 석사학위논문,
1992, 27쪽.

『지리산』은 혈기왕성하고 자의식 강한 젊은이들인 박태영과 이규의
성장 서사를 담고 있는 소설이다. 성장소설에서 입사(入社) 또는 입사식
(入社式)으로 번역되기도 하는 이니시에이션(initiation), 즉 통과의례는
한 개인이 사회로 본격적인 진입을 하는 과정에서 겪는 일종의 사회화
의식을 말한다.[255] 일반적으로 문학에서의 통과의례는 미숙하거나 무지
한 어린 주인공이 순진했던 유년 시기를 지나 악의 발견, 생의 본성에
대한 깨달음, 자아 발견과 사회적인 조정의 성숙 단계로 옮겨가는 과정
에서 치르게 되는 경험으로 논의되었다. 마르쿠스(M. Marcus)에 따르면
통과의례는 외부 세계에 대하여 무지한 상태에 있던 주인공이 중대한
인식을 하게 되기까지의 과정을 말한다.[256] 이때 주인공은 중대한 자기
발견을 통하여 인생이나 사회와 타협함으로써 기존 사회의 질서와 이념
을 수용하거나, 새로운 인식 세계로 실존 체계의 존재론적 변화를 겪는
다.[257] 교양소설[258]이 사회가 합의한 교양을 습득해 나가는 인물의 사회
통합적 성장 과정을 그려낸 것이라 한다면, 성장 서사는 인물의 중대한
자기 인식이나 주변 세계의 발견에 보다 주목하여 그 과정을 다룬 소설
이라 할 수 있다.

　『지리산』의 초반부에 등장하는 박태영과 이규는 입사를 앞두고 있

---

255 M. Marcus, 「〈이니시에이션〉 소설이란 무엇인가」, 『현대소설의 이론』, 김병욱 편, 최
　　상규 역, 예림기획, 1997, 661쪽.
256 M. Marcus, 위의 책, 663쪽.
257 S. Vierne, 『통과제의와 문학』, 이재실 역, 문학동네, 1996, 12쪽.
258 김윤식은 『지리산』이 일종의 교육소설의 범주에 드는 것으로 보았다. 이 소설이 계몽소
　　설처럼 교사와 학생의 관계가 중점을 이루며, 이 구조가 또 다른 유사한 작은 구조로
　　구성되어 있다는 이유에서다. 이 소설에서 교사는 하영근이며, 이규와 박태영은 하영근
　　의 제자로서 하영근이라는 공통된 뿌리에서 나온 쌍생아로 보았다.(김윤식, 「지리산의
　　사상과 『지리산』의 사상」, 이병주, 『지리산』 7, 384쪽.)

는 소년의 모습이다. 이때 이들의 신분은 아이도 어른도 아닌 학생의 신분으로 규정되어 성장과정에 있음이 강조된다. 이규는 교육을 통해 입신출세를 하여 집안 어른들의 기대에 부응하고자 하는 막연한 희망을 품고 있고, 박태영은 인생과 사회의 근본 문제를 탐구하는 철학 공부를 하고 싶다는 포부를 품고 있지만 이 역시 구체적으로 정해진 것은 아니다. 어쨌든 이들은 입사의 과정을 통하여 그들에게 주어진 수양의 과정을 성공적으로 마치고 사회의 일원이 될 막연한 꿈을 꾸고 있다고 볼 수 있다.

서사의 전개 과정에서 이들은 일종의 통과의례를 경험한다. 통과의례는 인생의 다음 단계로 넘어가기 위하여 의식처럼 거치는 일련의 경험을 말하는데, 『지리산』의 초반부, 즉 소년 단계에서 인물들이 겪는 통과의례는 일제 치하에서 식민지의 백성으로 겪는 일련의 불합리한 사건들을 경험하며 이루어진다. 일제에 항거하는 불온한 사상을 가졌다는 이유로 경찰서에 붙들려가게 된 사건, 자신들의 편을 들어주다가 권고사직을 당한 하라다 교장, 하라다 교장의 후임으로 온 사이토 교장의 학생들에 대한 압박 등이 그것이다. 이러한 일련의 경험들은 자아와 세계에 대하여 무지하여 자기가 세상의 중심인 양 믿고 있었던 인물들을 성장시킨다. 또한 자신들이 꿈꾸던 이상이 좌절되는 경험을 통해 미성숙한 자아를 벗어던지고 사회를 올바르게 인식하고자 하는 열망을 품게 된다.

청년 단계에서 박태영과 이규가 겪는 통과의례는 학병 징집을 거부하기 위해 지리산으로 들어가서 겪게 되는 일련의 경험들을 통해 이루어진다. 지리산에서의 통과의례는 일제 치하의 현실, 전쟁의 현실, 좌우의 이념이 분리되어 지리산에서 빨치산 투쟁을 펼쳐야 하는 자신들의 처지를 인정하고 받아들여야 하는 상황이나, 자신이 신념으로 믿었던 자아 이상이 좌절되는 상황에서 일어난다. 박태영에게 있어 공산주의 사상은 세속적인 모든 욕망을 뿌리치고 선택한 신념이었다. 그는 빨치산 투쟁을 지속해나가면서 자신의 사상이 지닌 모순을 깨닫게 된다. 그는 자신의 신념이 이루어질 없는 상황에서 자신이 처한 상황을 다시금 인식하면서, 자신의 이상과 현실의 존재를 대면하게 되는 것이다. 지리산에서 박태영이 겪는 현실과 이상 사이의 치열한 갈등은 그의 세계를 확장하고 속악한 현실을 발견하게 한다고 할 수 있다.

> "지리산 파르티잔 가운데서 마지막으로 죽는 파르티잔이 되고 싶소. '몇 월 며칠 하나의 공비를 사살했다. 배낭을 챙겨보았더니 박태영이란 이름이었다. 그는 지리산 마지막의 파르티잔이었다. 그가 죽음으로써 파르티잔은 근절되었다. 이제 지리산에 완전한 평화가 왔다.' 남조선의 신문이 일제히 이런 기사를 쓸 수 있도록 죽는 것, 그것이 나의 희망, 아니 소원이오."[259]

『지리산』의 인물들이 마주한 갈등 상황들이 모두 이상적 삶의 실현에 관한 문제였음을 고려할 때, 이들이 소설의 결말에서 택하는 삶의 방식은 중요한 의미를 갖는다. 박태영은 그가 믿었던 사상과 현실의 불일치에 좌절하고 죽음을 선택한다. 비록 낭만적 이상으로 완결되지 못했지만 빨치산 투쟁은 그에게 분명 자기 세계를 깨고 현실을 받아들이게 한 중요한 계기가 되었다. 그는 현실에 순응하는 태도를 보이는 대신 죽음이라는 그 나름의 방식으로 주체적 삶의 의지를 표명한다.

---

[259] 『지리산』 7, 307쪽.

이규는 박태영과 달리 현실적 범주 내에서 삶의 방향성을 모색하는 선택을 한다. 광복 직후인 1945년 8월 20일에 쓰여진 이규의 일기는 광복의 기쁨과 화려한 낙원을 꿈꾸는 희망으로 가득 차 있다. 그러나 광복 이후 친일파 청산 과정에서의 혼란스러운 국내 정세는 이규가 품었던 유토피아와는 거리가 먼 것이었다. 이규는 학병 징집을 피해 지리산에서 함께 일제에 저항했던 동지이자 절친인 박태영과도 사상적 측면에서 어긋남을 느끼고 다른 길을 걷게 된다. 그는 이상과 현실의 불일치에 놓인 자신의 내적 갈등 앞에서 이상의 실현을 고집하기 보다는 이상과 현실을 조율하며 자신의 나아갈 길을 모색했던 것이다. 이규의 선택은 통과의례를 거치는 과정에서 초기에 품었던 고상한 이상의 실현이 불가능함을 깨닫고 또 다른 타협 가능한 사회적인 이상을 만든 것이라 할 수 있다.

"피난은 비겁한 게 아니다. 내일 호화롭기 위해서 오늘 검소해야 할 경우가 있듯이, 내일 힘든 일을 맡기 위해 오늘은 편하게 몸을 간수해야 할 필요도 있는 거다. 동족이 모두 불행한데 나만이 편한 곳으로 피난한다는 게 젊은 마음엔 거슬릴지 모르나, 이웃이 죽는다고 자기도 죽어야 한다는 게 젊은 마음엔 거슬릴지 모르나, 이웃이 죽는다고 자기도 죽어야 한다는 건 센티멘털리즘도 못 된다. 자기가 있어야 전쟁을 방지할 수 있다거나, 자기가 있어야 동지를 승리하게 할 수 있다거나 하는 결정적인 자부나 이유가 있으면 몰라도, 지금 미리 피난하는 건 양심에 어긋날 까닭이 없다. 그리고 앞으로 있을 내란의 양상은 자네나 내가 어느 쪽에도 편들 수 없는 그런 성격의 것이 아닐까 한다. 나라를 꼭 위해야 겠다면 10년 동안 자네 개인의 힘을 기른 뒤에 위하도록 해라. 자네가 승낙만 한다면 내일부터라도 모든 준비를 서둘 작정이다. 디 얼리어, 더 베터 The earlier, the better. 빠를수록 좋다. 아무 말 말고 내 말을 따라주게. 10년 동안만 프랑스나 영국에 있다가 오게."[260]

위 인용문은 이규의 정신적 스승인 하영규가 이규에게 유학을 권하면
서 하는 말이지만, 유학을 결심하게 되는 이규의 심정을 대변해주는
말이기도 하다. 일반적으로 현실과 이상 가운데 어느 한 쪽만 치우치는
현상이 발생하면, 서사주체는 심각한 내적갈등을 겪는다. 이규 역시 현
실과 이상을 어떻게 양립시킬 것인가를 고민한다. 고상한 이상만을 좇
을 수 없는 것은 사회적 존재로서의 인간이 가진 숙명 때문이다. 인간은
사회를 떠나 살 수 없으며, 인간이 추구하는 이상도 행복도 결국은 사회
적 인간으로 존재할 때 가치를 지닌다. 인간의 성장이라는 것이 의미하
는 바가 사회에 편입되어 사회의 질서를 체득하는 것을 중요하게 여기는
것도 그 때문이다. 통과의례의 단계 역시 먼저 자기 자신에 대한 모든
것을 습득하고 난 후에는, 자신과 타인이 관계 맺는 법을 배우고, 다시
그 관계를 유지시키기 위한 도덕이나 윤리 등의 사회적 질서를 습득함으
로써 성공적 입사를 이룬다. 따라서 통과의례의 마지막 단계를 거쳐
이루게 되는 성장의 조건에는 도덕적·윤리적 인간이 포함된다.

이규는 자신이 추구하는 가치 역시 편협한 자기만의 세계를 깨고 자
신과 타인이 공존하는 사회에 들어섰을 때에 비로소 실현가능하다고
여긴다. 그는 공산주의가 "없는 실체를 있는 것처럼 가정하고 허황한
이론을 휘두르는 관념론"[261]으로서 개인이 속한 사회에 대해 올바른 가
치판단의 역할을 수행하지 못한다고 보았다. 때문에 그는 객관적인 거
리를 유지하고 자신과 사회의 문제를 직시할 수 있는 유학의 길을 선택

260 『지리산』 3, 195~196쪽.
261 이병주, 위의 책, 264쪽.

하는 것이다. 결국 이규의 선택은 이데올로기의 허구를 몸으로 직접 깨닫고 죽음의 종말을 맞는 박태영의 비극을 기록하는 "기록자"로서의 새로운 성장의 단계로 귀결된다.

요약하자면, 통과의례적 성장 서사의 구조는 "분리-전이-통합의 세 단계"[262]로 구성되어 있다. 분리는 성장의 주체가 일상생활이나 정상적인 삶의 궤도로부터 이탈하여 자기 해체의 과정을 겪는 것이다. 전이는 분리된 성장 주체가 죽음과도 같은 성장 의식을 체험하면서 육체적으로나 정신적으로 단련되어 가는 것을 말한다. 통합은 성장 주체가 자아의 발달과 인식의 확장을 거쳐 다시 일상 세계로 귀환하는 것이다. 이 과정을 성공적으로 마친 성장 주체만이 사회가 말하는 삶의 새로운 단계로 넘어갈 수 있다. 이때 성장 주체의 인식의 확장이 반드시 기존 사회 질서에 순응하는 사회 통합적 성장으로 귀결되는 것은 아니라는 점에 주목해야 한다. 텍스트 속 서사주체의 본질적인 성장이란 그들이 기존의 편협하고 미성숙한 내적 세계를 벗어나서 속악한 현실을 발견했는가에 있다고 할 수 있다. 그 발견이 이후 새로운 삶의 단계로 넘어가는 성장 주체의 삶의 태도에 영향을 미치게 되기 때문이다.

『지리산』의 박태영과 이규의 통과의례 단계에서 통합 단계 역시 이런 관점에서 해석될 수 있다. 박태영의 경우 자신의 인생을 바쳐 지키고자 했던 이데올로기의 허무를 죽음이라는 희생을 겪으며 깨닫게 되고, 이규는 박태영의 경우와는 다르지만 초기의 미성숙한 내적 세계를 벗어나 현실과 이상을 조율하는 새로운 삶의 태도를 보여주고 있기 때문이다. 이렇듯 통과의례적 성장 서사는 독자들에게 성장 주체들이 자아와 세계

---

262 A. V. Gennep, 『통과의례』, 전경수 역, 을유문화사, 1985.

와의 대립에서 어떻게 투쟁하고 극복하고 주체적 삶의 의지를 확립하게
되는지의 과정을 단계별로 제시함으로써 대중성을 획득한다.

　한편, 통과의례 단계에서 서사주체와 독자가 공감을 이루게 될 때
독자의 미(美)적 체험이 이루어진다. 데스와르(M. Dessoir)는 주관과 객
관이 조화롭게 합일된 상태를 이상적인 미(美)로 규정하고, 자아와 대
상의 관계에 따라 그 미적 범주를 4가지로 분류하였다. 즉, 자아보다
대상이 우월할 때에 얻게 되는 미를 '비장미(悲壯美), 숭고미(崇高美)'로,
대상보다 자아가 우월할 때 느끼는 미를 '우아미(優雅美), 골계미(滑稽
美)'로 구분하였다. 『지리산』은 박태영을 비롯한 수많은 빨치산의 죽음
으로 귀결되는 결말로 인해 비극의 성격을 지닌 텍스트이다. 비극적
서사에서 느낄 수 있는 미감(美感)은 비장미인데 이것은 가치 있는 것을
부정함으로써 생기는 일종의 반항 감정을 말한다. 그리고 여기에는 필
연적으로 숙명에 대항하는 어떤 비극적 갈등이 발생하고, 운명에 대한
자아의 투쟁이 전제된다.[263]

　　박태영은, 보급 투쟁이란 이름으로 약탈한 수많은 마을들을 눈앞에
　떠올렸다. 빨치산이 들이닥쳤다고 하면 그 마을엔 공포의 바람이 불었다.
　아무리 따져도 빨치산의 행동은 인민의 벗으로서의 행동이 아니었다.
　빨치산이 지나갔기 때문에, 빨치산이 다시 나타날 가능성이 있기 때문에
　초토가 된 수많은 마을들도 있었다. 그 마을 사람들은 집을 잃고 고향을
　잃고, 이윽고 생로(生路)마저 잃는다. 도대체 빨치산은 무엇을 믿고 이런
　짓을 자행한단 말인가. 교양 지도위원 박형규는 "빨치산은 인민의 의지이
　다. 그 존재만으로도 의미가 있다."라고 했는데, 현실적으로 빨치산은

263 김문환, 『미학의 이해』, 문예출판사, 1989.

인민의 적이며 그 존재만으로도 화근이 된다고 하는 것이 정당한 표현이
었다. 이러한 회의를 품으면서도 빨치산의 대열에서 벗어나지 못하는
스스로를 박태영은 빨치산의 숙명을 대표하는 것으로 느꼈다.[264]

사실 박태영의 비극은 그가 죽었다는 데에 있는 것이 아니라, 자신
이 추구하던 공산주의 사상의 모순을 깨달았다는 데에 있다. 그럼에도
불구하고 박태영은 위 인용문에서 보듯이 빨치산의 대열을 벗어나지
못하는 것을 숙명으로 받아들이면서, 지리산을 내려와 전향하라는 권
유를 뿌리친다. 자신이 잘못 판단한 것에 대해서는 자신이 죽음으로
책임을 지겠다는 이유에서다. 박태영이 자신이 추구하는 고상한 사상
때문이 아니라 오직 동료들과 자신의 선택에 대한 책임감으로 지리산
에 끝까지 남아 빨치산 투쟁을 펼쳐나가는 과정은 독자에게 비장미의
체험을 가능하게 한다. 굶주림과 추위, 공비 토벌 작전에 의한 동료들
의 죽음, 게다가 이러한 상황으로 인한 동료들의 배신과 반목까지 극한
의 한계를 경험하는 박태영의 고단한 노정에 대한 독자들의 공감 요소
는 단지 불쌍하다는 연민의 감정을 넘어서는 것이다. 공감이 감정이입
의 차원보다는 훨씬 더 정신적이며 지적인 가치판단을 전제로 한다고
보았을 때, 독자는 이데올로기의 허망을 박태영의 고단한 노정을 통해
깨닫게 되는 것이다.

'신화보다도 확실하고 선명한 화원이 있었다. 150명, 3백 개의 젊은
눈동자가 송이송이 꽃으로 핀 괘관산의 그 화원은 올림포스의 제우스가
질투할 정도로 황홀한 화원이었다. 그 화원에서 화원의 사상을 익혀 화

---

264 『지리산』 7, 79쪽.

원을 떠나던 날, 초목은 움직이지 않고, 매미 소리도 새소리도 없었는데, 그 까닭을 나는 이제야 알았다. 그들은 운명을 알고 있었던 것이다. 아아, 나의 뼈를 그 화원에 묻어줄 자비는 없을까⋯⋯.'[265]

박태영이 죽음을 앞두고 완벽한 유토피아를 꿈꾸었던 지리산 보광당 시절을 그리워하는 심정을 기록한 위 인용문은 그 스스로 자신의 비극적 운명을 자각하고 있기에 더욱 비장하게 다가온다. "최후의 한 사람까지 죽었을 때 파르티잔의 방황은 끝난다."[266]는 각오로 마지막 빨치산으로 지리산에서 죽겠다는 자신의 신념을 고수하는 박태영이지만, "부모님과 김숙자를 위해 얼마 동안의 감옥살이를 견디는 게 죽음의 길보다는 낫지 않을까."[267]라고 내적 갈등을 보이기도 한다. 이처럼 비극적 운명에 대항하는 박태영의 투쟁이 이 소설의 주요 서사를 형성하기에, 독자들은 공감을 느끼게 되며, 이때 비장미의 미적 체험은 공감을 용이하게 하는 기제로 작동한다.

바흐친은 타자를 통해서만이 나 자신을 인식하고 나 자신이 될 수 있다고 강조했다.[268] 따라서, 통과의례적 성장 서사가 함의하는 공감의 요소는 텍스트 속의 서사주체를 통해서 독자의 자기 탐색을 가능하게 한다는 점에서 대중성을 갖는다고 할 수 있다.

---

265 『지리산』 3, 157쪽.
266 『지리산』 7, 190쪽.
267 『지리산』 7, 131쪽.
268 여홍상, 『바흐친과 문학이론』, 문학과지성사, 1995.

3. 보편적 가치추구에 대한 대중적 공감

『지리산』은 빨치산을 주요 소재로 다루고 있기에, 이념의 문제가 소설의 전면에 부각된다. 이는 해방 후에 유학을 떠나면서 서사의 중심축에서 벗어나게 되는 이규보다는, 지리산에 남아 끝까지 빨치산 투쟁을 벌인 박태영과 그 주변 인물들에 얽힌 사건과 심리 묘사를 통해 드러난다. 박태영은 일제 말기 반일 감정을 품고 일본으로 건너가 일본 공산당의 전신인 신인회 멤버였던 무나카와를 만나 사상으로서의 공산주의를 접하게 된다. 이후 학병을 피해 지리산에 은거하면서 하준규, 이규 등 비슷한 이유로 모인 사람들과 보광당을 창당하고 일본에 저항한다.

해방 후 박태영은 첨예한 이념 대립의 상황에서 완벽한 화원의 사상이라고 생각되는 공산주의 사상에 이끌리게 되고, 이현상의 권유로 보광당의 여러 동지들과 함께 공산당에 가입하게 된다. 이현상은 공산주의 사상을 "일본 천황의 신성불가침이 미신에서 나온 신념이라면 당의 신성불가침은 과학적인 결론에서 나온 신념"[269]으로 신성시하고, 공산당을 지켜내기 위해서는 동지의 희생조차 당연하다고 여긴다. 그는 광복이 되자마자 제일 첫 번째로 친일파, 민족 반역자, 악덕 지주, 악질 실업가, 악질 부상(富商)으로 분류한 반동분자부터 색출해서 숙청해야 한다고 주장한다. 이현상으로 표상되는 공산당 조직의 모순은 이후 박태영이 공산당과 공산주의 이념에 대해 근본적인 회의를 품게 되는 원인이 된다.

『지리산』의 공산주의 이념에 대한 비판은 권창혁이라는 인물의 언술을 통해 보다 구체화된다. 권창혁은 각종 저서를 통해 유물사관을

---

269 『지리산』 3, 138쪽.

제4장_ 비극적 현실 서사에 담긴 '공감' **149**

접하고 공산주의 사상에 경도되었지만, 이후에 공산주의의 결점을 발
견하게 되면서 공산당과 공산주의에 회의를 느끼게 된다. 권창혁이 내
린 결론은 "공산당은 실현 불가능한 이상을 내걸어 인민을 현혹해서
그들을 노예화하려는 집단"[270]이기 때문에, "공산주의를 통해선 인간다
운 사회가 이루어질 수 없다"[271]는 것이다. 권창혁은 이 세상이 진실하
게 되려고 애쓰는 사람의 것이어야 한다고 주장하며, 그 가치 기준을
다음과 같이 제시한다.

> "자기가 자기의 주인이 되기 위한 개성의 존중, 자기가 자기의 주인이
> 되기 위한 자유의 존중, 인간의 생존권을 존중하고 일체의 반인간적 조
> 건을 극복하려는 노력-나의 가치 기준은 바로 이런 것이다. 자네가 아
> 까 들먹인 일본의 천황주의자나 독일의 히틀러주의자는 모두 이 기준과
> 어긋나는 부류가 아닌가. 그러니 그들을 보다 진실하게 되려고 애쓴 사
> 람들이라고 보진 않는다."[272]

물론 권창혁은 스스로 이런 기준을 추구하기 위한 행동이나 실천을
보여주지 않고 허무주의자로 전락하고 말지만, 그가 제시한 가치 기준
은 결국 인간의 보편적 가치 기준에 해당하는 것이라는 데에 큰 의의가
있다. 인간의 삶에서 가장 중요하고 추구해야만 하는 가치는 결국 이념
과 같은 큰 가치들이 아니고, 자유, 인간존중, 생명존중 등의 보편적
가치에 있다는 것이다. 권창혁의 이 말은 결국 이병주가 『지리산』을
통해서 말하고자 했던 '회색의 사상'과 일맥상통한다. 이병주는 스페인

---

270 『지리산』 3, 117쪽.
271 『지리산』 3, 118쪽.
272 『지리산』 3, 153쪽.

인민전선의 이념인 서구 자유주의 지식인의 방향성을 회색의 사상이라
불렀다.

　만약 우리가 이 회색을 추구해나가면서 이때까지 갖고 있던 '흑백의
논리'가 지닌 그 속에서 인간성과 관련된 사상, 환경, 그 가치체계를 또
다르게 얻어낼 수 있다면 보람이 크리라 생각됩니다.(… 중략 …) 회색의
사상을 가진 사람이 어떤 행위를 하여 그 결과가 처참한 것이 되거나
또는 보람된 결과가 되거나 하는 측면을 구체적인 관점에서 파악하여
나는 그것을 『지리산』을 통해 꼭 표현하여야 되겠다는 마음을 굳혔다는
겁니다.(… 중략 …) 지리산에서의 (… 중략 …) 그 많은 죽음은 순전히 흑
백의 논리 때문에 죽어간 것이라 해도 과언이 아니겠고 그 비극이란 것
은 거의 이데올로기가 빚은 비극이라 해도 틀린 말은 아닐 겁니다. 그러
니까 그 지리산의 비극을 그림으로써 (… 중략 …) 또 진실성을 위해서는
이데올로기가 양보해야 되며(… 중략 …) 또 생명을 위해 그것을 희생시
켜야 한다는 그러한 점에 우리는 어디까지나 집착할 필요가 있지 않은가
싶습니다.[273]

　이현상, 박태영, 권창혁의 언술에서 공통적으로 보이는 공산주의의
모순은 결국 인간의 보편적 가치를 경시하는 데에 있었다고 할 수 있
다. 이병주는 그것을 극복하기 위한 대안으로 '회색의 사상'을 제시하
는데, 이 소설에서 묘사되는 자유, 인간존중, 생명존중 등의 가치[274]들

---

273 이병주·남재희 대담, 「회색군상의 논리」, 『세대』, 1974. 5, 240~244쪽.
274 김연신·최한나의 연구에 의하면, '박애'의 가치가 한국대학생의 보편적 가치로 나타났다.
　'박애'란 사랑의 범위가 넓게 확장된 것으로, 결국 인류애나 생명존중의 가치로 포괄된다고
　할 수 있다. 물론 이 연구는 연구대상을 2009년 한국대학생으로 한정하였기에 『지리산』의
　대중독자층의 보편적 가치와 일치한다고 말할 수 없지만, 일반적인 의미에서의 인간의
　보편적 가치에 대한 기준을 설정하는 데 참고가 된다.(김연신·최한나, 「Schwarts의 보편

이 그것에 해당한다고 할 수 있다.

"공산당은 원래 투쟁 조직이오. 투쟁조직인 이상 승리를 목표로 하오.
이기기 위해선 수단과 방법을 가리지 않죠. 공산당은 또 그들의 말대로
과학적인 조직이오. 일체의 도덕, 윤리, 인간성 등이 개재될 틈이 없소.
인간성과 윤리 도덕을 인정하지 않으니, 그 조직을 지탱하는 방법은 감
시 제도에 의존할 수밖에 없소. 감시 제도는 감시하는 놈을 감시하는
놈이 있어야 하고, 또 그놈을 감시하는 놈이 있어야 하고 해서, 그 감시
계열은 피라미드의 정상에 가서야 끝나게 되지. 공산주의 사회에 있어
서의 질서는 이 감시 제도가 붕괴되는 날 파산합니다. 그 붕괴를 막기
위해 공포를 수단으로 삼죠. 그러니 인민은 언제나 불안하고, 공산당 당
원이라도 하급일수록 불안하고, 중급, 고급은 나름대로 불안하죠. 결국
소수의 최고 권력자만이 공포에서 자유롭다는 얘기죠. 그러니까 최고
권력자는 그 공포로부터 자유를 빼앗기지 않으려고 최대량의 공포를 생
산한다 이거요. 어떤 정치도 불평과 불만의 재료를 남기지 않을 순 없
소. 불평자가 있고 불만자가 있어, 이들의 발언을 통해 시정되기도 하는
거요. 그런데 소련에선 불평파는 발언권을 가질 수가 없소. 불평파에겐
투옥이 있고 학살이 있을 뿐이죠."[275]

위 인용문에서 드러난 권창혁의 발언은 공산당의 가장 큰 결점이 자
유의 억압에 있음을 드러낸다. 실제로 박태영을 비롯한 보광당의 인물
들은 공산당에 입당할 의지를 확고히 가지지 않았지만, 이현상의 권유
로 얼떨결에 공산당에 입당하고, 당의 명령에 절대 복종할 것을 강요받

적 가치 이론의 적용 타당성 연구: 한국대학생을 대상으로」, 『한국심리학회지: 사회 및
성격』 23, 한국심리학회, 2009, 1~16쪽.)
275 『지리산』 3, 117~118쪽.

는다. 이후 당의 노선에 반대되는 개인의 가치판단이나 그에 따른 선택
은 허용되지 않기에 박태영은 수많은 갈등과 번민을 떠안게 된다.

박태영의 번뇌 중 가장 많은 부분을 차지하는 것은 사람을 죽이는
것에 대한 갈등이다. 빨치산 활동 중에 수많은 사람이 죽고 죽이는 것을
목격하게 되는데, 이 살육은 동고동락을 함께하던 동료부터, 경찰, 민간
인을 가리지 않고 자행된다. 혁혁한 공을 세운 당원도 적에게 일단 잡혔
던 사람은 이유 여하를 막론하고 처단해버리고, 졸음에 못 이겨 잠깐
잠을 잔 고락을 같이한 동지도 군기를 앞세워 처형해버린다. 그가 무엇
보다 충격을 받았던 살육은 적이라는 이유로 자신의 남편과 아이를 죽인
여자 대원이었다. 잡혔지만 경찰과 결혼을 함으로써 죽음을 면한 여자
대원은 아이를 낳고 삼칠일이 됐을 때, 남편과 아이의 목을 졸라 죽이고
빨치산으로 복귀한다. 그리고 그 잔인함이 아이러니하게도 일단 적에게
잡혔다 돌아오면 처형이라는 빨치산의 규율에서 예외가 되고, 오히려
당에 충성했다는 이유로 높이 평가받게 되는 이유가 된다. 적이기에
마땅히 죽여야 한다고 생각하는 전투경찰을 죽여야 하는 상황에서도
박태영의 번민은 깊어진다. 본 적도 없는 모르는 사람을 인민의 적이라
는 이유로 처단해야 하는 현실에 대해서 그는 쉽게 납득하지 못한다.

나는 무수한 살육을 보았다. 인간이 얼마나 잔인하고 추악한 동물인
가를 보았고 인식했다. 인간이 인간으로 진화하기 위해선 몇만 년의 세
월이 필요했지만, 인간이 짐승으로 되돌아가는 시간은 일순에 지나지
않는다는 가공할 현상을 보아왔다. 인류가 몇천 년 걸려 쌓아온 문명이
란 허울이, 사람이 이 세상에 나서 자라 몇십 년에 걸쳐 쌓아올린 교양
이란 허울이 마치 심해어가 바다의 수압을 벗어나는 순간 눈과 피부가
터져버리듯 그렇게 허무하게 벗겨질 수 있다는 것을 알았다.[276]

이념은 순식간에 인간을 같은 인간을 죽이는 '짐승'으로 만들어버림으로써 인간이 인간다울 수 있는 품위를 손상시켜버린다. 이 소설에서 이와 대비되어 제시되는 여러 인물들의 휴머니즘적인 행동은 인간의 품위를 회복하는 길이 이념이 아니라 인간 존중에 있음을 독자에게 각인시킨다. 박태영과 이규가 학창시절에 만났던 하라다 교장은 민족 개념을 초월하여 평등의 신념을 실천하는 인물이다. 그는 자기 자신이 일본인이면서도 일본의 군국주의에 반대하고, 학생들에게 군복을 입히거나 교련수업을 많이 시키는 것에 반대하고, 학생들이 학병에 지원하는 것을 만류한다. 또한 박태영과 이규가 불온서적을 소지했다는 이유로 경찰서에 잡혀 들어가자 이들을 빼내오는데 큰 역할을 담당한다. 박태영은 학교를 자퇴하고 일본으로 건너가서 우유배달을 하게 되는데, 이때 만나게 되는 우유 가게 주인도 일본인이지만, 박태영의 삼고 입학을 진심으로 기뻐하거나, 일본 경찰의 의심을 받게 된 그의 안전을 염려하여 피신시키기도 하는 등 호의를 베푼다.

하영근은 좌익과 우익 어느 쪽에도 치우치지 않는 인물로서 박태영과 이규의 사상적 시각에 균형 감각을 갖출 수 있도록 조언하는 인물이다. 그는 일제강점기에 사람들에게 지탄을 받으면서도 친일파인척 행동하며 자신에 대한 일제의 경계를 느슨하게 한 후, 자신의 사재를 털어 은밀하게 독립자금을 보내거나 지리산에 은거한 청년들에게 물질적 도움을 아끼지 않는다. 그가 중요하게 생각하는 것은 이념보다는 사람을 구하는 것이기 때문에 해방 후에 박태영이 지리산 입산자를 위해 도움을 청했을 때에는 오히려 냉정히 거절한다. 산을 내려와 자수를

---

276 『지리산』 7, 290쪽.

하면 천 명이든 만 명이든 구하겠지만 동족끼리 죽고 죽이는 싸움을
위해 지리산에 있는 상태로는 도울 수 없다는 이유에서였다.

하준규는 박태영과 함께 지리산에서 빨치산으로 활동하다가 생포되
는 인물인데, 그가 공산주의 사상에 박태영보다 더 먼저 회의를 느끼면
서도 당을 빠져나오지 못했던 이유에는 일제강점기에 지리산에서 고락
을 같이했던 보광당 동료들에 대한 책임과 의리 때문이었다. 그에게
중요한 것은 빨치산의 규율이 아니라, "200명 가까운 인원으로 부풀어
오른 부하들을 어떻게 하면 안전하게 이끌어 갈까?"[277]였다. 그래서 반
동분자로 낙인찍히면서도 경찰서장인 T와 무력투쟁 대신 단독회담 형
식의 대화를 이끌어나가며 부대를 해산시킬 결심까지 한다. 또한 "자
결만이 부하들의 생명과 장래를 구할 수 있는 유일한 방법"[278]이 된다면
서슴없이 목숨을 버릴 수 있다고 결심하며 결국 최후의 순간까지 공산
주의 사상이 아닌 동료를 지키기 위한 투쟁을 벌이게 된다.

박태영은 학창 시절 친구인 주영중의 동생 주상중이 의용군으로 끌
려가기 직전 구해주는데, 주영중은 국군 대대장으로 있는 적의 신분이
기도 하다. 심지어 주영중은 일제 때 창씨개명을 했고, 학생 보국회를
만들고, 일본 학병에 지원해 일본군 소위로 복무했던 친일파였다. 그
러나 박태영은 자기를 알아보는 주상중을 보며 적으로서가 아니라 친
구로서의 주영중과의 관계를 먼저 생각한다. 동생을 구해준 박태영의
행위에 빨치산 토벌대인 주영중 역시 박태영의 투항과 신변보장을 약
속한다는 삐라를 뿌리며 친구의 문제에 있어서는 사상 문제를 초월하

---

277 『지리산』 5, 201쪽.
278 『지리산』 5, 335쪽.

는 행동을 보여준다. 한편 빨치산이 궤멸되면서 마지막이 온 것을 직감
한 박태영은 자신을 제외한 남아있는 8명 동료들의 목숨을 구하기 위
해 항복을 권유한다. 주의와 이념 이전에 생명 그 자체가 소중한 것임
을 강조하며, 자신에게 호의를 갖고 있는 주영중이 있는 지역에서 이들
을 항복시키게 된다.

『지리산』의 보편적 가치는 결국 생명존중의 가치로 귀결된다. 박태
영이 지옥 같은 빨치산 투쟁을 벌이는 와중에서도 지리산에서 싹터 오
르는 봄의 생명력을 느끼며, 톨스토이『부활』의 봄 장면을 떠올리는
부분은 '지리산'이라는 이 소설의 제목이 상징하는 바를 압축적으로 설
명해준다.

> – 몇십만의 인간이 비좁은 땅에 밀집해 살면서 자기들이 붐비고 있는
> 토지를 추악하게 만들려고 서둘고, 그 토지에서 아무것도 나지 못하게,
> 심지어는 돌을 깔기도 하고, 싹이 튼 풀을 죄다 뽑고, 석탄과 석유로 그
> 슬르고, 나무란 나무는 닥치는 대로 베어 넘기고, 짐승들과 씨를 모조리
> 쫓아버려도, 봄은 도시에 있어서도 역시 봄일 수밖에 없다. 양광이 따뜻
> 해지면 초목이 무럭무럭 자란다. 길가의 잔디는 물론 포도(鋪道)의 돌
> 사이에서도 풀이 자라고, 백엽과 포플러, 벚나무가 잎을 피우고, 보리수
> 는 금방이라도 터질 것 같은 움을 틔운다. 까마귀, 참새, 비둘기는 기쁜
> 듯 둥지를 틀고, 파리도 햇볕을 쬐며 날개를 턴다. 식물도 새도 곤충도
> 아이들도 기쁨에 겨운다. 그런데 사람들, 즉 어른들은 자기와 남을 속이
> 려 들고, 서로를 괴롭히기에 여념이 없다. 신성하고 중요한 것은 이 같
> 은 봄의 아침이 아니고, 모든 생물의 행복을 위해 마련된 신의 세계의
> 아름다움 – 평화와 친목과 사랑을 동경하는 그 아름다움에 있지 않고,
> 서로가 상대방을 지배하기 위한 술책이 신성하고 중요하다고 사람들은
> 생각하고 있다……. [279]

톨스토이가 『부활』에서 얘기하는 '봄'은 인간이 훼손시킨 온갖 상처 입은 자연물을 마법처럼 회복시킨다. 인간에 의해 황폐해져서 아무 것 도 남아있지 않을 것 같은 도시에서도 봄 햇살은 식물에 싹을 틔우고, 새들도 새 생명을 탄생시킬 준비를 하고, 곤충도 살아있다는 날갯짓을 한다. '지리산'은 동족끼리 죽고 죽이는 전쟁을 벌인 비극의 현장이다. 동족의 피가 지리산의 나무와 풀과 토지에 스며들고, 공포가 산의 동물 들을 잠재웠음에도 불구하고, 인간이 소멸시킨 인간과 모든 자연물을 마법처럼 회복시킬 수 있는 것은 지리산으로 표상되는 자연, 결국 생명 그 자체이다. 즉, 박태영이 느끼는 봄 햇살은 아무 일도 없었다는 듯 지리산의 나무에 싹을 틔우고, 새들을 지저귀게 하고, 잠들었던 동물 들을 깨우고 불러 모을 것이기 때문이다.

『지리산』의 대중성은 도식성과 통속성을 강조하는 일반적인 대중소 설의 서사관습으로는 설명하기 어렵다. 오히려 이 소설은 뉴저널리즘적 서사라는 독특한 서술기법[280]을 활용함으로써 대중들의 가독성을 방해 하기까지 한다. 그러나 사실 이 소설은 기법적 새로움 속에 대중들이 익숙하고 편안하게 느끼는 인간의 보편적 가치를 지향하고 있다. 만약 이 소설에서 박태영이 절대 불변의 확고한 가치로 이념 투쟁을 벌이는 모습만을 보여주었다면, 대중성의 획득에는 실패했을 것이다. 대중들은 박태영이 자유나 인간존중, 생명존중과 같은 인간의 보편적 가치 앞에 서 흔들리고 고뇌하는 모습들에 공감할 수 있었다. 카웰티는 대중문학

279 『지리산』 7, 233쪽.

280 노현주는 『지리산』이 1960년대 미국의 뉴저널리즘 서사 기법을 활용한 소설이라고 보았 다. 뉴저널리즘 서사 기법은 저널리즘의 사실성, 폭로성, 비판성 등의 요소를 문학적 상 상력과 결합시킨 것을 말한다.(노현주, 앞의 논문, 29~33쪽 참조.)

을 수용하고자 하는 대중들의 욕구가 "질서와 안정의 세계"[281]로 도피하고자 하는 데에 있다고 규정했다. 카웰티의 논의를 확장하면, 『지리산』이 추구하는 인간존중, 생명존중과 같은 인간의 보편적 가치는 질서와 안정의 세계를 지향하는 대중들의 욕구와 일치하는 것이었기에 공감의 요소가 되고 대중성을 확보할 수 있었다고 볼 수 있다.

---

281 J. G. Cawelti, 앞의 책, 88쪽.

제5장

세태 반영 서사에 담긴 '정서구조'

『행복어사전』

1. 지식인적 현실인식과 소시민적 대응방식

『행복어사전』은 1976년 4월부터 1982년 9월까지 『문학사상』에 연재되었던 소설이다. 이 소설은 1991년 MBC에서 동명의 드라마로도 제작될 만큼 대중적으로 큰 성공을 거두었다. 이 소설이 창작된 1970년대와 80년대 초반의 한국 사회는 전쟁의 상흔을 극복하고 급격한 산업화의 과정에 돌입하여 경제발전에 치중하던 시기였다. 경제의 급성장과 근대적인 산업 체제의 확립, 도시의 확대와 대중문화의 확산, 사회구조의 변화와 생활 패턴의 다양화, 물질주의적인 가치관의 확대 등은 산업화 과정에서 형성된 한국 사회의 특징이라 할 수 있다.[282] 또한 이 시기는 급격한 경제 성장 뒤에 감추어진 많은 문제들이 대두되었던 시기이기도 했다. 정치적으로는 유신 체제라는 독재 체제가 지속되었고, 도시 노동 계층의 증가와 이들의 열악한 노동 조건, 농촌의 소외와 지

---

[282] 권영민, 『한국현대문학사』 2, 민음사, 2002, 245쪽.

역 간의 갈등, 환경 문제 등 사회 전반에 걸친 불만과 갈등이 팽배하던 시기이기도 했다.

더구나 이러한 갈등을 해소하는 데에 기여할 수 있는 문화 활동도 권력의 횡포 속에서 크게 위축되고 있다는 점이 더 큰 문제가 되었다. 문화에 대한 순수한 욕구는 기회주의적이고 개인주의적인 것으로 내몰리고, 진보적인 문화 활동은 반체제 운동으로 낙인찍혀 규제되곤 했다. 그 결과 한국 사회에서는 한때 시민 사회의 질서와 가치를 유지하고 균형 잡아줄 수 있는 문화의 통합적인 기능이 상실된 것처럼 보이는 위기를 맞이하게 되었다.[283]

이병주의 『행복어사전』은 산업화 시기의 한국 사회가 가지고 있었던 이러한 다양한 문제점들을 지식인의 비판적인 눈으로 날카롭게 포착해낸다. 정치 현실에 대한 비판을 담고 있는 소설 속 주요 서사의 하나는 간첩으로 의심되는 사람을 신고하였다는 죄로 감옥에 갇히게 되는 김소영의 이야기이다. 김소영은 주인공 서재필이 하룻밤을 같이 보낸 술집 여종업원인데 기구한 가정사를 가지고 있었다. 평범하게 사는 집안이었는데 어느 날 간첩인 삼촌이 찾아오게 되어 집안이 풍비박산이 나게 된다. 간첩인 삼촌은 사형을 받았고, 간첩을 숨겨주었다는 죄로 할아버지, 아버지, 대학교수인 큰아버지 모두 감옥에 끌려갔다. 할아버지는 감옥에서 풀려나긴 했지만 곧 죽었고, 아버지는 감옥에서 병사했다. 김소영은 남의 집 심부름하는 아이로 들어가게 되었고, 어머니도 식모살이를 하다가 여섯 살 먹은 자식이 열병을 앓다 죽자 목을 매어 따라 죽었다. 간첩에 대한 김소영의 트라우마는 하룻밤을 같이

---

283 권영민, 위의 책, 246쪽.

보낸 서재필을 간첩으로 의심하는가 하면, 또 다른 손님인 돌팔이 의사의 가방 안에 있는 주사기를 독침으로, 라디오를 무전기로 의심하여 그를 간첩으로 신고하기에 이른다. 결국 무고한 사람을 간첩으로 신고하였다는 죄로 감옥에 갇혀 재판을 받게 되는데, 무고죄를 추궁하는 검사의 심문에 답변하는 김소영의 아래와 같은 진술은 이데올로기의 허울에 갇혀서 무고한 시민을 괴롭히는 당시의 아이러니한 정치 상황을 그대로 대변한다.

> "제겐 잘못 없어예." "간첩인데도 신고 안 하면 큰일나는 것 아닙니까예. 우라부지는 그랬다고 옥살이를 하다가 죽었어예. 엄마는 그 때문에 목매어 죽고예." "돌팔이 의사를 가장한 간첩에 틀림이 없어예. 우라부지는 삼촌을 간첩이라고 신고 안 했대서 옥살이를 하고 그 딸은 간첩 신고를 했대서 옥살이를 해야 한다면 전 옥살이를 하겠어예."[284]

간첩과 관련한 억압적 정치 상황은 서재필에게도 비켜갈 수 없는 불행으로 다가온다. 서재필은 서울역에서 구두를 닦는 소년의 어려운 가정형편을 진심으로 동정하고 옥황상제교의 교조 윤두명에게 받은 이십만 원의 돈을 구두닦이 소년에게 주게 된다. 서재필의 조건 없는 선의의 행동이 오히려 구두닦이 소년의 의심을 사게 되면서, 소년은 결국 서재필을 간첩으로 신고하게 된다. 주위 사람들의 증언과 도움으로 간첩 혐의는 벗게 되지만, 이 사건은 서재필에게 살아갈 의욕을 상실할 정도의 큰 상처를 남기게 된다.

유신 독재 체제와 관련한 억압적 정치 현실은 서재필이 근무하는 신

---

284 『행복어사전』 2, 70쪽.

문사에서 일어난 편집 기자들의 단체 행동과 관련한 서사에도 잘 드러
난다. 사건은 중동문제에 관한 외신부 기자의 기사가 국방문제를 다룬
정치가의 기고에 밀려 게재되지 않은 데에서 발단되었다. 정치권력이
언론의 자유를 억압하는 데에 분노를 느낀 편집국 기자들이 항의를 하
자 항의하는 기자들을 사측에서 파면시켜버린 것이다.

산업화 시기의 사회적 현실을 냉철히 인식하는 서재필의 시선은 그가
사는 서민 아파트 이웃들의 모습에도 닿아있다. 경제적 어려움으로 하루
가 멀다 하고 부부싸움을 하던 옆집 부부의 연탄가스 중독 사망 사건과
그러한 비극적 사건을 대하는 사람들의 냉정한 태도 묘사를 통해 어느덧
물질적 가치관이 자리 잡은 사회의 차가운 모습을 묘파해낸다.

이렇듯 서재필은 사회 현실을 바라보는 냉철한 비판 의식을 가지고
있으며, 교정부원이긴 하지만 신문사에 근무하고 있는 전문직업인이
고, 박학다식한 교양을 지니고 있는 인물로서 지식인의 범주에 들어가
는 인물이다. 따라서 지식인인 서재필의 시선으로 묘사되는 『행복어사
전』은 지식인 소설의 특징을 지니고 있다.

지식인의 정의는 이데올로기의 창출과 같은 정신 활동, 두뇌적 자질
등 지식인에게 내재해 있는 속성을 기준으로 삼을 것이냐, 아니면 교육
수준의 정도나 직업의 형태 등 구체적 지표로 나타나는 외형적 요인에
기준을 둘 것이냐에 따라 달리 설명될 수 있다. 지식인의 내재적 속성을
기준으로 지식인을 정의한 사람은 방다(J. Benda)와 만하임(K. Mannheim)
이다. 방다는 양차 세계 대전 사이에 몰락해 가는 유럽에서 당시 많은
지식인들의 정치 참여에의 열정을 비난하면서, 이해관계를 떠나 사랑과
진리 및 정의를 추구하는 데 지식인의 고유의 사명이 있다고 봄으로써
이상적인 지식인상을 제시하였다. 즉 "진정한 지식인이라면 대중의 현

실주의와는 공식적으로 대립되는 방향에서 이상적인 것에 충성을 다해야 한다."는 것이다. 따라서 지식인은 "국가나 정치, 계급 등의 현실과 일정한 거리를 유지함으로써 자신들의 이상을 지켜 나가고, 일체의 현실적 목적이나 관심으로부터 초월하여 예술이나 학문 등 형이상학적 분야에서 활동하는 자"[285]라고 규정했다. 방다식의 정의는 "지식인이란 역사적 시기에 관계없이 언제나 정열적인 지식욕과 진리 표출의 욕구, 과감한 혁신의 태세, 창조욕, 영감과 직관, 저열한 정치적 열정에의 무관심, 어떤 이해관계와도 무관한 영적 목표에의 봉사, 도덕적 결백성, 인격의 독립성 등을 그 특징"[286]으로 갖고 있는 존재로 설명된다.

이에 반해 자기 시대의 문제에 대한 새로운 해결책을 제시해 주는 예술가나 이상제시자로서의 지식인을 강조하는 보다 적극적인 대안을 생각해 낸 것이 만하임이다. 그는 방다와 마찬가지로 현실과 이상을 이원론적으로 구분하였지만 이상은 현실적 존재를 변형시키는 작용을 한다고 하여 그 변증법적 과정을 인정하였다. 즉, 유토피아적 구상들은 미래의 현실에 생명력을 불어 넣을 수 있는 능력을 가진 인간의 지각에 변화를 가져옴으로써 현실을 변형시킬 수 있다는 것이다. 그리고 이처럼 현실을 변형시킬 수 있는 유토피아적 구상을 지켜나가는 사람들을 "자유 부동하는 인텔리겐차"라 정의했다. 만하임은 이들이 "어느 한 계층에 속하지 않으므로 사회를 전체적으로 전망하는 것이 가능하며, 이상과 현실 사이에 일정한 거리를 유지함으로써, 즉 생산적 긴장

---

285 J. Benda, *The Betrayal of the Intellectuals*, The Beacon Press, 1995(이인호, 『지식인과 저항』, 문학과지성사, 1984, 12~13쪽 재인용.)

286 티보 후짜르, 「지식인개념의 변천」, 『인텔리겐차와 지식인』, A. Geller, 김영범·지승종 역, 학민사, 1983, 68쪽.

관계를 지킴으로써, 비판정신의 수호가 가능한 존재"[287]로 설명하였다.

사르트르(J. P. Sartre)는 직업이나 교육 등의 정도가 지식인을 정의하는 전부가 될 수 없음을 역설한 바 있다. 그는 지식 전문가나 실용지식을 가진 전문가가 곧 지식인이 될 수 있는 것은 아니며, 이들 전문가가 지배자의 이데올로기를 거부하고, 자기 삶을 인도해가는 원리들에 관하여 또 사회 속에서 자신의 위치에 관하여 관심을 회복할 때 비로소 지식인이 된다고 주장했다. 지식인의 요건이 단순한 지식의 소유에 있지 않고 주관적 가치판단과 함께 실천적 지식인이 될 수 있어야 함을 강조한 것이다.[288]

『행복어사전』의 서재필은 만하임이 말하는 "자유 부동하는 인텔리겐차"에 속하는 유형으로 이상과 현실 사이에 적절한 거리를 유지하며 사회를 전체적으로 관망한다. 그러나 그의 이런 태도는 사르트르가 이야기한 실천적 지식인의 범주까지는 나아가지 못한다. 서재필이 이런 태도를 보이는 것은 그의 소시민적적인 성격적 특성에서 비롯된다. 서재필이 약혼녀 정명욱에게 "난 소시민이 좋아. 대시민도 싫구 프롤레타리아도 싫어. 좋은 것은 갖고 싶고 좋은 걸 가질 순 없고, 선을 행하고 싶지만 용기는 없고, 되도록이면 자기 키보다 낮게 움츠려 살면서도 뭔가 자기만족은 채워야겠고, 하는 소시민 만세다. 나도 소시민으로서 살 거요."[289]라고 말하는 부분에서 알 수 있듯이 서재필이 스스로를 소시민으로 규정하고 있다.

소시민은 프랑스어에서 유래된 말로 본래 부르주아 계급과 프롤레타

---

287 K. Mannheim, 『이데올로기와 유토피아』, 황성모 옮김, 삼성출판사, 1980, 221~223쪽.
288 J. P. Sartre, 『지식인을 위한 변명』, 조영훈 옮김, 한마당, 1979, 14쪽.
289 『행복어사전』 4, 224쪽.

리아 계급의 중간에 존재하는 프티 부르주아 계층을 이르는 말이다. 소시민 계층에 대한 연구는 전후 독일에서 활발하게 전개되었다. 1930 년대 세계 경제 공황이 가져온 위기와 맞물려 소시민 계층이 나치즘의 주요 지지계층이 되었기 때문이다.[290] 역사에 대한 반성을 목적으로 진행되었던 연구들은 소시민층의 부정적인 면모들을 주로 파악하였다. 스스로의 경제 사정이 프롤레타리아와 별 차이가 없지만, 이념적으로 그들을 혐오하고 끊임없이 부르주아를 지향하는 경향을 보였던 소시민 계층들은 정치적 무관심과 기회주의, 신분상승에 대한 강한 집착과 이기주의, 왜곡된 교양 추구, 대중적 오락 문화를 통한 현실도피와 외양에 대한 욕구의 특성을 지니게 되었다.[291]

한국에서 사용된 소시민의 의미는 5·16 쿠데타 이후 두드러진 시민들의 정치적 무관심과, 이상에서 개인적인 만족을 구하는 심리를 비판하기 위해 사용되었다. 따라서 서양에서의 소시민 논의에 중심이 되어온 계급적 색깔은 희석되었다. 즉, 4·19 혁명을 경험함으로 인해 시대적 소명에 부응하는 정치적 주체를 시민으로, 정치에 무관심하고 자기만족적인 속물적 존재들을 소시민으로 설정한 것이다.[292] 1964년 잡지 『세대』에 연재된 이호철의 「소시민」은 한국에서 사용된 소시민의 정의를 정확히 포착하고 있는 작품이다. 이 소설에서는 이북에서 피난을 내려와 부산에 정착한 주인공과 그 주변 인물들의 이야기를 중심으로 당대사회

---

290 이민호, 『근대 독일사회와 소시민층』, 일조각, 1992, 207쪽.

291 김정용, 「소시민 의식과 문학의 문학적 형상화」, 『독어교육』 26, 한국독어독문학교육학회, 2003, 357쪽.

292 김미란, 「'시민-소시민 논쟁'의 정치학」, 『현대문학의 연구』 29, 한국문학연구학회, 2006, 264쪽.

에 적응하는 소시민 군상들의 모습이 펼쳐진다. 김택호는 이호철의 단편소설들을 분석하면서 그의 소설이 전염성이 강한 '소시민 근성'에 길들여진 인물들의 현실 상황을 명확하게 바라보고 있다고 주장하며 소시민 근성이란 "무관심, 순응, 변화에 대한 두려움"이라고 정의했다.[293]

이렇듯, 한국에서 통용되는 소시민은 원래 소시민이라는 단어가 가진 프롤레타리아와 부르주아 사이라는 계급적인 특성은 약화되고 소시민의 부정적인 특질인 이기주의나 관심사의 개인화 등을 강조한다. 그렇게 형성된 소시민이란 단어의 의미지형은 서민과 봉급생활자, 소상공인에서부터 공무원, 전문직 종사자 등의 중산층에 이르기까지 넓은 범위를 가지게 되었다.

① "나는 우 부장의 의견이 과히 나쁘지 않다는 생각입니다." 내 본심과 약간의 거리가 있는 듯싶었으나 그야말로 과히 빗나간 대답은 아니었다는 생각이 잇따랐다. 윤두명은 계속 기자들과 행동을 같이해야 한다는 명분과 이유를 설명했다. 나는 그 말들이 납득되기도 하면서 충분히 납득할 수 없는 어중간한 기분으로 계속 술만 들이켰다.[294]

② "내게 베토벤만 한 천재와 아인슈타인만 한 역량이 있다는 자부가 있었다면 혹시 모르긴 하죠. 그러나 나는 아무리 뻔뻔스러워도 그런 자부를 가질 순 없습니다. 그저 평범하게 살아갈 참이죠. 인류사회에 기여하진 못해도 인류사회가 나 때문에 손해를 입거나 더럽혀지는 일은 없도록 조심하면서요.""서 선생님은 완전히 허무주의자시군요.""허무주

---

293 김택호, 「일상에 억압된 소시민들에 대한 풍자 – 1960년대 이호철의 단편소설을 중심으로」, 『한중인문학연구』 14, 한중인문학회, 2005, 111쪽.
294 『행복어사전』 2, 33쪽.

의? 억지로 그런 낙인을 찍을 수 있을진 모르죠. 그러나 나의 허무주의
는 히피족이 될 수도 없고 적군과 같은 게릴라가 될 수도 없는 어중간한
것에 불과하오."[295]

③ 편집국 기자들도 스트라이크에 참가한 사람은 반수가 안 된다는
것이었다. 이 소식을 들었을 때 내 가슴은 쿵 하는 소리를 냈다. "아뿔
싸!"하는 생각이 잇달았다. 그때 자각한 일이지만 내 마음의 바탕엔 그
스트라이크가 성공하길 비는 소망이 있었던 것이다. 그런데 반수가 스
트라이크를 이탈했다면 일은 글렀다고 짐작해야만 했다. 만일 편집국이
텅텅 비어 있었더라면 이왕에 버린 몸으로 치고 교정부 한 모퉁이에 앉
아 일을 하는 체도 할 수 있었겠지만 반수가 스트라이크에서 탈락한 마
당엔 이왕에 버린 몸으로 칠 배짱마저 무너져 버린 느낌이었다.[296]

위의 인용문은 소시민으로서의 서재필의 현실적인 모습과 그 이유,
그리고 심리적 갈등을 기술하고 있다. 먼저, ①의 예문은 신문사에서
편집부 기자들이 스트라이크를 일으켰을 때 함께 행동을 할 것인가, 말
것인가에 대한 결정을 내리지 못하는 우유부단한 서재필의 모습을 보여
준다. 서재필은 사측의 간섭이 편집부 기자들의 단체행동을 일으킬 정도
의 충분히 잘못된 행위라는 것을 인지하면서도, 정작 본인은 그러한 행
동에 동조하지도 그렇다고 반대하지도 못한다. 서재필이 이렇게 답답하
게 행동하는 이유는 ②에 어느 정도 설명이 되어있다. 그는 개화파 독립
운동가인 동명이인 서재필의 삶이 얼마나 파란만장하고 힘들었는지를
명확히 인식하고 있다. 그래서 같은 이름을 가졌지만, 자신은 평범하게

---

295 『행복어사전』 2, 207쪽.
296 『행복어사전』 2, 255쪽.

살아가는 삶을 선택한다. '허무주의자'라는 것조차 어떤 주의 주장이 있는 사람에게 붙는 명칭이기에 그는 스스로를 그냥 어중간한 것에 불과하다고 자칭한다. 서재필의 이러한 행동은 억압적인 현실 상황은 지식인다운 냉철한 비판능력으로 정확히 인식하고 있지만, 실제 행동에 있어서는 소시민적인 우유부단함과 망설임을 보여주는 것이라 할 수 있다. ③의 예문에 나타난 서재필의 모습 역시 스트라이크의 성공을 비는 내면 심리와는 달리, 막상 실패가 예견되는 현실 앞에서는 더욱 더 소극적으로 대처하고 있다. 문제를 인식하되 문제와 부딪치고 마주하기 보다는 그것을 피해버리는 길을 선택하는 것이다. 서재필의 이러한 양가적 속성은 이데올로기의 대립 속에서 어느 한 쪽을 선택했다는 이유만으로 크나큰 희생을 치러야 했던 당대 대중들의 정서구조를 반영한다.

> '행복한 놈이 어떻게 구토증을 일으키느냐 말이다. 행복한 사람은 돌덩어리도 소화시킬 수 있을 것인데.' 생각이 이에 미치자 나는 맹렬한 자기혐오가 치솟아 오르는 것을 느꼈다. 거짓말을 한 자기 자신이 변소의 구더기처럼 느껴졌다. 그따위 일에 그따위 거짓을 꾸밀 생각을 낸 스스로가 한없이 비소하고 추잡하다는 느낌은 참으로 견딜 수가 없었다. 거짓말 가운데도 당당한 것, 사내다운 것, 용감한 것, 한마디로 말하면 거짓말을 했기 때문에 거짓말을 한 사람을 돋보이게 하는 그런 거짓말도 있을 것 아닌가. 그런데 나는 하필이면, 하고 생각하니 어이가 없었다. '사장 조카딸을 들먹이다니, 맨션아파트를 들먹이다니……. 아아, 얼마나 치사한 일인가.' 나는 결코 사장 조카딸, 그런 조카딸이 있는지 없는지 모르지만, 사장 조카딸과 결혼하게 되는 것을 바라는 사람도 아니고 맨션아파트에 살기를 원하는 사람도 아니다. 그런데 주인집 레벨을 끌어내리기 위한 꾸밈이었다고 하지만, 아니 그것이 꾸밈이니까 더욱 내 속에 그런 속물근성이 숨어 있었다는 얘기가 되는 것이 아닌가.[297]

소시민이라는 단어를 사용하는 사람의 인식 속에는 한 가지 특징이 나타난다. 그것은 소시민이라는 단어가 형성되어 왔던 많은 과정에서의 비판과 부정적 의미를 자신의 속성으로 인식하고 사용한다는 것에 있다. 결국, 스스로를 소시민이라고 생각하는 사람들은 그 상황에 대한 불만족을 느끼며 상황을 변화시키려는 욕구를 기본적으로 수반하게 된다. 그것은 처음 소시민이라는 단어가 생성되었을 때의 부정적인 측면처럼 스스로의 소시민성을 인정하지 않으려는 태도로 표출된다. 실제로 이러한 경우에 해당하는 사람들은 스스로를 소시민이라 부르기를 꺼리거나 스스로를 소시민이라고 부른다 해도, 그 본질적인 문제에 대해 마주하지 않으려는 경향이 존재한다. 이것은 처음 정의된 프티 부르주아의 맹점과 맥을 같이한다고 볼 수 있다. 이러한 사람들은 대부분 소시민에 대한 부정적인 인식에 대해 표현하기보다는 실체를 회피하려는 경우가 많다.

하지만 소시민의 부정적인 속성들을 체화하며 스스로가 가진 소시민적 특성들을 이겨내고 싶어 하는 경향도 존재한다. 서재필의 경우 자신의 속물근성을 정확히 인식하고 있으며, 그러한 자기 자신의 모습에 대해서도 비판적이고 냉소적이다. 지식인이지만 소시민인 자신의 양가적 속성을 극복하기 위한 서재필의 내면적 욕망은 신문사의 윤두명, 양춘배, 그리고 조카 형식을 통해 구현된다.

윤두명은 서재필과 같은 교정부원이지만, "날품팔이를 할망정 인간답게 당당하게 삽시다. 요즘 같은 그런 신문의 교정을 보고 앉았을 바에야 차라리 구걸을 해서 먹고 사는 편이 나을 거요.""옳고 그른 것은 판단할

---

297 『행복어사전』 2, 107쪽.

줄 알아야죠. 옳다고 판단이 내려졌으면 그 방향으로 행동을 해야죠. 우리는 결코 비굴하지 맙시다."[298]라며 눈치 보지 않고 당당히 자신의 의견을 피력하고, 뜻을 관철시키지 못하자 신문사를 사직해버린다. 이후 윤두명은 옥황상제교라는 유사 종교 단체를 설립하고 교주가 되어 자신만의 세계를 만든다. 옥황상제교는 타락된 기성 종교와는 다른 샤머니즘적 토착 종교를 표방하며 일종의 협동 단체와 비슷한 개념으로 설립되었다. 옥황상제교에 소속된 교인 중의 누군가에게 어려움이 생기면, 교인들 각자가 조금씩 부담하여 서로 도와주는 시스템까지 갖춘 그야말로 완전무결한 이론을 무장한 유토피아 공동체였다. 그러나 교세가 확장되면서 교인의 수가 엄청나게 늘어나버리자, 소규모 공동체에서나 가능하던 완전무결한 교리의 적용과 통제가 불가능해지게 된다. 결국 교인들 서로가 돈 문제로 반목하게 되면서 완벽해 보이던 유토피아는 몰락하고 만다. 윤두명은 실천적 지식인의 면모를 지녔지만, 현실 세계와 동떨어진 지나친 이상주의를 고집하면서 한계를 드러낸다. 옥황상제교의 교세가 확장되면서 교주로 신격화된 윤두명은 세상과 소통하지 않고 자기만의 세계에 갇혀 있게 되는데, 이런 모습 역시 관념적 이상만을 내세우는 지식인의 표상을 보여준다고 할 수 있다.

양춘배는 편집기자의 자율권을 침해하는 사측 경영진의 불합리한 처사에 대항하여 시위를 주도하다가 주동자로 해고되면서도 자신의 뜻을 굽히지 않는 실천적 지식인의 면모를 보여준다. 이후 노동자의 자율적인 권익옹호를 위한 노조 결성 등 노동 운동에 관심을 보이지만, 지나치게 한 쪽 방향으로 치우치는 사고의 경직성을 보인다는 점에서 지

---

298 『행복어사전』 2, 31~32쪽.

식인의 한계를 드러낸다. 양춘배가 노동자의 인권을 중요하게 인식하기 시작하는 첫 단계에서는 신문사와 경영진을 분리해서 생각할 수 있는 합리적 비판의 소유자였다. 경영진이 나쁘긴 해도 신문사 자체가 나쁜 것은 아니고, 시위에 가담하지 않는 사람들도 나쁜 것은 아니라고 판단할 줄 알았다. 그러나 시간이 흐르면서 신문사 자체를 증오의 대상으로 보고, 남아있는 동료들도 적성분자로 보는가 하면, 그런 신문사를 용납하고 있는 사회 자체를 적대시하게 된다. 서재필은 "혁명가는 그 가슴속에 타오르고 있는 증오의 불길을 정열의 불길로 오인할지 모르지만 대개의 경우 그것은 스스로의 최량의 부분을 태워 드디어는 자기를 황폐화하는 결과를 가져올 것이 고작"[299]이라면서 양춘배를 실패한 혁명가로 평가하며 안타까워한다.

실천적이고 행동하는 지식인의 유형에 속하지만 사고의 균형을 이루지 못하고 모순을 드러내며 몰락하는 윤두명이나 양춘배와 달리, 소시민의 생활을 긍정하면서도 현실과 이상의 조화를 이루는 실천적 지식인의 모습을 보이는 인물은 서재필의 조카 형식이다. 이광수의 『무정』에 나오는 형식과 이름이 동일한 것은 계몽적 지식인이라는 인물의 개성을 강조하고자 하는 이병주의 의도적인 소설적 장치로 보인다. 형식은 대학진학을 위해 삼촌인 서재필의 서민 아파트에 머물게 되는데, 그 사이에 이웃들에게 깊은 관심을 보이고, 그들의 생활 속에 직접 개입하여 도움을 주려고 노력한다. 친화력이 좋아 이웃 사람들과 잘 섞여서 그들의 어려운 사정을 금방 파악하고, 돈 몇 푼 쥐어 주는 게 아닌 그들에게 근본적으로 도움이 될 수 있는 방법을 실천하는 인물이다.

---

299 『행복어사전』 3, 113쪽.

소설가를 지망하는 삼촌 서재필에게도 어려운 사정에 처한 옆집 부부에게 도움이 될 수 있는 소설을 써 보라고 권유하면서 그런 문학이 진정 가치 있는 것이 아니냐고 반문한다.

형식은 서재필의 내면이 지향하는 완벽한 지식인의 페르소나라 할 수 있지만, 소시민적 특성을 지닌 서재필의 현실에서는 불가능한 인물이다. 서재필 역시 지식인의 양심을 지니고 있기에 이웃의 어려움을 방치하지는 않지만, 형식처럼 적극적이고 실천적인 행동을 보이지는 않는다. 적절한 거리를 유지하며 "남의 걱정을 하기엔 내 생활이 너무나 군색하다는 핑계"[300]로 자신을 행동을 합리화한다. 서재필이 형식처럼 민중 속에서 민중의 삶을 개선하기 위한 현실적 대안을 모색하지는 않지만, 자신의 부정적인 모습을 극복해보고자 선택하는 것은 글쓰기이다. 서재필은 박문혜에게 보내려던 편지 초안에 "소질이 없어서 포기했던 정치가의 노릇, 용기가 없어서 못한 혁명가가 할 짓을 문학의 힘을 빌려 하"[301]기 위해 소설을 쓰려 한다고 고백한다. 그리고 자신이 하려는 문학이 현실에 있는 대중의 인간적인 모습을 그려내고자 하는 데에 있다고 덧붙인다. 그러나 서재필의 이런 소설관은 소설이 진행되는 동안 일관성 있게 유지되지 못한다. 형식이 얘기하는 목적 문학, 톨스토이의 리얼리즘 문학, 조이스의 예술적 문학 사이에서 갈팡질팡 번민만 계속하다가, 사상 문제로 감옥에 다녀온 후 외국으로 떠나버리고 마는 일종의 현실도피로 이어짐으로써 끝내 소시민적 지식인의 한계를 드러낸다.

이처럼 이 소설은 정치 현실에 대한 비판이나, 서민들의 어려운 생

---

300 『행복어사전』 4, 190쪽.
301 『행복어사전』 4, 18쪽.

활, 노동자의 인권 문제 등 지식인의 눈으로 포착한 세태 비판이 드러
나지만, 그것의 실천적 방향성에서는 소시민적 지식인의 한계가 드러
난다. 물론 형식이라는 완벽한 인간형이 제시되기는 하지만, 그것은
지나치게 이상적이고 계몽적인 모습으로 형상화되어서 대중에게 현실
적 공감의 요소가 되기는 어렵다. 이 소설에서 가장 현실적인 모습은
양심은 있지만 소극적인 서재필의 모습인데, 서재필이 지닌 이와 같은
양가성은 당대 대중의 정서구조를 반영한다.

김성환은 대중소설의 독특한 정서구조는 사회의 지배 이데올로기에
대응하는 역할을 한다고 주장한다. 예를 들어, 1970년대 대중소설의
주제로 주목받은 '청년문화'는 1960년대 순수와 참여의 연장선상에 있
던 순수문학론과 민중문학론 양쪽에서 논외의 대상이 되었다. 그에 대
한 무의식적 차원에서의 대중의 대응 양상으로 1970년대 '청년문화'가
대두되게 되었다는 것이다.[302]

"그분의 재는 실을 재(載)거든. 실을 재엔 적극적인 데가 있어. 싣는
다는 뜻이 곧 적극적인 행동을 의미하는 것 아니겠소. 그런데 내 경우는
있을 재(在)거든. 여기 있다, 저기 있다는 뜻으로서의 재(在). 적극성이
란 조금도 필요없는, 글자부터가 틀리는 거요. 나는 내 이름이 뜻하는
대로 그저 있으면 돼. 그저 있어도 모난 돌은 정을 맞을 것이니 모나지
않게 구석진 곳을 찾아 용달차 운전이나 하며……."[303]

소설 속에서 서재필은 자신과 이름이 똑같은 독립운동가 서재필과

자신의 삶을 자조적으로 비교한다. 독립운동가 서재필은 국가와 민족을 위한다는 "최대한의 야심과 노력"으로 개인적인 "최소한의 행복"을 누리지 못한 불행한 삶을 살았던 사람이기에, 자신은 소극적으로 살아가면서 위험을 피하고, "최소한의 노력으로 최대량의 행복"을 얻겠다는 것[304]이다. 소설 속 서재필의 모습은 지배 이데올로기 어느 편에서도 상처 입을 수밖에 없었던 당대 대중들의 상황을 드러낸다. 따라서 경계인으로서 어느 쪽에도 서고 싶지 않다는 대중의 정서구조를 적확하게 반영한 이 소설은 대중들의 호응을 얻을 수 있었다고 보인다.

2. 남성 중심적 연애 서사의 판타지와 금기

『행복어사전』은 1980년대 서재필을 중심으로 한 다양한 군상의 소시민이 겪는 일상성과 그것을 파괴하는 사회의 불안을 사실성 있게 재현한다. 그런데 이때 서사를 구조화하는 기본적인 이야기는 서재필이 겪는 애정추구의 과정이다. 즉, 이 소설은 서재필이 목격하는 세태 묘사와 함께 그의 복잡하게 얽힌 연애사가 서사의 중요한 한 축을 담당하고 있다.

서재필의 연애사를 중심으로 서사를 요약해보면 다음과 같다. 먼저 서재필은 같은 신문사에 근무하는 차성희를 좋아한다. 차성희도 서재필을 좋아한다. 두 사람이 같이 좋아하면 별 문제없이 사랑이 이루어져야 하는데, 서재필이 현실적인 문제 앞에서 주저하고 망설이는 동안

---

304 『행복어사전』 3, 96쪽.

차성희는 서재필에게 실망하고 다른 남자와 결혼한다. 안민숙은 쾌활하고 쿨하고 지적인 여성 캐릭터로서 서재필과 차성희의 좋은 직장 동료지만, 그녀 역시 서재필에게 약간의 이성적 호감을 느끼고 있는 것으로 묘사된다. 차성희와 사귀는 동안, 서재필은 김소영이라는 술집 종업원과 관계를 맺게 되는데 이후 김소영은 서재필에게 집착을 보이게 된다. 차성희와의 관계가 어긋난 이후 서재필은 신문사 도서관 사서인 정명욱과 결혼한다. 그러나 결혼 후에도 양공주인 김소향과의 사이에서 아이를 낳는가 하면, 김소향이 주고 간 아파트에서 또 다른 양공주인 임선희와 관계를 지속한다. 또한 스웨덴 웁살라 대학으로 유학 간 박문혜와 편지를 주고받다가 결국 아내인 정명욱의 동의하에 서재필 역시 박문혜가 있는 스웨덴으로 유학을 떠나게 된다.

이렇듯 복잡하게 드러나는 서재필의 연애사는 『행복어사전』이 대중성을 확보할 수 있는 중요한 요소가 되었다. 연애 서사는 대중성을 확보하는 가장 보편적인 방법 중의 하나이다. 연애 서사가 중심 서사가 되는 소설을 연애소설이라 하는데『행복어사전』은 일반적인 연애소설의 공식에는 적합하지 않아 연애소설의 유형으로 묶기에는 곤란하다. 김창식은 연애소설의 요건을 다음과 같이 정의했다.

> 첫째, 사랑 또는 연애의 과정이 전면적으로 나타나야 한다. 만일 그 사랑이 부분적이거나 부차적 요소에 지나지 않는다면 이는 연애소설에 속하지 않는다. 둘째, 연애 과정 자체를 이야기 전개의 중심축으로 만들기 위해 그 사랑을 방해하는 요소나 인물들이 반드시 나타나야 한다. 만일 그런 장애 요소가 무시해도 좋을 만큼 거의 미미하거나 약화되어 있다면 이는 연애소설로 보기 힘들다. 셋째, 소설 속의 사랑이 인간 간의 깊은 이해나 화합을 목표로 해야 한다. 그렇지 못하다면, 곧 연애의

목표가 궁극적으로 인간에 대한 혐오나 진정한 인간관계를 단절시키는
데 있다면, 그런 작품을 연애소설에 포함시킬 수는 없다. 넷째, 사랑에
관한 작가의 생각이 분명하고 진지하게 표명되어야 한다. 만일 작가가
특정한 사랑 이야기 그 자체로 다루지 않고 단지 독자의 흥미를 끌기
위한 수단으로 연애의 과정을 서술한다면, 이는 연애소설을 가장한 다
른 유형의 소설임에 틀림없다.[305]

『행복어사전』은 서재필의 연애사가 서사의 중심축을 이루고 있기는
하지만, 그 과정이 전면에 나타나는 것은 아니다. 또한 차성희와의 연애
가 이루어지지 않게 되는 원인에 차성희의 약혼자가 약간의 영향을 미치
기는 하지만 미미한 수준이다. 오히려 서재필의 연애 과정에 있어서
방해가 되는 요소는 우유부단하고 무책임한 서재필 자신이라고 할 수
있다. 또한 이 소설에 있어서 연애의 과정은 소시민의 일상을 따라가는
세태 묘사로 인해 자칫 산만해지기 쉬운 소설 구성을 보완하며 독자의
흥미를 끌기위한 수단으로 구성되었다. 때문에 『행복어사전』은 위의
인용문에서 김창식이 정의한 연애소설의 요건을 만족시키는 소설은 아
니다. 그럼에도 불구하고 서재필의 연애사는 이 소설이 드라마로 방영
되어 큰 인기를 끌었을 정도로 대중성을 확보할 수 있었던 중요한 요소
이다.[306] 그 원인은 연애 서사에 담긴 등장인물의 애정의 삼각관계와
여성을 바라보는 남성 중심적인 판타지적 시각을 들 수 있다.

305 김창식, 「연애소설의 개념」, 대중문학연구회 편, 『연애소설이란 무엇인가』, 국학자료
원, 1998, 24쪽.
306 드라마로 방영된 〈행복어사전〉은 "새로운 감각의 드라마"(『경향신문』, 1991. 7. 19)로
평가받으며, "행복어사전 붐"(1991.12.18)을 일으킬 정도로 많은 인기를 얻었다.(정미진,
「이병주 소설의 영상화와 대중성의 문제」, 앞의 논문, 67쪽.)

등장인물의 애정의 삼각관계에 관한 부분은 연애 서사의 공식[307]과
도 같은 것이다. 카웰티는 대중소설에 있어서 개별적인 작품 속에 사용
된 서사적이거나 극적인 관습들의 구조로서의 공식성을 다음과 같이
구분했다. 첫째는 특정한 시대나 문화에 한정되어 통용되는 것으로써
특수한 물건이나 사람을 표현하는 관습적인 방식이고, 둘째는 특정한
시대나 문화에 한정하는 것이 아니라 보다 더 큰 구성의 형태에 관련된
것으로 여러 시대에 걸쳐 다양한 문화 속에서 대중적인 이야기형태를
이루면서 원형이나 패턴으로 존재해 온 방식이다.[308]

연애 서사에 있어서 삼각관계는 카웰티가 말한 두 번째 공식에 해당
하며 시대를 초월하여 하나의 원형이나 패턴으로 존재해 온 방식이라
고 말할 수 있다. 서재필을 중심으로 한『행복어사전』의 삼각관계는
서재필-차성희-안민숙, 서재필-차성희-김소영, 서재필-차성희-정
명욱, 서재필-정명욱-김소영, 서재필-정명욱-김소향, 서재필-정명
욱-임선희, 서재필-정명욱-박문혜 등 비교적 복잡한 삼각관계의 연
속으로 구성되어 있다. 조동일은 삼각관계가 복잡하게 나타나는 양상
에 대해 "삼각관계의 연쇄는 사람들이 서로 다투면서 얽혀 있는 사회적
공간이 같은 상태에 머물러 있지 않고 계속 변하면서 새로운 가능성을
마련하다는 것을 나타낸다."[309]고 주장한다.

---

307 공식(formula)이란 용어는 원래 이미 다 알고 있는 서사적 줄거리를 근간으로 하여 미리
습득한 상투적 문구를 때와 곳에 따른 조합에 의해 구비서사시가 작시되고 전승된다는
구전공식구 이론(oralformulaic theory)에서 사용되어온 용어로써 어떤 공동사회안의
모든 사람들이 공유하며 알고 쓰는 단어나 구절이란 협의적인 개념으로 쓰이기도 하고,
작품의 구성에 있어서 작품의 형성원리에 이르기까지 그 개념이 확대되기도 한다.(김강
호,『한국 근대 대중소설의 미학적 연구』, 푸른사상, 2008, 151쪽.)
308 J. G. Cawelti, 앞의 글, 102쪽.

① "안민숙은 쾌활한 대로 매력이 있고 차성희는 우울한 대로 사람의 관심을 끌게 한다. 안민숙은 쾌활한 만큼 언제든 친숙하게 지낼 수 있을 것 같은 기대를 갖게 하고 차성희는 우울한 만큼 그 우울을 씻어주고 싶은 충동을 느끼게 한다. 그러면서도 나는 차성희에게 보다 강하게 끌리는 마음을 어떻게 할 도리가 없었다."[310]

② 잠자고 있는 안민숙의 얼굴엔 남자 이상으로 억센 동물의 흔적이란 찾아볼 수가 없고, 총명한 슬기까지도 강렬한 개성까지도 슬픔일 수밖에 없는 가냘픈 여자의 안타까운 꿈의 흔적이 연한 복숭아꽃을 닮은 홍조가 되어 아련하게 피어오르고 있었다. (중략) 엄격한 수학상의 관념이 술의 정도가 극한에 이르면 의식을 잃는다는 내 인생 최초의 경험으로 용해되는 것을 느끼곤 나는 미소마저 지으며 안민숙의 잠자는 얼굴을 오래도록 지켜보았다. 잠자는 여자, 안민숙의 머리칼은 더욱이나 아름다웠다. 릴케의 광채 있는 표현을 닮아서…….[311]

서재필-차성희-안민숙의 관계를 먼저 살펴보자면, 서재필은 같은 신문사의 교정부에서 일하는 차성희와 안민숙에게 서로 다른 매력을 느끼고 있다. 그러나 인용문 ①에서 볼 수 있듯이 차성희에게 보다 더 이성으로서의 관심을 가지고 있다. 그러면서도 인용문 ②처럼 가끔씩 안민숙에게 마음이 흔들리는 모습을 보이기도 하는데, 안민숙의 철저한 거리두기로 연인관계에까지는 이르지 못한다. 차성희는 서재필을 좋아하지만, 자신의 감정을 솔직하게 드러내지 못하고 주변의 상황에 따라 자신의 감정을 억누른다. 처음에는 동료인 안민숙이 서재필을 좋

309 조동일, 「『적도』의 작품구조와 사회의식」, 『문학비평의 방법과 실제』, 삼지원, 1993.
310 『행복어사전』 1, 59쪽.
311 『행복어사전』 1, 345쪽.

아한다고 생각해서 자신의 마음을 억누르고, 서재필과 마음을 확인한
후에도 정조관념으로 인해 쉽게 성적결합의 관계로까지는 발전하지 못
한다. 서재필에게 김소영이라는 다른 여자가 있고 그 여자가 서재필의
아파트에서 함께 지낸다는 사실을 알고 난 후에도 별 감정을 내비치지
않아서 서재필로 하여금 차성희가 자신을 사랑하지 않는다는 오해를
하게 만든다.[312] 이후 집안의 반대로 서재필과 헤어지게 되기까지의 과
정에서도 서재필이 적극적으로 자신을 이끌어주기만을 바랄 뿐 스스로
자신의 삶을 주체적으로 이끌지 못하는 수동적 캐릭터이다. 안민숙은
이 소설에서 가장 이성적인 여성 캐릭터라고 할 수 있는데, 서재필에게
이성적 관심이 있기는 하지만, 동료와의 관계를 더 중요하게 생각하고
그 마음을 절대 드러내지 않는다. 차성희와 서재필 두 사람이 잘 되기
를 바라고 시종일관 충고와 지지와 도움을 아끼지 않는다. 차성희와
안민숙의 이런 성향으로 인해 이 세 사람의 삼각관계의 갈등은 표면적
으로 거의 드러나지 않는다. 그렇지만, 세 사람의 관계에서 시종일관
이성적이고 객관적인 모습을 보이는 안민숙의 이미지는 대중들에게 신
선하고 묘한 긴장감을 주었을 것으로 추측된다.

① 소영의 눈이, 눈동자가 가라앉는 느낌으로 초점을 잃는 것 같더니,
"흥 별로, 미인도 아니구만." 하고 혼잣말로 중얼거려놓곤, "그래놓으니
선생님께서 신경질이셨구먼요. 미스정 들어보세요. 나 때문에 차성희
씨와 결혼하지 못하고 지금 꼴이 되었다고 조금 전까지 노발대발하고
있었어요." 나는 버럭 고함을 지르지 않을 수 없었다. "소영이 무슨 말을

---

312 "철저한 네플류도프시군요." 차성희의 얼굴에 시니컬한 웃음이 남았다. 나는 드디어 결정
적인 확증을 잡았다. 이 여자는 결코 나를 사랑하지 않는다는.(『행복어사전』 2, 240쪽.)

하는 거야." "내가 거짓말했수? 차성희와의 결혼을 못하게 된 이유를 알
기나 하냐? 그건 너 때문이야 하고 호통을 치지 않았어요?" 이건 무서운
여자다, 하는 생각이 번갯불처럼 뇌리를 스쳤다. 전연 다른 뜻으로 한
말을 이처럼 교묘하게 이용할 줄 아는 여자가 보통일 수 없는 것이 아닌
가. 아찔한 순간이었다. 그리고 그 억센 경상도 사투리는 어디로 사라졌
단 말인가.[313]

② "나는 당신과 차성희와의 결혼을 반대한 적이 없어요. 나보다 훨씬
잘난 여자였기 때문에 야코가 죽은 거예요. 사내가 보다 잘난 여자를
아내로 삼으려는 것은 당연하니까요. 서로 살을 섞은 사이라고 해서 그
사실을 갖고 남자의 당연한 심리를 꺾으리라고 생각할 정도로 나는 어리
석은 여자가 아녜요. 더욱이 당신은 나한테 은인인데 어떻게 그런 배은망
덕한 짓을 하겠어요."[314]

③ "내가 가죠. 가기 전 한마디만 하겠어요. 차성희 씨로부터 딱지를
맞았다고 자포자기해서 마음에도 없는 여자와 결혼하지 마세요. 그건
첫째 당신의 불행이고 둘째는 미스 정의 불행이에요. 그리구 남자라는
게 나뭇잎처럼 해딱해딱 변하면 못 써요. 자포자기한 기분으로 미스 정
허구 결혼하게 되었기로서니 왜 아침밥을 안 먹겠다는 거요. 언젠 내가
한 밥을 먹지 않은 때가 있었수? 치사해요. 치사해. 배웠다는 사내가
무슨 꼴이란말요."[315]

서재필-차성희-김소영, 서재필-정명욱-김소영의 삼각관계에서 핵
심 인물은 사실 김소영이라고 할 수 있다. 김소영은 윤락여성으로서

---

313 『행복어사전』 3, 127~128쪽.
314 『행복어사전』 3, 128쪽.
315 『행복어사전』 3, 129쪽.

서재필과 육체관계를 맺었는데, 이후 서재필에게 집착을 하면서 차성희와 정명욱을 질투한다. 이들의 관계는 인용문 ①에서처럼 김소영이 서재필에 대한 감정을 솔직하게 내보임으로써 약간 강화된 삼각관계의 갈등양상을 보인다. 김소영이 서재필의 아파트에 머물고 있는 모습을 목격한 차성희 어머니로 인해 차성희와 서재필이 헤어지게 된 직접적 계기가 되었을뿐더러, 정명욱에게도 목격됨으로써 서재필을 난처하게 만들기도 한다. 그러나 이들의 삼각관계는 김소영을 단지 육체적 쾌락과 윤락여성에 대한 동정의 감정으로 생각하는 서재필과 애초에 김소영을 경쟁상대로조차 여기지 않는 정명욱, 그리고 인용문 ②에서와 같이 자신의 처지에 대한 한계를 자각하는 김소영 자신에 의해 심각한 갈등양상으로는 진행되지 않는다. 김소영은 인용문 ③에서와 같이 여러 여자와 문어발식 관계를 지속하는 서재필에게 일침을 놓아 대중들에게 시원한 쾌감을 선사한다. 김소영은 이 소설에서 안민숙과 함께 능동적이고 주체적인 여성 캐릭터로서 대중성을 확보할 수 있었다.

①"아까 그 여자가 서 선생과 어떤 관계에 있건 제 마음은 조금도 불쾌하지 않아요. 그 여자 말대로 자포자기한 기분으로 절 택하셨다고 해도 개의치 않아요. (…중략…)"[316]

②"아무 소리도 마세요. 서툰 거짓말 들으면 제 기분 나쁠 거고 당신 괴로울 거구. 군자도 평생에 한 번쯤은 무단 외박할 수가 있다는 걸로 쳐둡시다."[317]

316 『행복어사전』 3, 132쪽.
317 『행복어사전』 5, 214쪽.

③ "전 그때나 지금이나 서재필 씨와의 결혼을 포기할 생각은 없어요. 다만 차성희 씨와의 사이에 풀리지 않고 있는 감정의 문제를 청산해주시길 바랐을 뿐예요."[318]

④ 질투란 진정 무서운 것이었다. 질투의 눈초리는 내 가슴을 얼어붙게 했다. 질투가 발언한 마디마디는 얼음의 칼날로 내 뇌수를 마구 찔렀다. 질투의 동작은 내 피부에 소름의 가시를 심었다. 헌데 그 무서운 질투는 사랑의 의상을 두르고 있는 것이다. "오해라는 것을 전 알고 있어요. 알면서도 이처럼 괴로운 것을 보면 역시 여자란 도리가 없는 짐승인가 보죠? 신경 쓰실 것 없어요."[319]

서재필과 정명욱 사이의 삼각관계는 김소영, 김소향, 임선희, 차성희, 박문혜 등 여러 명의 여성과 복잡하게 얽혀 있다. 이 중에서 김소영, 김소향, 임선희는 윤락 여성들, 차성희, 박문혜는 인텔리 여성들이라는 특징을 지니고 있다. 이렇게 나눈 이유는 정명욱이 이 두 유형의 여성들에게 각각 다른 태도를 보이고 있기 때문이다. 먼저, 김소영, 김소향, 임선희 등의 윤락 여성에 대해서는 별다른 질투를 보이지 않고, 묵인하는 태도를 취하거나, 심지어 존재 자체를 모르고 지나치기도 한다. 반면에 차성희, 박문혜 등의 인텔리 여성들에게는 그 존재를 예민하게 의식하고 질투의 감정을 보이기도 한다. 인용문 ①은 서재필의 아파트에서 김소영을 목격한 후의 정명욱의 반응이다. 정명욱은 김소영에게 별로 관심을 보이고 있지 않고 오히려 이후의 대화에서도 계속 차성희만을 언급한다. 서재필은 정명욱과 결혼한 이후에도 또 다른 윤락여성인 임

---

318 『행복어사전』 3, 191쪽.
319 『행복어사전』 5, 127쪽.

선희와 외도를 지속한다. 인용문 ②는 외박을 한 서재필에게 정명욱이 보이는 반응이다. 서재필은 정명욱의 반응을 임선희에게 전하게 되는데, 서재필에게 집착하던 임선희는 이런 정명욱에게 감화되어 스스로 서재필을 떠나게 된다. 서재필이 결혼 전 하룻밤을 보낸 또 다른 윤락여성인 김소향은 서재필의 아이를 낳아 미국으로 떠나고 서재필에게 자신의 아파트까지 양도하지만 정명욱은 그 사실조차도 인지하지 못하고 있다. 나중에 서재필의 간첩누명을 벗기기 위한 김소향의 증언으로 모든 사실이 드러나지만, 정명욱은 별다른 질투를 보이지 않는다. 반면에 인용문 ③은 정명욱이 서재필과 결혼하기 전 차성희와의 관계를 깨끗이 정리할 것을 요구하는 부분이다. 서재필은 이미 차성희와 헤어졌음에도 불구하고, 정명욱이 차성희를 의식하고 있음을 보여준다. 인용문 ④는 서재필이 스웨덴에 유학 간 인텔리 여성인 박문혜와 편지를 주고받는 것에 대해서 정명욱이 질투를 보이는 부분이다. 서재필과 박문혜의 관계는 아무런 육체적 접촉이 없었음에도 불구하고, 정명욱은 오히려 서재필과 육체적 접촉이 있던 윤락여성들과의 외도보다 더 강렬한 질투를 박문혜에게 보이고 있다. 정명욱은 도서관 사서라는 직업을 가지고 있는 인텔리 여성으로서 윤락여성들은 자신의 라이벌 상대로조차 여기고 있지 않은 듯 보이며, 자신과 같은 인텔리 여성들에 대해서만 삼각관계의 라이벌로 질투의 감정을 내보인다. 그러나 정명욱 역시 이런 질투의 감정을 심각한 갈등의 양상으로 심화시키지 않고 서재필에 대한 사랑으로 승화시켜버리고 만다.

지금까지 살펴보았듯이 이 소설에서는 일반적인 통속소설 류에서 볼 수 있는 삼각관계에서의 애정 갈등이 심각하게 나타나지는 않는다. 그 이유는 삼각관계의 한 축에 차성희, 안민숙, 정명욱, 박문혜 등 인텔리 계층의 여성이 있기 때문인데, 이들은 자신의 감정을 절제하고 사랑하는 사람을 양보하는 것을 미덕으로 여긴다. 김소영과 임선희는 술집 종업원이나 양공주의 직업을 가진 여성으로서 자신의 욕망에 충실하고 서재필에 대한 집착과 삼각관계에 놓인 다른 여성에 대한 약간의 질투를 내보인다. 그러나 그 또한 오래 지속되지 않고 이들이 삼각관계의 한 축인 인텔리 계층 여성에게 열등감을 느끼거나 감화되어, 각성하고 스스로 서재필을 포기하게 되는 패턴을 보인다. 심지어 양공주의 직업을 가진 김소향은 자신의 욕망에는 충실하지만 질투나 집착을 내보이지 않는다. 서재필의 아이를 가졌지만 서재필에게 아무것도 요구하지 않을뿐더러 자신의 집까지 서재필에게 양도하고 가는 희생적인 인물로 묘사되어 있다.

서재필과 관계 맺는 여성들은 모두 엄청난 성적 매력의 소유자들인데 이들은 또 한결같이 서재필의 성적 매력에 빠져든다. 여자들은 서재필과 얽혀있는 서로의 존재를 알고 있음에도 불구하고 별로 심각한 갈등 양상을 보이지 않으며, 서재필에게 조건 없이 헌신한다. 그리하여 서재필은 끊임없이 새로운 매력적 여성들과 관계를 이어나간다는 이러한 서사는 남성 중심적 연애 서사의 판타지를 보여주는 것이라 할 수 있다. 『행복어사전』의 이러한 점이 대중들, 특히 남성독자들의 욕망을 충족시키는 요인이 되었다.[320]

이 소설은 시점부터 서재필, 즉 '나'라는 남성의 시선으로 전개된다.

---

[320] 신데렐라 스토리의 서사는 이와는 반대의 경우로 여성들의 판타지를 충족시킨다. 가난한 여성에게 끊임없이 멋지고 훌륭한 남자들이 구애하며, 삼각, 사각, 오각관계를 형성하는 것은 상투적이지만, 그럼에도 불구하고 여성들의 판타지를 충족시킨다는 대중성으로 인해 끊임없이 재생산된다.

서재필이 여러 여성들과 나누는 복잡한 관계는 이성친구관계, 부부관계, 플라토닉 연애관계, 에로티즘적 쾌락관계의 네 유형으로 분류해 볼 수 있는데 여기에도 남성 중심적 여성관이 드러난다.

먼저 이성친구관계를 유지하는 여성은 안민숙이다. 안민숙은 서재필에게 성적 매력을 어필하지는 않지만, 서재필이 잘못된 길을 갈 때마다 따끔한 충고를 아끼지 않는다. 감상적이고 충동적인 측면이 있는 서재필로 하여금 균형을 잃지 않도록 이끌어준다. 이런 유형의 인간은 여성으로서뿐만 아니라 한 인간으로서도 단점을 찾아볼 수 없는 이상적 인간형이라고 할 수 있다.

부부관계에 있는 여성은 정명욱이다. 정명욱은 현명하고 성적매력을 지니고 있으며 직장을 그만둔 남편을 대신해 돈을 벌 정도로 능력도 있다. 남편인 서재필이 돈을 벌기 위해 번역일을 하자, 소설 쓰는 것에만 집중하라고 배려할 정도로 내조도 잘 한다. 남편의 외도에 대해서 묻지도 않고 외박하고 온 남편을 밥 차려주고, 목욕탕 가라고 목욕용품 챙겨줄 정도로 관대한 마음을 지녔다. 심지어 감옥을 다녀온 후 우울증에 걸린 남편을 위해 질투 감정을 느꼈던 상대인 박문혜가 있는 스웨덴으로 남편을 유학 보낼 정도의 통이 큰 여성이다. 이처럼 정명욱 역시 남성들이 바라는 완벽한 아내의 조건을 갖추고 있는 여성이다.

플라토닉 연애관계, 즉 육체관계를 맺지 않고 연애의 감정을 나눈 여성은 차성희와 박문혜이다. 그러나 차성희의 경우 다소 보수적인 그녀의 성 관념 때문에, 박문혜의 경우 스웨덴에 있다는 물리적 거리 때문에 육체관계를 맺지 않았을 뿐이다. 서재필은 차성희와 사귀는 동안 "청순한 에로티시즘"[321]을 상상하며 그녀의 육체를 욕망한다. 또한 스웨덴에 있는 박문혜에 대해서도 "천재적인 두뇌를 가진 그 육체의 소유"[322]

를 갈망하지만, "세속적인 행복을 탐하기에는 너무 높은 곳에 있는 여자
가 아니었던가. 박문혜의 손이 어떻게 된장찌개를 끓일 수 있겠는가.
박문혜의 팔이 어떻게 두부 한 모, 파 한 단을 넣은 저자바구니를 들
수가 있겠는가."[323]라며, "하늘의 별"[324]로 신격화시킨다. 즉, 서재필과
플라토닉 연애관계를 맺는 여성은 청순함의 결정체, 혹은 엄청나게 뛰
어난 지적 매력의 소유자라는 점에서 역시 완전무결한 인간형에 속한다.

　에로티즘적 쾌락관계에 있는 여성은 부부관계를 맺는 정명욱을 제
외하면 김소영, 김소향, 임선희가 있는데 이들은 모두 윤락여성들이라
는 공통점이 있다. 성적인 면에서 자유분방한 이미지가 있는 이들 여성
들과의 관계에서는 남성 중심적 성적 판타지의 절정을 보여준다. 특히
김소향과 임선희는 미군을 상대로 성매매를 했던 윤락여성들로 이들에
대한 묘사에는 아메리카니즘[325]적 시각도 드러나고 있다. 강정구는 아
메리카니즘에 대해 "전후사회 속의 한국인에게 미국식 사고와 문화가
최고의 가치가 되는 것으로 내면화되는 현상을 지시하는 용어로 규
정"[326]하였다. 김소향이 상대한 미군 병사 잭슨이 "코카콜라 병"만큼 큰
성기의 소유자라든지, 자신의 성기 크기 때문에 김소향이 다칠까봐서
잠자리를 하지 않고 만지기만 했다든지, 남의 아이를 가진 김소향을
미국으로 초대하여 김소향이 미국에서 자리 잡을 수 있도록 배려한다

---

321 『행복어사전』 1, 269쪽.

322 『행복어사전』 4, 172쪽.

323 『행복어사전』 4, 172~173쪽.

324 『행복어사전』 4, 173쪽.

325 강정구, 「아메리카니즘과 성매매 여성」, 『우리어문연구』 49, 우리어문학회, 2014, 423~
　　455쪽.

326 강정구, 위의 논문, 425~426쪽.

든지 하는 온갖 에피소드들은 아메리카니즘적 가치의 소산이라고 할
수 있다. 임선희가 헨리라는 미군에게 반하게 된 후 "국제결혼, 창공을
나는 비행기, 태평양, 그리고 미국. 미국 영화를 수 없이 본 것이 공상
에 도움이 되었다. 운명의 신이 거기까지 데려다줄 작정도 없이 어찌
헨리를 나에게 보냈겠는가"[327]라는 공상에 사로잡혀 양공주의 길에 들
어서게 된 일화도 미국과 미군에 대한 당시 한국인들의 아메리카니즘
적 시각을 드러낸다.

미군을 상대했던 윤락여성들에 대한 남성들의 성적 판타지는 그녀들
이 성적 기교가 뛰어날 것이라는 환상에 있다. 이 소설에서 김소향과
임선희는 남성들의 그러한 기대를 만족시킬 수 있도록 묘사된다. 특히
김소향은 처녀성을 지니고 서재필과 첫 관계를 가진다는 점, 임선희는
여러 명의 미군과 관계를 맺었지만 서재필과의 육체적 결합을 더 만족스
러워하며 "일주일에 한 번, 아니 한 달에 한 번"[328]이라도 만나만 달라고
간청한다는 점에서 남성들의 성적 판타지를 극대화한다. 게다가 서재필
이 이들 윤락여성들을 만나게 되는 계기에는 모두 우연성이 작동하는데,
상투적으로 보이는 이런 요소들이 오히려 판타지를 더욱 극대화시킨다.

바타이유(G. Bataille)는 에로티즘이 대중성을 갖는 이유를 성에 대한
금기에서 찾았는데 이는 1970년대 한국 사회에서 성적 판타지를 다룬
소설이 대중적으로 큰 인기를 끈 현상을 설명해준다. 1970년대는 쿠데타
를 통해 집권한 박정희 정권의 권위주의 지배가 정점을 이룬 시기였다.
1972년 10월 유신으로 민중들의 정치적 참여를 차단했고, 1974년 긴급

---

327 『행복어사전』 5, 136쪽.
328 『행복어사전』 5, 151쪽.

조치 1호(헌법논의 금지), 2호(비상군법회의설치)의 선포로 시작된 일련의
긴급조치 발동으로 국내안보와 경제성장을 동시에 추구한다는 목표 아
래[329] 이념과 사상은 물론 생활 전반에 걸쳐, 정부 중심의 강력한 통제가
대중의 일상을 지배했다. 권위주의적인 금기가 지배하는 억압된 사회에
대한 반작용으로 금기에 반발하고 조롱하는 청년문화가 대두되기도 했
다. 70년대 대중소설의 특징 중의 하나가 이른바 호스티스 문학이라 일
컬어지는 윤락여성의 서사라는 점도 이런 측면에서 이해할 수 있다.

바타이유에 의하면 성에 대한 금기는 위반을 재촉하고 유혹한다. 위
반을 부르지 않는 대상은 에로티즘과 무관하며, 강도 높은 에로티즘은
늘 금지 명령이 강하게 부과된 대상과 연계되어 있다.[330]

① 윤락의 여성은 이를 동정은 할망정 아내로 맞이하긴 부적당하다.
그런 여성은 그런 여성대로 적당히 취급할 일이지 그 이상의 접근은 안
된다. 총각은 처녀를 골라 접촉해야 한다. 윤락의 여성을 사랑하는 건
비극의 시작이다. 처세상으로 좋지 못한 일이다……. 이와 같은 상식의
벽은 의외로 두텁다. 게다가 내겐 꼭 그런 상식의 벽을 뚫어야 하겠다는
적극성도 없다. 가능하다면 이른바 비극의 시작은 피하고 싶다.[331]

② 임선희는 창녀이다. 임선희는 이른바 양갈보이다. 혹시 수십 명,
아니 십수명의 미군병사, 그 가운덴 백인도 있었을 것이고 흑인도 있었
을 것인데, 그 군상들의 노리개가 되어 몸과 마음이 오염될 대로 오염된

329 김호기, 「1970년대 후반기의 사회구조와 사회정책의 변화」, 『1970년대 후반기의 정치
사회변동』, 한국정신문화연구원 편, 백산서당, 1999, 159~160쪽.
330 G. Bataille, 『에로티즘의 역사』, 민음사, 1998, 54~55쪽.
331 『행복어사전』 1, 267~268쪽.

시궁창과 같은 갈보이다. 임선희는 자기 때문에 전도유망했을지 모르는 청년을 죽인 독소이다. 그리고 그녀로 인해 미국 청년 하나가 지금 감옥 생활을 하고 있다. 이를테면 임선희는 팔자가 사나운 여자이다. 그녀는 가는 곳마다에 독소를 살포하고, 앉는 곳마다에 병균을 옮기고, 접촉하는 사람마다 오염케 한다. 철저하게 부정적인 여자. 그녀의 사고방식엔 자멸에의 경사밖엔 없다. 그녀의 행동엔 곤충적인 반사작용밖엔 없다. 보다 잘살아보겠다는 의지, 부지런히 생을 건설해야겠다는 의지, 보다 착하게 몸과 마음을 가꾸어보겠다는 의지, 스스로의 생명에 의미를 부여해야겠다는 의지, 요컨대 생산적이고 적극적인 점이 전연 없는 그야말로 철저하도록 부정적인 여자.[332]

③ 정명욱의 얼굴이 떠올랐다. 고달픈 근무에서 돌아와 지금쯤 그 비좁은 부엌에서 저녁식사를 만드느라고 열심히 움직이고 있을 것이었다. 한줄기 뺨을 흘러내리는 것이 있었다.[333]

④ "난 서재필 씨 고민하고 있는 것 보기 싫어! 그리고 서재필 씨의 오늘과 같은 태도 정말 싫어. 깡패 같은 말투도 싫구, 꾸며대는 것 같은 태도도 싫구. 서재필 씨는 그런 연애 때문에 타락한 게 아니구 자기가 떳떳한 짓을 하고 있지 않으면서 그걸 떳떳한 것인 양 우기려는 때문에 타락하고 있는 거야. 그런 서재필 씨를 보는 것 난 정말 싫어. 명욱 언니를 두고 연애하는 건 나쁜 일이잖아?" (… 중략 …)[334]

바타이유의 이론에 따르면 서재필이 윤락여성들과의 관계에서 극도의 쾌락을 느끼는 이유는 그것이 금기이기 때문이다. 인용문 ①은 윤락

---

332 『행복어사전』 5, 256쪽.
333 『행복어사전』 5, 158~159쪽.
334 『행복어사전』 5, 208~209쪽.

여성에 대한 서재필의 인식을 드러낸다. 인용문 ②는 임선희에 대한 온갖 금기의 이유들이 나열되어 있다. 금기가 많을수록 서재필은 더 강력하게 임선희의 육체를 욕망한다. 그러나 유부남이라는 금기는 서재필로 하여금 아내인 정명욱을 제외한 다른 여성들과의 관계에 있어 스스로에게도 주위 사람들에게도 떳떳하지 못하다는 윤리적 부담을 준다. 인용문 ③은 임선희와의 관계 후 아내인 정명욱을 보며 느끼는 서재필의 죄책감을 나타낸다. 인용문 ④는 유부남인 서재필의 외도를 목격한 안민숙의 도덕적 지탄과 충고이다. 이러한 윤리적 부담으로 인해 서재필은 급기야 정명욱과의 결혼을 후회하거나, 아래의 인용문처럼 일부다처제라는 결혼제도를 욕망하기에 이른다.

① 아라비아인은 최소한 네 여인을 거느려야 한다는 계율을 만듦으로써 여자에 대해 남자의 마음에 발생하는 모순을 해결해놓은 셈이다. 크산티페처럼 생활력이 강한 왈가닥과 페넬로페 같은 정숙한 여인이 한 지붕 밑에서 모순을 해결하려면 아라비아의 계율이 필요하다.[335]

② 간통을 한다든가, 첩을 둔다든가 하는 생활은 일부다처제와 마찬가지로, 그것이 죄악이라서가 아니라, 어떤 다른 유익한 목적 때문에 국법으로 금지되어 있긴 하지만 그 자체는 악이 아니다.[336]

③ 제도로서의 일부일처는 오늘날 정립된 그대로이다. 그러나 사회의 표피를 한 꺼풀 벗기기만 하면 폴리가미 현상, 즉 일부다처, 또는 일처다부의 현상을 곧 발견할 수가 있다. 제도로서의 일부일처와 현상으로서의

335 『행복어사전』 5, 124쪽.
336 『행복어사전』 5, 156쪽.

일부다처, 또는 일처다부의 접점에 성적 사회의 실상이 있다.[337]

소설의 결말 부분에서 서재필이 간첩혐의를 벗고 구치소 문을 나서는 장면에는 그동안 서재필과 관계를 맺은 정명욱, 김소향, 박문혜, 임선희, 차성희, 안민숙, 김소영 등 7명의 여성이 모두 서재필을 마중 나온 모습이 그려진다. 이 또한 남성 중심적 연애 서사의 판타지를 보여주는 장면으로서 우연성이 개입하고 있다. 서재필을 조사한 검사가 서재필이 여러 여성들과 겪은 일련의 "소설적인 일"[338]의 우연성에 의문을 제기하자, 서재필은 "로맨틱한 사건은 로맨틱한 사람에게만 생긴다."[339]면서 우연성이 문학의 본질이 될 수 있음을 피력한다.

이상에서 살펴본 것처럼『행복어사전』은 남성 중심적 연애 서사의 판타지, 주로 에로티즘이라는 성적 판타지를 보여준다고 할 수 있다. 에로티즘은 금기가 동반될 때 더욱 강렬해지는데, 이는 1970년대의 한국 사회에서 대중들이 직면했던 각종 사회적 금기에 대한 대중 정서의 무의식적 반영으로 보여진다.

3. 문화 혼종화에 대한 양가적 대중 정서

『행복어사전』의 첫 부분은 사막에 불시착한 사람들 틈에 끼어있는 존재로 자신을 인식한 서재필의 독백으로 시작된다. 사막이라는 장소는

---

337 『행복어사전』 5, 156쪽.
338 『행복어사전』 5, 348쪽.
339 『행복어사전』 5, 349쪽.

그 불모성이라는 특징을 고려한다면 막막하고 황폐한 인간의 지난한 삶을 의미한다고 볼 수도 있다. 또한 불시착한 사람들의 의미는 어디에서 와서 어디로 가는지 모르는 인간의 존재론적 숙명을 은유하는 것처럼 보이기도 한다. 그러나 이병주 소설 곳곳에 드러나 있는 코스모폴리탄적인 작가의식을 고려해보면, 노마드(nomad), 즉 국경을 초월하여 자유로운 삶을 사는 유목민으로서의 현대인을 은유하는 것으로 해석할 수도 있다. 『행복어사전』의 공간적 배경이 메트로폴리스의 특성을 지닌 '서울'이라는 것을 고려하면, 이런 관점은 일견 타당해 보인다.

게다가 1970년대의 한국 사회는 조국 근대화 프로젝트가 진행되면서 산업과 경제구조가 재편된 격변의 시대였다. 농촌으로부터의 인구 유입으로 도시화 속도가 급속도로 진행되었고, 경제성장으로 인한 소비의 확대는 대중문화 영역의 성장 확대를 불러왔다. 1970년대의 한국 사회에서 근대화란 곧 서구화를 의미한다고 보아도 무방했다.[340] 대중들의 일상생활 곳곳에 서양 문화가 스며들었고 모방과 저항이 뒤섞인 문화 혼종[341]화가 진행되었다. 『행복어사전』은 그러한 당대의 세태를 고스란히 반영하고 있는 소설이다. 따라서 노마드, 즉 어디에도 속하지 않고 경계인을 지향하는 소설 속 서재필이 서양문화를 바라보는 시선을 따라 가다보면, 70년대 한국 사회의 문화 혼종화 과정에서 가치

---

340 최샛별, 「한국사회에 문화자본은 존재하는가?」, 『문화와 사회』, 한국문화사회학회, 2006, 146쪽.

341 혼종이란 흔히 식물학이나 동물학에서 서로 다른 종들이 혼합되어 생긴 제3의 종을 의미한다. 이 용어는 19세기 식민담론에서 서양의 인종적 순수성과 문화적 우월성을 강조하기 위한 부정적 개념으로 사용되었다. 20세기 이후부터 혼종성은 상대적이고 문화적인 개념으로 바뀌면서 서로 다른 문화들이 끊임없이 혼합하는 과정으로 부각되었다.(박상기, 「탈식민주의의 양가성과 혼종성」, 『탈식민주의: 이론과 쟁점』, 문학과지성사, 2003, 238~240쪽.)

관의 혼란을 겪었던 대중의 정서구조를 포착할 수 있다.

> 서양인의 그 푸른 눈은 세계의 많은 곳을 보아온 눈일 것이었다. 너무
> 나 많은 것을 본 그 깊고 넓은 기억들이 침전해서 그처럼 눈이 파래진
> 것인지도 몰랐다. 깊은 물은 하늘빛을 닮고 높은 하늘은 물빛을 닮는다.[342]

서구문화를 받아들이는 당대 대중들의 서구지향성은 서양인과 한국
인에 대한 인종적 차이를 인식하는 데서 출발하였다. 인용문에 드러난
바와 같이 서양인에 대한 차이의 인식은 단순히 '우리와 다르다'가 아
니라 '그들이 인종적으로 우월하다'는 전제를 담보하고 있었다. 어떠한
논리적 근거도 없이 선천적으로 타고나는 눈 색깔까지 서양인의 우월
함을 증명해주는 것으로 인식하며 찬탄을 보낸다. 이는 마치 제국과
식민의 관계에 있어서 피지배자가 지배자에 대하여 갖는 동경의 태도
를 연상케 한다.

탈식민주의 이론가인 호미 바바(H. K. Bhabha)는 제국과 식민의 문화
가 서로 섞이게 될 때 '차이-상호 침투-변형'의 과정을 거치게 된다고
주장하였다. 호미 바바의 식민담론에서 '차이'를 가장 뚜렷하게 보여주
는 예는 제국과 식민지에 대한 재현방식이다. 전통적으로 서구 유럽의
문헌에 등장하는 동양인은 야만인이면서 동시에 순종적인 하인이거나,
엄청난 성욕을 가지면서 동시에 아이같이 순진하거나, 혹은 신비롭고
원초적이고 단순하면서 동시에 세속적인 사기꾼과 같은 이미지로 재현
되었다.[343] 반면 피지배자인 동양인이 바라보는 서양인은 인종적 우월함

---

342 『행복어사전』 2, 223~307쪽.
343 물론 1970년대 한국 사회의 문화 혼종적 특징을 제국과 식민의 관계로 일반화할 수는

과 근대화된 문명을 갖춘 동경의 대상으로 재현되었다. 이때 비교 대상
이 되는 동양인과 동양문화는 상대적으로 열등하게 묘사되는데 여기에
특별히 논리적이고 객관적인 이유는 제시되지 않는다.

『행복어사전』에는 의식주 전반에 걸쳐 한국과 서양문화를 비교하는
서재필의 관점이 제시된다. 옷과 관련해서 "서양 사람들은 허술해도
사람이 옷을 입었다는 느낌인 데 반해 한국 사람의 차림은 틀에 사람을
맞추었다고 말하는 게 옳을 만큼 부자연"[344]스럽다며 서양의 옷을 우월
하다고 판단한다. 서재필이 특히 서양과 한국의 문화차이를 자주 비교
하는 것은 음식과 관련한 것이다.

① "난 오랫동안 자취를 했거든. 밥 한다는 건 여간 불편하지가 않아.
빵이면 간단하잖아? 한 쪽의 버터, 한 잔의 밀크커피, 그것도 없으면
한 글라스의 냉수. 햄이나 소시지가 있으면 왕궁의 성찬이구. 난 동양이
서양에 뒤진 원인이 밥과 빵에 있다고 생각해. 밥 짓는 시간에 그들은
공부를 한 거야. 빵을 먹으면서 책은 읽을 수 있어도 밥 먹으면서 책은
못 읽어."[345]

② 스테인리스의 밥그릇엔 밥이 소복이 담겨 그 표면은 까실까실 말
라가고 있었고 고기가 들어 있는 국그릇 언저리엔 비계가 응결하기 시
작하고 있었고 김치그릇엔 을씨년한 냄새가 서려 있었고 니켈의 숟가락
과 젓가락의 바랜 금속성 빛깔이 초라하기 짝이 없었다. 그건 가난의

없다. 따라서 본고에서는 호미 바바의 개념을 그대로 따르는 것이 아니라, 서로 이질적
문화가 섞이는 과정에서 일어나는 변화를 설명하기 위한 부분적이고 조건적인 개념으로
사용하고자 한다.(H. K. Bhabha, 『문화의 위치』, 나병철 옮김, 소명출판, 2002, 참조.)
344 『행복어사전』 3, 172쪽.
345 『행복어사전』 3, 219쪽.

빛깔이라고 하기보다 상상력의 결핍과 미학의 빈곤을 말하는 것이었으며 산다는 것이 쑥스럽기 짝이 없는 매너리즘에 불과하다는 증거처럼 보였다.[346]

　인용문 ①에서와 같이 밥과 빵으로 대변되는 한국과 서양의 음식 문화에 대한 비교는 언제나 빵 예찬으로 귀결된다. 서재필에게 한국의 밥 문화는 ②에서처럼 초라하고 가난한 삶을 반증해주는 것이며, 번거롭고 거추장스러운 것이다. 심지어 서민아파트에 사는 가난한 이웃집 아주머니가 아침밥을 짓느라 딸그락거리는 소리도 "기껏 김치 한 접시, 된장찌개 한 뚝배기, 잡곡을 섞은 밥 몇 그릇"뿐인 불필요한 수선이라고 생각하여 식생활을 개선시키기를 소망한다. 그에게 성찬이란 언제나 서양식 음식이다. "수프는 오니온, 생선은 새면, 고기는 비프스테이크, 술은 포도주, 디저트는 애플파이"[347] 등의 서양식 음식을 먹는 장면은, 항상 여자들과 함께하는 기분 좋은 상황에 있는 서재필의 모습이 묘사된다. 곰팡냄새가 맛으로 변하고 말라비틀어진 오징어 발이 씹을수록 감칠맛이 난다며 마른 오징어를 예찬하다가도 이 역시 엘리자베스 여왕이나 그레이스 켈리, 사르트르에게는 해당이 안 되는 "한국적인 인생"이라고 자조하기도 한다.[348] 중국 음식인 자장면도 "지독한 가난의 맛이 덕지덕지 암록색으로 엉겨붙은 밀국수의 줄기 줄기가 타액에 섞이는"[349] 부정적 음식으로 묘사된다.

---

346 『행복어사전』 3, 137쪽.
347 『행복어사전』 4, 63쪽.
348 『행복어사전』 1, 298쪽.
349 『행복어사전』 2, 131쪽.

서재필의 서양문화에 대한 동경은 비단 의식주뿐만 아니라, 지적(知的) 영역에도 해당한다. 대학을 수석으로 졸업한 인재라는 소설 속 설정 때문인지 서재필은 일상생활 속 평범한 대화에서조차 괴테, 칸트, 니체, 프로이트 등의 서양사상과 철학을 적재적소에 인용한다. 또한 신문사를 그만둔 서재필이 생계를 위해 루트비히 마르쿠제의 『나의 20세기』와 로버트 오웬의 『행복의 철학』을 번역하는 과정을 서술하며 자연스럽게 그들의 사상을 소개한다. 그리고 소설가를 꿈꾸는 서재필이 톨스토이나 제임스 조이스, 도스토예프스키의 문학관을 통해 자신만의 문학적 정체성을 찾아가는 여정도 비중 있게 그려진다.

조이스는 독자에게 먼저 『오디세이』에 관해 완전한 지식을 요구한다. 그리고 초기 라틴의 연대기부터 '뉴먼', '칼라일'을 거쳐 현대 산문에서 보는 상투적 언사, 대중소설에 흔히 쓰이고 있는 문체의 패러디를 식별할 수 있는 박식을 요구한다. 뿐만 아니라 『율리시스』를 완전히 이해하기 위해선 아일랜드의 현대사에 관한 상세한 지식, 더블린의 지리에 관한 어느 정도의 지식, 어원에 관한 본격적인 조예, 프랑스어·독일어·라틴어에 관한 상당한 실력을 구비하고 있어야 하며 아일랜드와 그밖의 나라의 신화, '비코'와 '융크'의 업적, 가톨릭 교회의 교의와 의식, 교부전(敎父傳)에 관한 지식도 필요로 한다. 물론 이런 것만으론 아직도 부족하지만······.[350]

인용문은 제임스 조이스의 『율리시스』를 원서로 탐독하는 어려움을 토로하고 있지만, 한편으론 어려운 서양문학을 읽어내는 서재필의 지

---

[350] 『행복어사전』 4, 247쪽.

적 우월감을 드러내고 있기도 하다. 조이스의 "무엇이 라틴어이고 무
엇이 이태리어인지도 분간조차 할 수 없는"[351] 난해한 문장을 신비스러
운 것으로 동경하면서 한국의 조이스가 되고 싶다는 소망을 피력하기
도 한다. 서재필의 조이스에 대한 동경은 스웨덴으로 가는 비행기에서
의 심정을 『율리시스』의 "오오, 생명이여! 나아가 백만 번의 교훈을 쌓
아, 우리 민족이 아직껏 만들어내지 못한 위대한 진실을 내 마음의 용
광로 속에서 만들어 내자. 아득한 옛날부터의 사부들이여. 부디 나를
도우소서."[352]의 구절로 끝맺는 데서도 드러난다. 유학을 통해 서양문
화를 더 적극적으로 수용하는 길이 민족의 발전에 도움이 될 수 있으리
라는 심정을 피력하는 것이다.

이렇듯 한국과 서양의 문화를 비교하여 서양의 문화를 우월한 것으
로 인식하는 순간, '모방'의 과정이 나타난다. 모방은 열등하다고 생각
되는 쪽이 우월하다고 생각되는 쪽을 흉내 내는 것을 말한다. 음식과
관련하여 서양음식을 우월하다고 생각하는 서재필이, "디저트로 사과
파이와 아이스크림을 먹고 나니 엘리자베스 여왕과 대등한 아침식사를
한 셈이 되었다."[353]며 마치 서양인이 된 듯한 만족감을 나타내는 모습
이 그 대표적 예이다.

> "초콜릿은 영어다. 프랑스 말론 쇼콜라라고 하지. 서양에서 가장 발
> 달된 과자가 초콜릿, 프랑스 말로 쇼콜라, 덕규 한번 따라해볼래? 쇼콜
> 라." "쇼콜라" 덕규의 발음은 야무졌다. "야아, 우리 덕규가 프랑스 말

---

351 『행복어사전』 4, 248쪽.
352 『행복어사전』 5, 356쪽.
353 『행복어사전』 4, 17쪽.

하나 배운 셈이로구나. 프랑스 말 하나 배웠으니까 덕규는 쪼매한 문화인이 되었다."[354]

위 인용문은 동네 아이들이 프랑스 단어 하나를 배운 것만으로도 문화인이 되었다고 자부하는 서재필의 언술이 제시되어 있다. 그러나 정작 "문화인이 뭐예요?"[355]라고 질문하는 아이의 말에 제대로 설명하지 못하고, "열심히 공부를 하고 있으면 언젠가는 알게 되는 그런 거"[356]라고 얼버무리는 서재필의 모습에서 문화인의 개념이 제대로 정립되어있지 않다는 것을 알 수 있다. 이처럼, 1970년대의 한국 사회에서 문화인이 된다는 것은 뚜렷한 문화적 정체성 없이 단순히 서양인의 문화를 똑같이 흉내 내는 것을 의미했다고 볼 수 있다.

호미 바바에 의하면 모방은 "거의 같지만, 아주 똑같지는 않은", 유사성과 비유사성을 동시에 포괄하는 것이다. 그 차이 때문에 모방은 지배자뿐만 아니라 피지배자 모두에게 양가적인 효과를 제공하고, 이로부터 피지배자는 저항의 계기를 갖게 된다.[357] 피지배자의 경우, 모방은 지배자를 닮음으로써 지배자와 상상적 동일시를 하게 된다. 그러나 지배자가 이를 허용하지 않기 때문에, 피지배자는 타자로 남을 수밖에 없음을 결국 깨닫게 된다. 즉, 문화의 침투에 대한 양가적 감정이 생겨나게 되는 것이다. 양가성이란 원래 정신분석학 용어인데, "하나의 대상에 대하여 서로 상충하는 경향, 태도, 감정, 특히 사랑과 증오

---

354 『행복어사전』 4, 268쪽.
355 『행복어사전』 4, 268쪽.
356 『행복어사전』 4, 268쪽.
357 H. K. Bhabha, 앞의 책, 85~86쪽.

의 공존"[358]을 의미한다. 호미 바바는 양가성이 타자에 대한 지배 욕망과 두려움, 타자의 차이에 대한 인정과 거부, 감시와 편집증 등으로 구성된다고 주장한다.[359] 피터 버크(P. Burke) 역시 문화 혼종성 과정을 용인-거부-적응-분리의 단계로 설명한다. 용인의 단계에서는 일종의 숭배에 가까운 환영이 나타나지만, 외래문화를 침략으로 받아들이며 문화적 정체성을 표현하기 위한 거부, 곧 저항의 단계가 나타나기도 한다고 주장했다.[360]

70년대 한국 사회의 지나친 서양문화 모방현상에 대한 반발로 '한국적인 것'을 강조하는 움직임도 있었다는 것은 문화 혼종화 과정의 단계 중 하나로 이해될 수 있다. '한국적인 것'은 맨 처음 정부에 의해 주도되었다. 대표적인 것이 문화공보부, 문화재관리국 그리고 문예진흥원을 중심으로 진행했던 문화·문예정책 그리고 급격히 확산된 대중문화에 대한 검열과 개입이었다. 비슷한 시기 역사학계는 내재적 발전론을, 문학계에서는 민족문학론을 제창하며 비판적 지식사회를 중심으로 독자적인 한국적 정체성을 구성하고자 했다.[361]

서재필이 "백화점의 여점원도 김치 깍두기를 먹고 된장찌개 마시고 사는 이 나라의 딸들일 것인데 그 매너는 모두 서양제를 닮으려고 애쓰고 있는 것 같다. 인간의 마네킹화, 마네킹의 인간화"[362]라며, 갑자기 자신의 서양문화 예찬이나 모방의 태도와는 모순되는 비판적 시각을

---

358 박상기, 앞의 글, 227쪽.

359 H. K. Bhabha, 앞의 책, 82쪽.

360 P. Burke, 『문화혼종성』, 강상우 옮김, 이음, 2012, 120~131쪽.

361 김원, 「'한국적인 것'의 전유를 둘러싼 경쟁-민족중흥, 내재적 발전 그리고 대중문화의 흔적」, 『사회와 역사』 93, 한국사회사학회, 192쪽, 203쪽.

362 『행복어사전』 4, 309쪽.

제기하는 것은 이런 맥락에서 이해할 수 있다. 밥, 김치, 된장찌개의 한식을 개선해야 할 식생활이라고 주장하던 그가 갑자기 한국인의 정체성을 한식으로 묘사하는 장면은 이후에도 종종 나타난다. 『행복어사전』을 만들 때 서양철학자의 말 대신 "된장 냄새, 고춧가루 냄새, 마늘 냄새가 무럭무럭 풍길망정 우리의 독창"[363]적인 말을 끼워야 한다든지, "보리 반, 쌀 반의 밥 한 숟갈 떠넣고, 생마늘 한 쪽 깨물고, 우거지국을 퍼넣어 씹어 돌리는 맛이란 한반도에 생을 받아 아직껏 살고 있다는 증거"[364]라고 생각하는 부분이 그러하다.

그는 그토록 칭찬하던 서양의 옷에 대해서도 "넥타이란 것은 유럽의 풍물과 전통 속에서 만들어진 사치이다. 만사 서양풍을 따르려니까 넥타이를 필요로 하게도 된 것이었지만 나는 넥타이 맬 때마다 일종의 거부반응을 느껴왔던 터였다."[365]라고 비판한다. 또한 양복이 우리의 몸에 어색하듯이 서양을 모방하여 만든 우리의 의식이 남의 옷을 빌려 입은 듯 어색하고, "서양 것도 아니고, 일본 것도 아니고 우리 것도 아닌, 묘한 일종의 기형이 되고 말았다."[366]며 양복으로 표상되는 서양의 문화가 결코 우리의 문화적 정체성이 될 수 없음을 주장한다. 또한 서양의 철학과 문학에 심취하던 입장과는 달리 미국 소설을 "출판문화의 쓰레기"라면서, "일등국민들이 이처럼 너절한 책들을 많이 생산하고 있다는 사실을 인식하는 것은 우리들의 콤플렉스를 해소하는 덴 다소나마 효과"[367]라고 자위하기도 한다. 스웨덴에 유학 간 박문혜에게는

363 『행복어사전』 2, 152쪽.
364 『행복어사전』 4, 129쪽.
365 『행복어사전』 4, 326쪽.
366 『행복어사전』 5, 11쪽.

한국이 너절하고 덜 문화적이어도 "당신은 한국의 딸"[368]이라며 정체성을 잊지 않을 것을 당부한다. 윤두명이 서양의 종교를 "엉뚱한 나라의 엉뚱한 종교"[369]라고 하며 한국적인 토착의 종교로서 옥황상제교를 창시하였음을 강조하는 것도 지나친 외래문화의 침투에 대한 대중들의 반작용의 정서로 읽어낼 수 있다.

서양문화에 대한 대중들의 양가적 정서는 서양문화의 물신성에서 비롯된다. 즉, 서양문화가 대중문화의 형태로 일상의 세계에서 접하고 보게 되는 새로움이 될 때 그것은 폭력적 힘을 은폐한 물신이 될 가능성이 많아진다. "백화점은 국력의 표현이다라고 한 것은 누구의 말이었던가. 방금 내가 생각해낸 말인가. 백화점은 민중의 궁전이란 표현은? 유혹의 바다라는 표현은? 금융자본가들이 쳐놓은 그물? 덫? 그런데 백화점의 색채의 코러스 같은 속에 있으니 마음이 편안해지는 까닭은 뭣일까"[370]라는 서재필의 독백은 백화점으로 대변되는 서양문화의 물신성에 대한 두려움의 표현이다.

한편, 피터 버크는 문화 혼종화의 과정에서 번역가의 역할을 중요하게 생각하였다. 번역이 이질적인 것을 길들이기 위해 개인과 집단이 실행해야 하는 작업과 함께 그 과정에서 채택되는 전략과 전술을 강조할 수 있으며, 문화적 상대주의와의 연관 속에서 중립성을 띄는 역할을 할 수 있다는 것이다.[371] 따라서 『행복어사전』에서 서재필이 번역가가

---

367 『행복어사전』 4, 46쪽.
368 『행복어사전』 4, 12쪽.
369 『행복어사전』 2, 283쪽.
370 『행복어사전』 4, 310쪽.
371 P. Burke, 앞의 책, 91쪽.

되는 것은 문화 혼종과 관련한 상징성을 보여준다고 할 수 있다. 서재
필은 번역을 하면서 자기가 번역하는 내용을 소개하기도 하고, 번역할
때의 어려움을 토로하기도 한다. 또한 자신이 번역한 것은 아니지만,
조이스의『율리시스』를 읽으면서 이해되지 않는 난해한 용어들에 대해
난감함을 표현한다. 이는 문화 혼종 과정에서의 혼란함이나 어려움을
표현하는 것으로 해석할 수 있다. 서재필은 서양문학과 철학에 능통하
지만 끝내 자신의 소설을 쓰지 못하고 번역가에 머물고 마는데, 이는
70년대 문화 혼종의 현상이 주체적 전유에는 이르지 못하고 있음을 상
징하는 것으로 해석할 수 있다.

양공주인 김소향이 서재필과의 사이에서 낳은 아이는 문화 혼종에
대한 또 다른 상징을 보여준다. 혼혈은 아니지만 '잭슨'이라는 서양의
성과 '서'라는 한국의 성이 결합된 이름과 함께 한국인의 외모를 가지
고 미국에서 살아가야 할 아이라는 설정이 그러하다. 서재필은 아이가
인도인으로서 영국에서 작가로 성공한 네이폴(V. Naipal)과 같은 사람
이 되기를 희원한다. 소설의 맥락상 서재필에게 네이폴의 의미는 다른
문화권에서 자신의 정체성을 주체적으로 전유하여 새로운 희망을 찾은
인물이다. 이처럼『행복어사전』은 1970년대 급격한 서구화의 물결로
인한 문화 혼종 현상에 대한 대중의 양가적 정서구조를 반영함으로써
대중의 호응을 얻을 수 있었다.

제6장

결론

　이병주의 소설은 1970년대 대중소설의 확산 현상과 밀접한 관련이 있다. 따라서 이병주 소설의 대중성 논의는 그의 문학 세계를 올바르게 이해하기 위한 중요한 과제일 뿐만 아니라, 당대 대중들이 공유하는 정서구조를 파악할 수 있는 좋은 기회가 된다. 이병주의 소설 세계는 매우 다양하기 때문에 어느 한 가지로 이병주 소설의 대중성을 정의내리기에는 무리가 따른다. 본고에서는 이병주 소설의 대중성을 보편적인 대중성의 특질 안에 당대의 독자와 소통하는 이병주만의 방식을 담지하고 있는 것으로 전제하였다. 이러한 관점에서 이병주의 대하소설 『바람과 구름과 비(碑)』, 『지리산』, 『행복어사전』에 나타난 대중성의 양상을 대중 서사전략과 독자 수용의 측면에서 고찰하였다.

　2장에서는 대중성의 개념 및 대중소설의 원리에 관한 이론적 고찰을 시도하였다. 문학에 있어서의 대중성이란 독자들에게 수용되는 인기와 관련이 있기 때문에 독자와 작가 사이의 소통을 전제로 한다. 특히 대중소설은 독자의 흥미와 취향을 반영하여 창작되기 때문에 대중성 확보에 유리하다고 할 수 있다. 대중소설이 가진 도식성, 현실도피성, 오락성의 요소는 독자의 입장에서 보면 익숙함과 편안함이라는 문학적 관습이 된다. 이런 측면에서 독자의 입장을 강조하고, 대중소설에 긍정적 해석을 시도한 이론가로 카웰티, 피스크, 야우스를 들 수 있다. 한편 한국 근현대 문학사에 나타난 대중소설논의는 통속과 순수의 이분법적 구도에서 점차 중간소설 논의를 포함하는 삼분법적 구도로 나아갔다. 2000년대에 들어서면서 실제 작품창작에 있어서는 대중문학과 순수문학의 경계가 점차 사라지고 있는 추세이다. 대중문학의 전성기에 주요 작품을 창작했던 이병주의 경우 신문소설의 상업성과 통속성에 대해서는 부정적으로 생각했지만, 독자의 중요성은 강조하였다.

3장에서는 통속적 역사 서사의 특징을 지니고 있는『바람과 구름과 비』에 나타난 대중성을 향유의 측면에서 살펴보았다. 1970년대 역사소설에 대한 대중의 기대지평은 재미있으면서도 계몽적인 것이었다. 이 소설은 신문연재역사소설이라는 특징상 그러한 대중의 기대지평을 충실히 반영하여 창작되었다. 재미의 측면에서는 대중소설의 서사관습 혹은 공식을 충분히 활용하였다. 카웰티는 대중문학을 읽는 독자들이 만족감과 안도감을 느끼는 익숙한 형식을 도식성이라 정의했고, 에코는 전형적 인물형과 상황을 토포스라 정의했다. 이 소설은 태생적 측면에서 비범함을 지닌 영웅형 인물들이 등장하고, 그 인물들이 펼치는 무협, 의적, 여성 편력 등의 활약담으로 구성되어 있는데, 이러한 토포스적 형상화는 현실도피의 측면에서 대중적 향유의 요소가 되었다. 또한 이 소설은 영웅형 인물이라는 대중소설의 서사관습을 활용하면서도 그 인물에 개성 있는 성격을 부여하거나, 회당 분절되는 신문연재소설의 특성을 살린 서스펜스를 활용하는 등, 일종의 공식의 변주를 통해 소설적 재미를 끌어 올렸다.

역사적 사실에 대한 객관적 기록과 비평이라는 사관적 서술전략은 대중들의 지적 욕망을 충족시켰다. 그러나 지나친 서술자의 개입은 루카치 식의 역사소설에 대한 비평적 기대를 충족시키지 못하는 한계를 지닌다. 또한 독자로 하여금 작가의 주관적 판단을 절대적 진리로 받아들이는 오류를 범하게 한다. 그리고 사실과 허구의 경계에 있어야 하는 역사 소설의 본질을 망각하게 하여 소설적 재미를 반감시킨다. 이러한 한계에도 불구하고 이병주는 조선 멸망의 원인을 독자에게 전달하고자하는 기대지평을 갖고 계몽적 서사전략을 활용했다.

계몽적 서사전략의 또 다른 예는 한시나 가야금, 판소리 등 문화·예술에 대한 묘사이다. 이 소설에서는 망국이라는 주제를 부각시키거나, 등장인물들의 심리를 드러내거나, 인물들 간의 지적 교류의 매개물로 한시를 적재적소에 활용하였다. 이를 통해 독자는 소설이라는 서사 속에서 작가의 논평을 곁들여 풀어낸 어려운 한시를 손쉽게 접하고 지적 향유를 누릴 수 있었다. 또한 흥미로운 서사와 함께 자연스럽게 소개되는 가야금 연주나 판소리에 관한 소설 속 묘사는 현실적 제약으로 인해 실제의 문화생활을 접할 수 없었던 당대 대중들에게 상상적으로나마 쉽고 재미있게 문화를 향유할 수 있는 수단이 되었다. 이렇듯 역사나 문화·예술에 대한 지(知)의 향유는 이병주 문학의 특징이기도 하면서, 70년대 대중의 교양에 대한 욕구와 맞물리며 대중성의 요인이 되었다.

4장에서는 비극적 현실 서사인『지리산』에 나타난 대중성을 공감의 측면에서 고찰하였다. 공감은 정신적이며 지적인 가치판단을 전제로 한다. 독자가 소설 속 인물의 입장이 되어봄으로써 그의 불안이나 고통의 감정을 함께 느끼고 그 감정이 적절하다고 판단될 때 공감이 형성된다. 이 소설에서 공감의 원리는 문학적 치유의 양상으로 드러난다. 이병주의 글쓰기의 출발은 학병 체험과 감옥 체험이라는 개인적 트라우마에서 비롯되었다. 소설 속에 등장하는 일제 식민지, 전쟁, 좌·우익의 대립, 분단 등의 역사적 비극은 독자들도 공유하는 역사적 트라우마이기도 하다. 작가의 자기 서사이기도 한 작품서사를 통해 독자는 인물의 감정에 공감하는 새로운 경험을 함으로써, 역사적 트라우마에 대한 각자의 자기 서사를 보충하고 통합하는 문학적 치유에 이르게 된다.

이 소설은 박태영과 이규의 성장 서사로 이루어져있는데, 일반적으로 성장 서사는 대중들이 공감을 느끼기에 용이한 서사 구조라 할 수 있다. 소설 속 서사주체의 성장에 따라 텍스트를 수용하는 대중들 역시 함께 성장을 경험하기 때문이다. 좌·우의 극한 대립을 겪으며, 박태영이 공산주의 이데올로기의 허무를 깨닫고 죽음을 선택하는 것과, 이규가 객관적인 거리를 유지하고 자신과 사회의 문제를 직시할 수 있는 유학의 길을 선택하는 것은 통과의례의 단계를 거친 각성의 결과이다. 이렇듯 성장 서사는 성장 주체들이 자아와 세계와의 대립에서 어떻게 투쟁하고 극복하고 주체적 삶의 의지를 확립하게 되는지를 제시함으로써 독자의 공감을 이끌어낸다.

이 소설은 사상으로서의 공산주의를 받아들이는 박태영, 무나카와 등의 인물과, 정치로서의 공산주의를 받아들이며 공산당 조직의 모순을 드러내는 이현상, 공산주의의 결점을 조목조목 지적하는 권창혁 등의 인물을 통해서 공산주의 이데올로기의 모순을 드러낸다. 이 소설에서 말하고자 하는 공산주의 이데올로기의 모순은 결국 인간의 보편적 가치를 경시하는데서 오는 것이다. 소설 속 공간인 지리산은 동족끼리 죽고 죽이는 전쟁을 벌인 황폐한 비극의 현장이다. 그러나 인간이 소멸시킨 모든 생명체를 마법처럼 회복시킬 수 있는 것은 지리산으로 표상

되는 자연, 결국 생명 그 자체라는 점에서 '지리산'의 제목이 갖는 상징
은 결국 생명존중의 가치로 귀결된다. 이 소설에서 박태영이 절대불변
의 확고한 신념을 가지고 이념투쟁을 벌이는 모습만을 보여주었다면,
대중성의 획득에 실패했을 것이다. 질서와 안정의 세계를 추구하고자
하는 것도 대중들의 기대지평이기 때문이다. 대중들은 박태영이 보편
적 가치 앞에서 흔들리고 고뇌하는 모습에 공감할 수 있었다.

  5장에서는 세태 반영 서사인 『행복어사전』에 나타난 대중성을 정서
구조의 측면에서 살펴보았다. 정서구조는 특정 시기에 떠오른 문화에
대해 갖는 대중의 정서를 의미한다. 이 소설은 70년대 산업화로 인한
경제 성장의 뒤편에 감추어졌던 유신 독재 체제, 언론 탄압, 좌·우 이
데올로기 갈등, 도시 노동 계층의 빈곤, 대중을 현혹하는 유사 종교 단
체 등에 관한 많은 문제들에 대한 비판적인 시각을 견지한다. 주인공
서재필은 현실인식에 있어서는 날카로운 시각을 보여주지만, 현실 대
응에 있어서는 소시민적인 소극적 태도를 보인다. 한국에서 사용된 소
시민의 정의는 5·16 쿠데타 이후 정치에 순응하거나 무관심하고 변화
를 두려워하는 사람들을 의미했다. 서재필의 이런 양가적 속성은 정치
적 혼란 속에서 어느 쪽을 택하든 큰 희생을 치러야 했던 대중들의 정
서구조를 반영한다.

  이 소설에서 서재필의 연애사는 소시민의 일상을 따라가는 세태묘사
로 인해 자칫 산만해지기 쉬운 소설 구성을 보완하며 독자의 흥미를
끈다. 연애 서사의 공식은 애정의 삼각관계라 할 수 있는데, 이 소설의
삼각관계에 나타나는 애정 갈등의 양상은 일반적인 대중소설에서 보여
지는 것과는 달리 심화되지 않는다. 서재필과 복잡하게 얽혀있는 여성
들이 서로 질투하지 않고 서재필만을 갈망한다는 소설 속 설정은 여성을

바라보는 남성의 판타지적 시각이 반영되어 있다. 서재필과 여성들의 관계는 친구, 부부, 플라토닉 연애, 육체적 쾌락의 유형으로 분류할 수 있는데, 여기에도 남성의 판타지가 반영되어 있다. 이들 유형에 속하는 여성들은 모두 그 역할에 딱 맞는 완벽한 조건을 갖추고 있기 때문이다. 특히 육체적 쾌락 관계에 있는 여성들은 모두 윤락여성이라는 공통점이 있으며, 서재필이 이들을 만나게 되는 계기에는 항상 우연성이 작동함으로서 남성들의 판타지를 더욱 극대화시킨다. 에로티즘이 금기를 전제로 할 때 더 강력해진다는 관점에서 볼 때, 이 소설의 에로티즘은 70년대 한국 사회에서 대중들이 직면했던 각종 사회적 금기에 대한 정서의 반영으로 보인다.

이 소설은 70년대 한국 사회의 급격한 서구화로 인한 대중들의 양가적 정서구조를 반영하고 있다. 서재필은 서양 문화를 한국 문화보다 우월하다고 인식하고 모방함으로써 문화인이 되었다고 자부한다. 문화 혼종의 과정에서 외래문화를 침략으로 받아들이는 대중 정서도 존재하는데, 한국의 문화적 정체성을 표현하기 위하여 서양문화자체의 질이나 대중의 서양문화추수현상을 비판하거나 한국적인 것을 강조하기도 하는 양상이 소설 속에 드러난다. 소설가가 되기를 희망하는 서재필은 문화 혼종의 역할을 담당하는 번역가일 뿐, 끝내 자신의 소설을 완성하지 못하는데, 이는 70년대 한국 사회의 문화 혼종이 주체적 전유의 단계에는 이르지 못하고 있음으로 해석된다.

고찰한 대로 이병주의 대하소설에 나타난 대중성은 다양한 양상을 보인다. 통속적 역사 서사에서는 대중소설의 공식을 충실히 활용하거나, 도식성의 틀 안에서 공식을 변주하여 이병주 나름의 개성 있는 서술 전략을 구사한다. 이것은 문학의 엄숙주의를 강조하는 비평적 견지에서는 미학성이 떨어지는 것으로 부정적 평가를 받지만, 대중독자의 입장에서는 익숙함과 편안함 속에 변화의 묘미를 담은 독서의 즐거움이 된다. 통속성이 배제된 비극적 현실 서사에서는 공감의 양상으로 대중성이 구현된다. 공감의 원리는 문학을 통한 치유를 이끌어 내거나 등장인물의 성장을 통해 독자의 내적각성을 돕는다. 보편적 가치 추구에 대한 공감은 안정된 질서 체계에 대한 독자의 욕구를 충족시켜준다. 세태반영 서사에서는 당대 대중의 정서구조를 반영하는 양상으로 대중성을 구현한다. 이렇듯 다양하게 구현되는 이병주 소설의 대중성은 당대의 독자와 소통하는 이병주만의 방식이었다고 할 수 있다. 그는 문학에서 역사성과 대중성을 함께 시도하고자 한 작가였다. 역사성을 지나치게 강조하다보면 계몽적으로 흐르거나 대중성을 강조하다보면 통속적으로 흐르거나 하는 한계를 지니고 있다는 점에서 그의 시도가 성공적이었다고만은 말할 수 없다. 그러나 점차 고급과 통속의 경계가 무화되고 있는 현 시점의 문학적 경향을 고려해 볼 때, 1970년대 이병주가 시도했던 문학의 대중성은 계보적으로 선구적 위치를 점유했다고 볼 수 있다.

본고는 이병주 소설의 대중성이 그 서사적 특징에 따라 다양한 양상으로 나타나고 있음을 밝히고자 하였다. 그러나 이를 위해 이병주의 다른 많은 작품을 함께 다루지 못함이 본 연구의 한계임을 자각하고 이를 차후의 과제로 남기고자 한다.

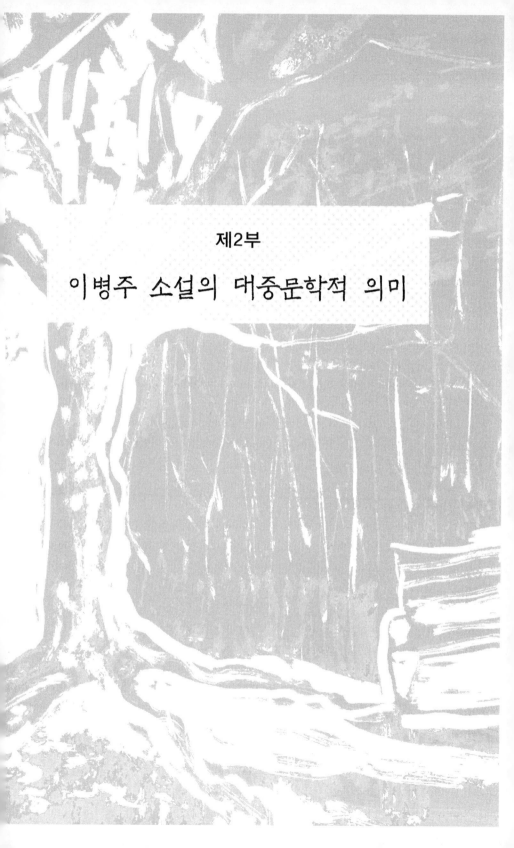

제2부

이병주 소설의 대중문학적 의미

제1장

시대사의 블랙코미디와 정극의 협연

『산하』

1. 동시대의 역사라는 무대

이병주 소설의 빛나는 대목이 '역사'에 있다는 것은 주지의 사실이다. 그의 소설이 일제강점기, 해방 후, 6·25 전쟁 이후의 정치적 혼란기라는 한국 근현대사를 주로 다루고 있기 때문이다. 소설에서 다루어지는 역사의 실제 사건들은 등장인물들의 서사적 배경으로 기능하는 경우가 많다. 그러나 이병주 소설에서 역사는 그 자체가 하나의 중요한 서사적 줄기를 형성한다는 특징이 있다. 이병주가 소설 창작에 있어 주안점을 둔 것은 역사적 사실을 있는 그대로 전달하는 것이었다. 그래서 그의 소설에서 실제의 역사적 사건들은 소설적 가공을 거치기보다는 사료의 직접 제시 형태로 나타나거나, 등장인물 혹은 서술자의 목소리를 빌어 직접 진술하는 방식으로 제시된다. '실록소설' 혹은 '메타 서사'로서의 이병주 소설의 독특함은 여기에서 기인한다.

역사의 소설적 형상화에 대한 이병주 소설의 독특함은 일종의 사관적 서술태도에서도 드러난다. 사관이 역사의 기록에 자신의 논평을 곁들이듯 이병주 역시 실제의 역사적 사건에 대한 자신의 비판적 관점을 소설 속 지식인 인물이나 서술자의 입을 통해 제시한다. 이병주 소설이 갖는 이러한 특징은 이병주 문학의 평가에 있어 '소설가'로서의 이병주보다는 역사 인식에 대한 '사상가'로서의 이병주에 보다 더 방점을 찍는 이유가 되기도 했다. 『관부연락선』, 『지리산』 등의 작품이 지닌 무겁고 어둡고 진지하고 사변적인 분위기는 이병주 소설의 독특한 색깔을 보여주는 대표적 예에 해당한다.

  그런데 『산하』는 이런 작품들과 비슷해 보이면서도 조금 다른 새로운 색깔을 보여준다. 역사적 사건을 서사의 중요한 줄기로 형성하는 점은 비슷하지만, 그와 동시에 '풍자'를 바탕으로 한 새로운 소설적 실험을 시도하였기 때문이다. 일반적으로 풍자는 불합리하고 모순적인 현실을 우회적으로 비판하기 위한 방법으로 정의된다. 즉, 냉소적 '웃음'을 통해 풍자 대상을 조롱하고 깎아내림으로써 오히려 더 날카로운 비판을 담아내는 것이다. 한국문학사에서 발견되는 풍자 문학은 그 뿌리가 깊다. 고려시대의 가전체 소설, 조선시대의 의인화 소설, 몽유록 소설, 조선 후기 박지원의 소설을 비롯해 서민 계층에서 유행했던 봉산탈춤과 같은 유형의 풍자 양식은 1930년대 김유정, 채만식의 풍자 소설로 이어졌다. 이들은 직접적 비판을 행할 수 없는 억압적인 사회 분위기에서도 현실에 대한 비판을 멈추지 않았던 풍자 정신을 담아냈다.

  『산하』의 풍자성은 소설 구성의 측면에서는 일반적인 풍자 소설과는 다른 이병주만의 소설적 특성을 보여준다. 그러나 현실 비판이라는 풍자의 본질적 측면에서 본다면 한국적 풍자 정신의 계승과 무관하지 않을 것이다. 이런 관점에서 이 글에서는 『산하』에 나타난 비슷하지만 다르고, 다르지만 비슷한 이병주 소설의 새로운 색깔을 찾아보고자 한다.

2. '웃음'과 '진지함', 풍자와 정론성

『산하』가 일반적인 풍자 소설 그리고 이병주의 다른 소설들과 변별
되는 지점은 이질적인 두 서사의 병치에 있다. 일반적인 풍자 소설은
소설 전체가 골계미와 간접 비판의 형식으로 구성되어 있다. 그런데
『산하』는 '웃음'을 기반으로 하는 풍자 소설의 양식과 '진지함'을 기반
으로 하는 이병주 소설의 전형성이 한 소설 안에 동시에 존재한다. 즉,
이종문이라는 인물의 서사는 풍자적으로 구성된 반면, 지식인 인물인
이동식의 서사는 웃음을 제거한 진지하고 사변적인 이병주 소설의 전
형성을 드러낸다. 마치 한 소설 안에 두 개의 다른 성격의 소설이 존재
하는 방식으로 구성된 것이다.

이종문의 서사만을 떼어놓고 본다면 이종문을 주인공으로 한 한 편
의 풍자 소설로 보아도 무방하다. 풍자는 주체가 대상을 관찰하는 형식
으로 이루어진다. 『산하』에서 주된 풍자 대상은 이종문이다. 그리고
이종문을 관찰하는 풍자 주체는 서술자이거나 이동식이다. 일반적으
로 풍자 주체는 풍자 대상에 대해 지적으로나 이성적으로 우월한 위치
를 점유하고 있다고 본다. 『산하』의 경우 서술자가 전지적 작가라는
점에서 그리고 이동식이 지식인 인물이라는 점에서 풍자 주체의 조건
을 만족시킨다고 할 수 있다.

반면에 풍자 대상인 이종문은 무식한 노름꾼 출신으로 설정되어 있
다. 그래서 이종문이 내뱉는 말들은 이병주 소설의 여타 지식인 인물들

의 언술과는 달리 다듬어지지 않은 날 것 그대로의 생동감으로 해학성
을 구현해낸다. 이종문의 말에 해학성을 부여하는 표현에는 경상도 사
투리를 포함하여 동음이의어의 활용과 같은 언어유희를 들 수 있다.
"해방이고 달방이고……"[1](이후의 작품 인용은 권수와 쪽수만 표기)는 '해방'
의 '해'와 태양을 뜻하는 동음이의어 '해'에서 '달방'이라는 언어유희를
이끌어내는 방식으로 해학성을 구현하면서, 동시에 해방이 무엇을 의
미하는지도 제대로 인지하지 못하는 이종문의 무지를 간접적으로 드러
낸다. "해방이 훼방이 되었다고?"(2권, 55쪽)라는 말 역시 '해방'과 비슷
한 음가를 가진 '훼방'이라는 단어를 절묘하게 배치하여 웃음을 주면
서, 해방 후에 더욱 살기가 피폐해진 민중들의 삶을 반어적으로 드러낸
다. 이 외에도 "조강지처, 아들들, 죽은 부모까지 들먹이며 빌고 절을
하고 또 했다. 전신에서 땀이 흘러내렸다. 얼굴의 땀을 닦으려다가 보
니 좌우의 자리는 딴 사람으로 바뀌어 있었다. 이종문은 비로소 만족하
고 법당에서 나왔다."(5권, 251쪽)와 같이 이종문의 단순무식한 성격을
드러내는 행동 묘사도 해학성을 구현한다. 옆 사람에게 지지 않으려는
승부욕으로 땀범벅이 되도록 절을 해대는 이종문의 행동을 과장되게
그려냄으로써 독자에게 웃음을 주는 것이다.

　이종문의 서사에 나타나는 언어유희나 과장된 행동 묘사가 유발하는
해학성은 일종의 희극적 분위기를 연출한다. 이병주는 실제로 「유맹(流
氓)」(1959)이라는 희곡을 창작하기도 했는데 이러한 작가의 전기적 사실
뿐만 아니라 소설 속 지문에서도 이종문의 서사가 갖는 희극적 요소를
짐작해 볼 수 있다. '연극이 멋지게 진행될 수 있자면 적당한 때에 적당한

1　이병주, 『산하』 1, 한길사, 2006, 20쪽.

인물이 등장해야……, 이종문을 주역으로 하는 연극'(3권, 152쪽), '한토막
의 중간극'(5권, 102쪽)이라는 소설 속 진술은 이종문의 서사가 한 편의
연극처럼 비현실적이고 극적으로 진행되고 있다는 뜻으로도 해석할 수
있지만, 이종문의 서사를 연극처럼 다루고 있다는 의미로도 해석할 수
있다. 또한 일반적인 전지적 작가 시점의 소설적 표현이라면 '이종문은'
이라고 표현했을 주어를 '우리 이종문은~'이라고 표현하는 부분이 자주
등장한다. 이는 마치 관객에게 연극의 해설자가 해설을 해 주는 듯한
느낌을 준다.

　이종문이 6·25 전쟁 발발 당시 이승만 정권에서 국방장관을 했던
실존인물 신성모의 멱살을 잡고 흔들며 분통을 터뜨리는 장면을 묘사
한 부분(5권, 95~96쪽)은 이종문의 서사에 나타나는 희극성의 총체를 집
약적으로 드러낸다. "당신 같은기 장관이라니 참말로 허파에 바람이
날 만큼 장관이그마."에서처럼 '장관(長官)'과 '장관(壯觀)'의 동음이의어
를 활용한 언어유희, 연극 대사와 같은 많은 대화체, 독자에게 웃음과
카타르시스를 주는 이종문의 과장된 언어와 행동, 속수무책으로 당하
는 장관의 당황한 모습에 대한 행동 묘사가 그러하다. 웃음을 유발하는
이종문의 과장된 행동은 비극적 전쟁의 기록과 병치된다는 점에서 전
쟁에 제대로 대비하지 못했던 무능한 관료에 대한 민중의 분노와 카타
르시스를 담기 위한 의도된 희극적 장치로 볼 수 있다. 풍자 대상을
우스꽝스럽거나 바보스럽게 보이게 함으로써 보는 사람의 자기우월감
을 만족시켜 주고 즐기게 하는 희극성은 이를 통해 감정적 응어리를
풀어지게 함으로써 카타르시스 효과를 주게 된다.

　이처럼 이종문의 서사가 보여주는 희극성은 단순한 웃음이라기보다
는 정치·사회 비판을 담고 있는 블랙코미디에 가깝다. 이종문 서사에

나타나는 웃음은 주로 풍자 대상의 부정성을 드러내는 조소와 냉소를
내포하고 있기 때문이다. "우리의 이종문은 물론 반탁 진영에 있었다.
반탁이 옳다는 신념에서가 아니라 그것이 이승만의 노선이기 때문이
다. 반탁운동이 성공하는 날 이승만 박사는 대통령이 된다. 이승만 박
사가 대통령이 되면 나의 팔자가 트인다."(2권, 8쪽)에 나타난 바와 같
이, 이종문의 부정성은 왕과 대통령의 차이, 공산주의자와 민족주의자
의 의미조차 구별하지 못하는 그의 무지에서 기인한다. 그의 무지는
단순히 지적 차원의 열등함을 말하는 것이 아니라 옳고 그름을 따지지
않고 자신의 이익과 영달을 위한 쪽에 맹목적 신념을 보인다는 데에
있다. 일반적으로 풍자는 풍자 대상에 대한 희극적 반응을 기반으로
한다. 이런 희극적 반응은 풍자 대상과 독자와의 차이성의 발견에서
나타난다. 대상을 우스꽝스럽게 만들면서도 날카로운 비판을 담고 있
는 블랙코미디는 베르그송이 정의한 '객관적이고 지적인 태도'[2]로서의
'웃음'에 근거한 풍자성의 구현에 적절한 양식이라 할 수 있다.

『산하』의 특이성은 객관적이고 지적인 태도를 '웃음'이 아닌 '진지
함'으로 보여주는 이동식의 서사가 동시에 존재한다는 데에 있다. 지식
인 인물인 이동식은 해방 이후의 비극적이고 혼란스러운 근현대사를
균형적 시각으로 전달해주거나 논평하는 이병주 소설의 전형적인 인물
유형에 속한다. 마치 블랙코미디와 정극의 협연 같은 이 두 서사의 병
치는 풍자성의 구현이라는 측면에서는 불협화음의 극치를 보여준다.
예를 들어, "고래로 그런 사람들에 의해 역사는 만들어진 것이다. 지금
전쟁을 시작한 김일성 같은 놈도 따지고 보면 그 의식의 차원이 이종문

---

2 앙리 베르그송, 『웃음』, 정연복 옮김, 세계사, 1992.

과 같을지 몰랐다."(5권, 105쪽)라는 이동식의 비판은 이종문에 대한 조롱과 냉소의 시선을 직접 진술의 방법으로 제시한다. 그런데 사실 이러한 이동식의 친절한 설명은 성공적인 풍자성의 구현에는 별 도움이 되지 못한다. 성공적인 풍자성의 구현은 풍자의 메시지에 있는 것이 아니라 얼마나 효과적인 방법으로 그 메시지를 전달하느냐의 과정에 달려있기 때문이다. 이를 위해 '서술자는 풍자 대상의 비정상적인 속성을 확대하여 웃음거리가 되고 망신당하고 격하되는 과정을 상세히 보여주는 일에만 주력'[3]해야 한다. 그리고 그 과정에서의 풍자 메시지를 해독하는 일은 독자에게 맡겨야 한다. 그런데『산하』의 풍자성은 '진지함'에 기반한 이동식의 서사로 인해 한계를 지닌다. 풍자 메시지에 대한 풍자 주체의 지나친 직접 진술은 차단시켜야 할 독자의 감정이입을 유도하여 객관적인 거리 유지에 실패하게 만들기 때문이다.

이러한 한계에도 불구하고 이병주가 이렇듯 한 소설에서 두 가지 전혀 다른 성격의 서사를 병치시킨 이유는 무엇이었을까. 이는 '소설은 흥미와 동시에 그 흥미의 의미를 제공해야'[4]한다고 여겼던 이병주의 소설관에서 추론이 가능하다. 이병주 역시『관부연락선』이나『지리산』과 같은 자신의 역사소설쓰기가 보여주었던 관념의 과잉이나 사고의 추상성을 인식하고 있었던 것으로 짐작된다. '흥미'와 '흥미의 의미', '소설가'와 '역사가' 사이의 균형을 잡고자 노력한 이병주의 새로운 소설적 실험은 베스트셀러를 기록했던『산하』의 대중적 인기로 미루어볼 때 어느 정도 성공을 거둔 것으로 보인다.

3 민현기,『한국근대소설론』, 계명대학교 출판부, 1984, 112쪽.
4 이병주,『행복어사전』5, 한길사, 2006, 313쪽.

3. 보통인 이하의 악인

웃음에 관한 이론 중 풍자 문학과 관련이 있는 것은 '우월이론'이다. 상대방보다 자신이 우월하다고 인식하는 사람들이 자신에게 고통이나 피해를 입히지 않는 과오나 추악성을 보여주는 인물을 향한 시선에서 심리적인 우월적 지위를 확인함으로써 웃게 된다는 것이다. 그래서 아리스토텔레스는 『시학』에서 '보통인 이하의 악인을 모방하는 것'을 희극이라 정의했다.[5] 『산하』의 이종문 서사에서 풍자 대상은 이종문을 비롯한 자본가와 정치인이다. 이 소설에서 자본가와 정치인은 결코 긍정적 모습으로 그려지지 않는다. 무식한 노름꾼에서 자본가, 정치인으로 변신을 거듭하는 이종문의 성공 스토리와 그 과정에서 묘사되는 또 다른 자본가와 정치인의 모습은 풍자 대상의 조건인 '보통인 이하의 악인'이라는 조건을 만족시킨다. 이 소설에서 자본가, 정치인에 대한 풍자를 통해 얻는 효과는 현실에 대한 부정과 비판이라는 풍자의 본질을 크게 벗어나지 않는다. 즉, 자본가의 불법적이고 비윤리적인 자본 축적 과정과 정경유착의 실체 그리고 부패하고 무능한 정치인에 대한 신랄한 비판을 간접적으로 담고 있는 것이다.

이종문의 성공 스토리를 따라가 보자. 이종문은 무식한 노름꾼이지만 재산 축적에 관한 한 수단 방법을 가리지 않고 비상한 재주를 발휘한다. 해방이 되자 무작정 상경해서 일본인들이 본국으로 돌아가며 버리고 간 적산가옥과 아편을 무전취득하게 되고 자본가로서의 첫 발걸음을 떼게 된다. 이때 그가 재산을 취득하는 과정은 집주인인 일본 여

---

5 앙리 베르그송, 앞의 책.

자와의 성적 관계와 재빠른 정보, 그리고 일종의 사기 협박을 통한 비정상적인 방법이다. 그런데 "공짜? 이 새끼들아, 내가 공짜로 이 집을 차지한 줄 아나? 나는 떳떳이 값을 치르고 이 집을 샀다. (중략) 종문은 이 집을 마련하기 위해 정액을 한 말쯤은 쏟았다고 빈정거리고 싶었으나 이웃의 귀가 두려워 참았다."(1권, 236쪽)처럼 오히려 '떳떳이 값'을 치렀다는 이종문의 뻔뻔한 사고는 해방 직후 자본가들의 재산 축적 과정의 불법성을 강조하고자 한 반어적 표현에 해당한다.

> "사기하지 않고 돈 번 놈이 있는 줄 압니꺼? 협잡하지 않고 재벌이된 놈 있는 줄 아십니꺼? 원래 사유재산이란 착취와 사기와 협잡으로 이루어진 것입니다. 그것을 어떻게 합법화했느냐가 문제인 겁니다. 똑같이 사기를 했는디 그걸 합법화할 수 있는 기술을 가진 놈은 자기 재산으로 그것을 보유하고, 합법화할 기술을 가지지 못한 놈은 감옥살이를 해야하고, 전과자가 되는 겁니다."(4권, 236쪽)

공권력 이용, 사기, 협박 등 이종문과 유사한 방식으로 재산을 축적해가는 또 다른 인물 임형철의 위와 같은 말은 자본가에 대한 이 소설의 비판적 메시지를 요약적으로 제시해준다. 여기서 '돈, 사기, 협잡, 착취'라는 단어는 등가를 이루고 있는데, 이것을 '합법화할 기술'이란 결국 정치권력을 이용하는 것임을 이종문의 서사를 통해 지속적으로 보여준다. 이승만에게 정기적으로 돈을 갖다 바치기 시작한 이종문은 그렇게 얻은 이승만과의 우호적 친분관계를 이용하여 많은 돈을 벌어들이게 된다. 토건업을 시작해서 나라 안의 공사를 도맡거나, 은행 융자를 활용한 공장 인수, 심지어 전쟁 상황의 혼란스러운 부산 피난길에서조차 억 대가 넘는 재산을 단돈 300만 원의 헐값에 접수하는 실력을 보여주기도 한다. 이렇듯 이승만을 이용한 이종문의 재산 축적 과정, 그리고 그렇게 벌은 돈의 일정액을 다시 이승만에게 상납하는 내용은 이종문의 성공 스토리가 진행되는 내내 되풀이되는 핵심 서사 중의 하나다. 이종문과 이승만의 이런 기묘한 관계에 대한 소설적 형상화는 서술자의 직접적 비평을 가능한 한 배제시키고 풍자적 방식으로 재현된다.

자본가에 대한 비판은 단지 자본 축적 과정의 불법성이나 정경유착에만 머무는 것은 아니다. 민족의 비극인 전쟁에 대해 '이종문을 부자 맹글아줄라꼬 일어난 전쟁'(6권, 288쪽)이라고 인식한다거나, 다리 공사를 맡은 자신의 사업 번창을 위해서 홍수가 나 다리가 다 떠내려가기를 비는 이종문의 모습은 씁쓸한 웃음을 유발한다. 인간에 대한 연민보다 돈의 가치를 우선시하는 이종문의 비윤리적 태도는 전염병이 돌아 사람이 죽어도 자기 사업 걱정을 먼저 한다거나, 악착같이 돈을 버는 목적이 오직 자기 자신이 흥청망청 쓰기 위해서라고 말하는 부분에서도 드러난다. 이때 이종문이 자신의 잘못을 깨닫거나 반성하지 않는 무지한 인물이라는 점은 자본가의 이기심과 비윤리성을 더욱 신랄하게 비판하기 위한 풍자적 설정임을 알 수 있다.

엄청난 재산을 축적해서 자본가로 성공한 이종문은 이후 이승만의 권유로 국회의원에 출마해 정치인으로 거듭나게 된다. 이종문이 정치에 대해 갖는 무지한 인식과 부패 정치인으로서의 그의 행적은 그 자체로 정치인에 대한 냉소적 비판을 드러낸다. 이종문이 정치에 대해 갖는 인식은 "이크, 이게 무슨 횡재야! 정치만 하면 어디선지 이런 돈이 굴러들어 오는 모양이재."(1권, 70쪽) 라든가, "가만히 본께 정치라쿠는 것도 노름과 꼭 같은기라요. 큰 노름판에 놀이를 잘 가면 성공한단 말입니더."(1권, 171쪽)라는 말에 잘 나타난다. 이종문은 '정치'는 곧 '돈'이라는 확고부동한 인식을 갖고 있으며 끊임없이 돈을 뿌리거나 뇌물을 받아 자신의 권력을 유지하고 확장시켜나간다.

부패 정치인인 이종문에 대해 아첨과 아부로 일관하거나 뇌물을 갖다 바치는 주변인들의 태도 역시 풍자의 대상으로 냉소적이고 우스꽝스럽게 그려진다. 이종문에 대한 호칭을 '사장님 → 영감님 → 대감님 → 영웅'의 단계로 바꾸어 부르는 주변인들의 호들갑은 단순하게 웃어넘기기에는 복잡 미묘한 우리 정치사의 일그러지고 부끄러운 단면들을 보여준다. 주변의 이러한 태도 때문에 이종문은 자신의 무지에 대한 겸손이 조금이나마 남아있던 초기의 긍정성을 상실하고 점점 더 허영심과 자만심에 가득 찬 인물로 변모하게 된다.

풍자를 통한 정치인 비판은 당시의 절대 권력자였던 이승만에게까지 확대된다. 이종문의 서사 중에서 많은 부분은 이승만과의 관계를 묘사하는 데 할애되며, "종문 씨는 자기도 모르게 자기를 확대해놓은 것 같은 상사형적(相似形的) 인물에 끌리고 있단 말요."(2권, 192쪽)처럼 이종문과 이승만이 닮은 데가 있다는 언급이 소설 속에서 여러 번 등장하고 있기 때문이다. 따라서 이종문이 보여주는 단순 무지한 역사·사회 인식은 대부분 이승만을 우회적으로 비판하고자 한 것으로 보아도 무방하다. 여운형이 죽었을 때 이승만의 정적이라는 이유와 빨갱이라는 이유를 들어 잘 죽었다고 말하는 이종문의 단순한 논리는 반대편은 모두 빨갱이라는 논리로 움직였던 이승만의 독선적 정치 스타일에 대한 간접적 비판을 드러낸다.

이승만에 대한 풍자적 희화화는 이종문과의 비현실적 관계를 통해 제시된다. 처음 만난 이승만을 '아부지'라고 부른다거나 사투리를 고치라는 이승만의 조언에 억지로 말끝에 붙는 '더'를 '다'로 바꾸려는 이종

문의 우스꽝스러운 모습은 그런 이종문의 행동을 진지하게 받아주는
이승만의 태도로 인해 해학성이 극대화된다. 이승만은 이종문을 민중
의 맨 아래층에 있는 사람의 대변자로 생각하고, 이종문의 조언을 종종
국정 운영에 반영한다거나, 이종문의 여러 가지 청탁을 들어주는 걸
대통령으로서의 자신과 보람을 느끼게 하는 일이라고 생각한다. 이런
일화들은 이종문이라는 인물의 본질을 제대로 인식하지 못할 뿐 아니
라 당대 민중들의 실제 삶을 직시하지 못하는 이승만에 대한 비판을
일종의 블랙코미디 형식으로 담아내고 있는 것이다.

> "장이라쿠는기 제일 하기 쉬운 거 아니가. 아랫놈들 시키면 되는긴께.
> 눈치만 있으몬 그만이라. 날보고 장관 하라쿠몬 당장 하겠더라. 아랫놈
> 불러놓고 오늘 해야 할 제일 중요한 일이 뭣꼬 하고 묻고, 또 다음은
> 뭣꼬, 하는 식으로 물어갖곤 약간 눈치를 부려 이놈, 제일 중요한 건 네
> 가 들먹인 셋째다, 그런디 어찌 그것을 셋째에 들먹이는고 하고 한두번
> 호랭이를 잡아놓으면, 이크, 우리 장관은 보통이 아니라고 절절 맬 것
> 아닌가."(… 중략 …) 종문은 이어 장관이란 게 별게 아니더란 얘길 했다.
> 국무총리는 얼굴을 찌푸리고만 있으면 위엄이 서는 것처럼 착각한 사람
> 으로 보이더라는 것이고, 내무장관은 장관 하느니보다 유성기를 틀어놓
> 고 춤 가르치는 선생 했으면 어울릴 것이고, 문교장관은 막대기를 삶아
> 먹었는지 빳빳해서 부러질까봐 겁나더라는 것이고, 재무장관은 전당포
> 주인 했으면 제격이더란 것이고, 사회장관은 엿도가 주인 같더라는 것
> 이고, 농림장관은 털털해서 노가다 십장 했으면 어울릴 사람이라고 익
> 살을 부리며 종문이 웃었다.(4권, 96~97쪽)

이승만에 대한 비판적 시각은 이승만 내각의 장관에 대한 이종문의
위와 같은 해학적 조롱에도 담겨있다. 무식한 이종문의 눈으로도 이승

만 내각의 장관이 무능한 존재로 그려졌다는 것은 당시 장관들에 대한 사실적 평가를 기록적으로 서술하는 것보다 훨씬 더 강도 높은 비판을 담고자 한 의도적 풍자로 볼 수 있다. 여기에 더해 이승만이 이종문에게 진짜로 장관직을 권유하게 되는 아이러니한 상황은 어처구니없는 폭소를 자아내게 한다. 이종문의 보좌관이 장관직은 '이종문도 할 수 있는 일'이라면서 그 이유로 '잘돼갑니다, 지당한 말씀입니다, 최선을 다하겠습니다'(7권, 163쪽)라는 세 마디만 할 줄 알면 된다고 말하는 것은 이승만 내각의 무능, 나아가 정치인 전반에 대한 조롱과 비꼼, 냉소가 집약된 밀도 높은 촌철살인의 풍자성을 내포한다.

4. 보통인 이상의 지식인

『산하』의 이종문 서사에서와 같이 보통인 이하의 악인형 인물들에게서 기대되는 부정성은 처음부터 끝까지 변함이 없는 일관된 부정성이다. 그런데 사실 이처럼 일관된 부정성은 충분히 기대되는 것이기에 충격과 분노의 강도가 그렇게 세다고 볼 수는 없다. 오히려 긍정적 인물로 기대되는 인물의 부정성을 발견했을 때 비판의 강도는 더욱 거세진다. 『산하』의 이동식 서사에서 발견되는 부정성이 바로 그러한 예에 해당한다. 이 소설에서 지식인 계층을 대변하는 인물인 이동식은 풍자 대상이 아니라 이종문을 관찰하는 풍자 주체의 역할을 한다. 그러나 지적으로나 이성적으로 우월한 위치를 점유하는 이동식의 모습이 반드시 긍정적인 모습으로 그려지는 것은 아니다.

'보통인 이상의 지식인' 이동식의 부정성은 풍자 대상인 '보통인 이하의 악인'인 이종문과의 대비를 통해 더욱 확실하게 드러난다. 이종문의 단순 무식한 사고와 수단 방법을 가리지 않는 돈과 권력에의 집착은 지식인 이동식의 시선으로 볼 때 부정적이고 냉소적인 비판의 대상이 된다. 그러나 이종문이 갖고 있는 삶에 대한 긍정성과 일단 행동으로 옮기고 보는 실천력은 사변적인 이동식의 사고가 지닌 한계를 상대적으로 부각시킨다. "신념에 살면 그만이지, 죽는 얘기까지 들먹일 필요는 없는 거 아닌가."(1권, 288쪽), "이렇게 해도 안 되는 일을 이렇게도 안 해갖고 되겠습니꺼?"(1권, 175쪽)라는 이종문의 말은 언어유희와 같은 단순한 말장난처럼 보이지만, 모든 사람의 삶의 목표는 살아남는 것에 있다는 것, 그리고 그 삶을 살아내기 위해 필사적으로 최선을 다해야 한다는 나름의 통찰력을 보여주는 것으로도 해석된다. 죽을 만큼 얻어맞은 불운조차 "얻어맞기만 하면 운수가 트이드라"(2권, 59쪽)며 행운으로 넘겨버리는 이종문의 긍정적 삶의 태도는 운수는 자신이 생각하는 대로 만들어지는 것이라는 능동적 신념에서 기인한다. 이종문의 적극적 삶의 자세는 도로포장 기술에 대해 아무것도 몰라도 일단 공사를 맡아버리고 도로포장에 관한 전문가를 찾아가 배움을 자처하는 일화에서도 나타난다. 비록 자신의 이익이나 영달에 도움이 되는 부분에서만 배움을 자처하기는 하지만 이렇듯 적극적인 삶의 자세는 무식한 이종문의 지적 성장과 약간의 성격 변화를 이끌어내기도 한다.

이에 반해 이동식은 사고의 측면에서는 이성적이고 균형적이지만 실천의 측면에서는 이종문과 같은 빠른 판단력과 결단력을 갖추지 못하고 끊임없이 방황하고 갈등한다. 그는 김구의 이상적인 정치사상이 이승만과 비교하여 추상적이고 구체성이 부족했기 때문에 실패했다고 비판하는데 정작 이 점은 이동식 자신에 대한 자아비판이라고 보아도 무방하다. 이동식은 김구의 장례식에 운집한 많은 시민들의 정열을 확인하면서도 희망보다는 절망과 허무라는 부정적 감정을 먼저 느낀다. 철학 교수로서의 첫 강의 시간에 학생들과 언쟁을 벌인 후에는 "보람 없는 싸움은 그만 두는 게 좋다. 서둘러 인생을 어렵게 살 필요는 없다. 대학 교수란 따져놓고 보면 결국 일개의 샐러리맨이 아닌가. 얼마간의 봉급을 탐해서 비굴할 순 없다."(5권, 156쪽)며 싸워보지도 않고 쉽게 포기하고 무기력감에 빠져버린다. 사회의 부조리한 현실에 절망하면서도 정작 그 부조리한 현실을 개선하려는 의지를 보이지 않고 오히려 현실과 거리를 두거나 외면해 버리는 것이다. 심지어 소시민적인 도피주의, 패배주의에 함몰하거나 '우리나라의 형편으로 그 이상을 바라서는'(2권, 74~75쪽) 안 된다는 자가당착에 빠지기도 한다.

"천재와 둔재가 존재한다면 귀족과 천민의 구별도 존재한다. 역사와 사회의 변천에 따라 그 형태와 내용이 다르겠지만, 귀족적인 존재와 천민적인 존재는 엄연히 구별되어 있어야 할 것이 아닌가."(2권, 103쪽)라는 이동식의 사고는 지식인의 자기 모순적 논리를 극명하게 보여준다. 게다가 불법적이고 비윤리적인 이종문의 행동을 묵인하거나, 절대로 정치인이 되어서는 안 된다고 생각하는 이종문의 국회의원 출마를 돕거나, 이종문의 부정과 부패 행위를 비판하면서도 정작 자신의 친구 일을 청탁하거나, 연인 몰래 창녀와 성적 관계를 지속하는 자신의 행동을 합리화하는 등의 이율배반적 행동들을 보이기도 한다. '보통인 이하의 악인' 이종문의 행동과 별로 다를 바 없어 보이는 이동식의 이런 모순된 행동들은 그가 지식인이라는 사실 때문에 오히려 더 강도 높은 비판의 대상이 된다.

그러나 이병주가 무기력한 회의나 허무주의에 함몰하고자 지식인에

대한 비판을 시도한 것이 아님은 "나 자신을 교육재료로서 제공할 셈이
었으니까. 나는 독창적인 철학을 가르치는 것이 아니라 내 비겁함까지
교재로 해서"(5권, 166쪽)라는 이동식의 말에서 짐작할 수 있다. 즉, 이
병주의 지식인 비판은 급변하는 역사 속에서 지식인으로 살아가면서
느꼈던 자신의 무력감, 부끄러움, 온갖 이율배반적인 감정들과 같은
자의식을 비판의 잣대 위에 올려놓고 자기 내부의 모순을 일깨우고자
하는 반성적 사유로 볼 수 있다. 불합리하고 부조리한 모든 문제가 반
드시 외부에만 존재하는 것이 아니라, 오히려 자신의 내부에서 비롯될
수 있음을 인식하고자 했던 것이다. 이렇듯 자기 자신에 대한 냉엄한
반성은 외부 현실에 대한 신랄한 비판에 오히려 정당성을 부여할 수
있게 해준다. 따라서 이병주는 지식인 비판이라는 자기 자신에 대한
비판을 함께 시도함으로써 자본가, 정치인에 대한 통렬한 비판을 과감
히 드러낼 수 있었다고 볼 수 있다.

5. 보통인 관객, 반복되는 역사의 형상

결국 『산하』의 매우 이질적인 두 서사는 다른 이야기가 아니다. 같
은 이야기를 다른 형식으로 두 번 이야기하고 있을 뿐이다. '웃음'에
기반한 이종문 서사나 '진지함'에 기반한 이동식 서사의 바탕에는 모두
비판적 '지성'이 자리하고 있다는 점에서도 두 서사는 동질적이다. 따
라서 불협화음처럼 보이는 블랙코미디와 정극의 협연은 '보통인 관객'
을 위한 이병주의 배려있는 연출이면서 아울러 이병주 자신만의 소설
적 색깔을 지켜내기 위한 고육지책이었다고 할 수 있다.

이병주는 근현대사의 비극적 역사를 다룬 소설에서 소설 본연의 허구적 기법보다는 기록이나 논평에 가까운 서술전략을 활용하였다. 이러한 서술전략은 이병주의 역사의식을 직접적으로 제시할 수는 있지만 그만큼 계몽적 성격이 되기 쉽다는 한계를 지닌다. 즉, 작품 속에서 작가가 전달하는 일방적인 방식의 논평은 독자의 능동적 독해를 방해한다. 독자로 하여금 역사에 대한 비판적 인식이나 가치판단의 기회를 오히려 가로막는 역할을 할 수 있는 것이다. 그런데『산하』의 이종문 서사에 시도한 풍자의 양식은 단순하고 무지한 화자가 자신의 모자람을 드러내게 함으로써 독자로 하여금 능동적인 비판을 수행할 수 있도록 도와준다. 무지한 화자라는 설정을 통해 비의도적으로 펼쳐지는 아이러니한 상황들을 보여줌으로써 지시전달적인 논평의 양상을 보완할 뿐만 아니라 오히려 비판의 강도를 더 높이게 되는 효과를 얻고 있는 것이다. 물론 이러한 특성이『산하』전체의 소설적 구성을 이루고 있는 것은 아니기에 풍자 정신의 성공적 구현이나 계승이라는 단언은 내리기 어렵다. 그러나 자신만의 소설적 신념을 포기하지 않으면서도 대중에게 더 가깝게 다가가기 위한 이병주의 실험은 분명 기존의 이병주 역사소설 쓰기와는 차별되는『산하』의 새로운 색깔이다.

이병주가 1970년대에『산하』에서 연출한 또 하나의 근현대 역사 연극은 이렇게 막을 내렸다. 그러나 역사라는 무대에는 불이 꺼지지 않는다. 2000년대를 살아가는 '보통인 관객'들은 또 다른 욕망의 화신 이종문과 자기 모순적 지식인들, 그리고 무지한 비선 실세에 이용당하는 어리석은 대통령까지 마치『산하』의 등장인물들이 타임슬립한 듯한 역사를 계속해서 재관람하고 있다. 이 반복되는 역사의 시원을 탐색하는 일, 그것이 바로 이병주의『산하』를 다시 꺼내 읽는 이유이다.

제2장

추리 서사와 운명론의 대중성

『풍설』

1. 흥미와 흥미의 의미

'소설은 흥미와 동시에 그 흥미의 의미를 제공해야 하는 것이다.'

『행복어사전』에서 서재필의 입을 빌어 기술된 이 한 문장에는 소설을 대하는 이병주의 작가적 관점이 명쾌하게 드러나 있다. 이병주는 소설이 극도로 상업성만을 추구하는 경향에 대해서는 부정적 입장을 보였다. 그렇지만 소설의 본질 안에 독자의 영역이 크게 자리한다는 사실에 대해서는 매우 중요하게 생각하고 있었음을 알 수 있다. 여기서 이병주가 말하는 소설의 '흥미'란 독자들이 현실에서 채울 수 없는 불가능한 욕망을 대리 만족할 수 있는 부분을 말한다.[6] 아울러 '흥미의

---

6 이병주는 그의 소설 『행복어사전』에서 "사람 가운덴 자기의 인생만으론 부족을 느끼는 그런 사람이 있다. 사람에겐 남의 인생까지도 살아보고 싶어 하는 불령한 욕망이란 것이 있다. 이런 불가능한 욕망을 대행하는 것은 소설 이외를 두곤 없다."고 단언한다.(이병주, 『행복어사전』 5, 한길사, 2006, 313쪽.)

의미'란 소설이 단순히 독자에게 팔리기 위한 상품으로서만 기능해서
는 안 되고 문학 본연의 기능을 함께 제공해야 한다는 것을 의미한다.

따라서 이병주 소설 중에서 비교적 상업성이 강하다고 분류되는 일
군의 작품들에서조차 문학 본연의 비판적 기능이나 교훈적 기능이 함
께 담겨 있는 것을 자주 발견할 수 있다. 물론 이때의 비판적 기능이나
교훈적 기능은 리얼리즘 소설에서 보여주는 현실 재현의 수준이 아니
라 작가의 가치 판단을 전제로 이루어진다는 특징이 있다.

이병주의『풍설(風雪)』[7] 역시 이런 맥락에서 크게 벗어나지 않는 소설
이다. 이 소설의 대중성은 당시 최고의 인기 드라마였던〈질투〉(MBC,
1992)의 작가 최연지에 의해 TV드라마를 위한 각색이 시도되기도 했었
다는 에피소드에서도 짐작해 볼 수 있다. 2008년 이병주 학술세미나에
서 최연지는 이병주의『운명의 덫』을 각색하려고 시도했다가 실패했다
는 에피소드를 밝혔다. 작가의 말에 따르면 92년 초에 MBC에서 이병주
의 이 작품을 16부작 미니시리즈로 제작하려고 시도하였다고 한다. 작
가에게 부여된 MBC의 주문은 김수현의〈청춘의 덫〉이상으로 재미있게
각색하라는 것이었지만, 지식인 인물이 갖는 원작의 무게 때문에 드라
마의 재미라는 측면을 부각시키기가 매우 어려웠다고 한다. 결국 2부까
지 각색이 된 상태에서 무산되고〈운명의 덫〉16부가 예정된 시간에
대신〈질투〉라는 드라마가 방영되었다는 것이다.[8] 이 에피소드는 흥미

---

7 『풍설』은「별과 꽃들의 향연」이라는 제목으로『영남일보』에 1971년 1월부터 1979년 12월
  까지 총 294회 연재되었던 작품이다. 이후『풍설』(문음사, 1981),『운명의 덫』(문예출판
  사, 1987, 1992, 2회 재출간)으로 개제(改題)되어 단행본으로 출간되었다. 본고에서는
  이 중『풍설』(上·下 2권, 문음사, 1981)을 기본 텍스트로 삼았다.
8 최연지,「『운명의 덫』과의 인연, TV 드라마의 지식인 주인공의 한계」,『한국문학평론』
  34, 2008, 77~83쪽.)

와 흥미의 의미라는 소설관이 반영된 이병주 대중소설의 특징을 명징하
게 보여주는 사례라 할 수 있다.

이 글에서는 『풍설』에 나타난 이병주 소설의 서사전략과 주제 의식
이 어떻게 대중성과 접점을 이루는지에 대해 살펴보고자 한다. 일반적
으로 대중소설은 흥미 본위의 서사전략과 현실도피의 주제 의식을 보
여준다는 점에서 비판의 대상이 되었다. 『풍설』 역시 그러한 비판에서
자유로울 수 없는 대중소설의 속성을 지니고 있다. 추리 서사와 애정
서사가 핍진성이 결여된 상태로 믹스되어 있으며, 통속성을 위한 의도
적 서술이 곳곳에 펼쳐진다. 게다가 운명이라는 진부한 소재에는 이미
신파성이 내재되어 있다. 그럼에도 불구하고 이 소설은 대중소설의 천
편일률적인 도식성에 미세한 금을 내며 이병주 소설만의 개성을 드러
내기도 한다. 이병주 소설의 개성이 대중성의 구현에 있어 반드시 독자
의 기대를 만족시킨다고는 볼 수 없다. 그러나 분명한 것은 작가와 독
자가 소설의 오락적인 측면을 긍정적으로 수렴하면서도 문학 본래의
건강한 기능을 수행하고자 하는 만남의 그 어디쯤에 이병주의 대중소
설이 위치하고 있었다는 점이다.

2. 현실 비판의 기제, 추리 서사

『풍설』은 살인 사건의 누명을 쓰고 20년간 억울한 옥살이를 하고 나
온 주인공 남상두가 사건이 발생했던 문제의 그 도시에 다시 나타나는
것으로 시작된다. 남상두는 과거에 알던 인물들을 만나는 과정에서 자
신에게 누명을 씌운 진범을 잡겠다는 의지를 갖게 된다. 그리고 여기

저기 탐문을 시작하는 것으로 소설이 전개된다. 남상두는 희생자이지
만 동시에 사건의 진상을 파헤쳐가는 탐정의 역할을 한다. 그래서 이
소설은 추리 서사의 성격을 일정 부분 담지하고 있다고 할 수 있다.

추리 서사란 "탐정, 범인, 희생자의 인물 유형이 등장하고, 불가사의
한 범죄(대부분 살인)의 발생과 그 해결과정을 중심 플롯으로 삼는 이야
기"[9]를 일컫는다. 일반적으로 우리가 떠올리는 추리 소설은 파이프를
입에 문 지적이고 멋진 탐정, 범인이 남긴 흩어진 작은 단서를 날카롭
게 포착하며 논리적이고 합리적으로 사건을 해결해 나가는 이야기로
구성되어 있다. 사건의 발생과 그 해결 과정에서 오는 스릴과 서스펜스
는 독자의 흥미를 자극하기 때문에 추리 소설은 매우 대중적인 서사
장르의 하나라 할 수 있다.

그러나 『풍설』에서 보여주는 추리 서사의 요소는 스릴, 서스펜스,
그리고 합리적이고 이성적인 추리 과정에서 오는 지적 쾌감을 채울 수
있는 대중적 추리 서사와는 거리가 멀다. 그 이유는 다음과 같다.

우선 희생자와 탐정이 분리되지 않은 한 사람이라는 점이다. 남상두
는 20년간 억울한 옥살이를 한 울분이 가슴 속에 가득 차 있는 사람이
다. 탐정은 누구보다 냉철하고 이성적으로 사건을 바라보는 객관성을
지녀야 하는데, 남상두는 지나치게 감정적으로 사건을 바라볼 때가 많
다. 남상두의 주변 인물인 계창식 사장이나 김형사가 객관성을 잃고
한쪽으로 치우칠 때가 많은 남상두의 관점을 염려하고 충고[10]를 하기도

---

9 박유희, 「한국 추리서사와 탐정의 존재론」, 『대중서사장르의 모든 것-3 추리물』, 이론
   과 실천, 2011, 19쪽.
10 "객관화시킬 필요가 있어. 내 말은 남 군이 하고자 하는 일을 남 군 개인의 일로 생각하지
   말고 일반적인 일로 생각하라는 뜻이요. 즉 개인감정을 일체 섞지 말고 남의 일처럼 처리

하지만, 남상두는 감옥에 갔다 온 사람과 갔다 오지 않은 사람의 관점
의 차이라며 쉽게 받아들이려 하지 않는다.

물론 "한국의 추리 서사에서는 멋진 탐정보다는 오히려 비범한 범죄
자나 억울한 희생자가 주인공이 되는 경우가 많다. 이는 한국 사회의
전개과정이나 대중의 뿌리 깊은 기호와 깊이 관련되는 문제일 것인데,
대중은 부조리한 세상에 대한 분노를 대변해주는 범죄자나 부조리한
세상에서 희생당하는 인물에 동일시를 하는 경우가 많"[11]다는 관점에
서 본다면 이 역시 대중성을 확보하는 서사전략의 하나일 수도 있다.

희생자와 탐정의 동일시가 대중의 감정적 동일시에 기반한 것으로
여긴다 하더라도, 사건을 파헤치는 추리 과정에 대한 촘촘하지 못한
서사적 빈틈은 달리 변명의 여지가 없다. 고등학교 재직 시절의 몇몇의
제자들을 만나 나눈 이야기에서 남상두는 이미 범인의 윤곽과 범행 동
기를 거의 추론해낸다. 남상두는 살인 사건 희생자 윤신애와 체육교사
였던 선창수의 사이가 좋았으며, 사건 발생 이후 선창수가 윤신애의
언니와 결혼했다는 제자들의 진술을 토대로 선창수가 범인임을 직감한
다. 그리고 현재 선창수가 염직회사의 사장이고, 자신을 고문하던 변
형사가 그 염직회사의 전무라는 사실에서 두 사람의 범죄 공모 가능성
까지 파악해낸다.

해 나가란 말이지. 감정이 앞서고 보면 일의 대소가 엇갈려 보이는 거요. 조그마한 발견이
있어도 흥분하게 되는 거지. 그 발견에 매달리려는 기분으로도 되구. 그렇게 해서 엉뚱한
방향으로 빗나갈 수도 있다는 말이요. 그러니까 발견한 것을 성급하게 해석하려고 하지
말구 자꾸만 사실을 발견하도록 애쓰고 그렇게 해서 사실을 쌓아 올리기만 하란 말이요.
그리고 어느 단계에 가서 그것을 종합하고 분석하는 그런 방법을 취하면 아마 실수가
없을 걸."(『풍설』下, 420쪽.)

11 박유희는 번역된 고전 추리소설에서 홈즈 시리즈보다 뤼팽 시리즈가 더 인기를 끌었던
것도 이러한 맥락에서 이해해볼 수 있다고 설명한다.(박유희, 앞의 글, 19쪽.)

추리 서사의 재미는 흩어진 여러 개의 단서가 서서히 좁혀지면서 점차 사건의 윤곽이 또렷해지는 추론의 과정에 있다. 그런 점에서 소설이 채 중반부에도 이르기 전에 몇 가지 진술만으로 불현듯 떠오른 남상두의 범인에 대한 추론은 독자의 스릴과 서스펜스를 반감시킨다. 그래서 이후에 전개될 내용에서 독자는 범인이나 범행 동기, 범행 과정이 밝혀지는 것에 대한 기대를 거의 할 수 없게 된다. 물론 이미 윤곽이 드러난 범인에게 어떤 방식으로 접근해서 범죄 사실에 대한 자백을 성공적으로 받아낼 것인가에 대한 호기심은 아직 남아 있을 수 있다.(실제로 이후 소설의 전개가 그런 독자의 기대대로 흘러간다.) 그렇다 하더라도 소설의 중반부에 이미 추리 서사로서의 대중적 흥미는 많은 부분 상실되어 버린 경향이 있다.

사건의 진실을 탐색해 가는 과정에서 우연성이 너무 많이 개입되어 있는 점도 추리 서사로서는 한계에 해당한다. 남상두가 사건의 결정적 키를 쥐고 있는 사람의 딸인 명한숙을 단지 공원에서 우연히 만나게 되는 것이 그 예이다. 자신을 아버지로 믿고 있는 명한숙으로 인해 남상두는 명한숙의 엄마이자 자신의 제자였던 성정애의 존재를 알게 된다. 이후 성정애의 주소를 파악하게 되어 성정애에게 사건의 진상을 묻는 편지를 보낼 수 있었을 뿐더러 직접 미국에 있는 성정애를 만나 사건의 실체에 다다를 수 있게 된다. 성정애는 살인 사건의 목격자이면서 남상두에게 살인 혐의를 씌울 수 있었던 결정적 증거물인 조작된 일기장의 주인이었던 것이다.

사설연구소로 위장한 탐정소에서 다수의 사람을 풀어서도 찾을 수 없었던 결정적 증인이 이렇듯 우연성의 개입으로 해결된다는 스토리는 추리 서사가 갖는 합리적이고 이성적인 속성과는 거리가 멀다. 그리고 범죄 행위에 대한 증거가 단지 범인이나 관련자들의 녹음으로 제한되어 반복적으로 제시되는 사실도 동일한 이유로 흥미를 반감시킨다.

『풍설』이 대중적 추리 서사로 기능하지 못하는 또 하나의 원인으로 애정 서사가 혼재되어 있는 점을 들 수 있다. 이 소설에서 남상두가 만나는 거의 모든 여자들은 남상두에게 연애 감정을 갖는다. 고등학교 교사로 재직했던 시절에는 모든 여제자들이 남상두를 흠모했으며 이것이 직간접적으로 남상두가 누명을 뒤집어쓰게 된 원인이 되기도 한다. 교도소를 출소해서 재회한 제자 하경자, 우선경은 여전히 남상두와 결혼하기를 원하고 있으며, 살해된 윤신애의 언니인 서종희, 서종희의 친구 발레교습소 원장 최정자, 최정자가 소개시켜준 김순애는 물론 남상두가 아버지가 아니라는 것을 알게 된 명한숙까지 모두 남상두를 이성으로 좋아한다. 게다가 남상두를 좋아하는 여성들은 재산이 많거나 절세 미녀, 혹은 나이가 아주 어린 여성으로 설정되어 있다. 치정 살인과 같은 범죄가 추리 소설의 핵심 서사가 되는 경우도 있지만, 이 소설에서 애정 서사는 단지 남성의 판타지적 시각을 드러낼 뿐 추리 서사와 긴밀하게 엮이지 못하고 산만한 느낌을 준다.

남상두 역시 하경자에서 서종희 그리고 김순애로 마음이 이리 저리 옮겨가며 탐정으로서의 정체성을 상실하는 모습을 보여준다. "이 여자가 송두리째 아무런 거리낌 없이 내 품안에 안겨들면 모든 것, 모든 시름, 모든 원념을 잊을 수도 있겠다."[12]고 생각하는 남상두의 모습은 어떠한 경우에도 냉철함과 이성을 견지하는 탐정의 매력을 보여주지 못한다.

---

12 『풍설』 下, 405쪽.

살펴본 바와 같이 『풍설』의 추리 서사적 요소는 추리 서사가 갖는 재미의 속성을 충분히 만족시키지 못한다. 그럼에도 불구하고 이 소설에서 추리 서사적 요소는 매우 중요한 역할을 담당한다. 희생자인 남상두가 스스로 탐정으로 나서서 직접 사건의 진상을 파헤치는 스토리를 통해 허술한 법의 시스템을 비판하고자 하는 현실 비판의 기제로 작용하고 있기 때문이다. 사건의 진상을 제대로 수사하지 못하는 경찰과 검찰, 합리적이고 공정한 재판을 기대할 수 없는 사법부의 세태를 직접 경험한 남상두가 자신의 누명을 벗기 위해서 선택할 수 있었던 유일한 방법은 직접 증거를 모으고 진범을 찾아 나서는 길 뿐이었기 때문이다. 이런 남상두의 상황을 제시하는 것만으로도 수사 기관 그리고 법 적용과 집행 과정의 모순된 현실을 가장 적나라하게 드러낼 수 있는 서사전략이 되는 셈이다.

탐정으로서의 남상두는 사건 추론의 과정에서 우연이나 직감을 더 많이 활용하며 논리성이나 합리성이 결여된 모습으로 묘사된다. 그러나 희생자인 남상두의 입장에서 법의 부조리함에 대한 비판을 하는 과정에서는 꽤 정교한 논리적 사고를 보여준다. 특히 외국의 실제 재판 사례를 다양하게 언급하면서 우리나라 재판 과정의 불합리함을 비판하고 있는 부분에서는 사실과 허구의 경계를 넘나드는 이병주 소설의 전반적인 특징이 나타난다.

남상두가 비판하고 있는 우리나라 재판 과정의 불합리함은 실제 유죄가 확정되기 전에는 무죄로 추정해야 한다는 무죄추정의 원칙이 지켜지지 않는 점, 직접적 증거가 없는데도 정황이나 몇 사람의 신뢰성 없는 증언만으로 유죄를 확정해버리고 억울한 희생자를 양산하는 허술한 시스템이다. 일본이나 영국의 실제 재판 사례에서는 무죄추정의 원칙이 잘 지켜지고 정황상 충분히 살인의 혐의가 보여도 증거가 없으면 무죄 판결이 나는 원칙이 준수된다는 점을 근거로 들며 우리나라 사법 체계의 개선 사항을 지적한다.

결론적으로 『풍설』에서 추리 서사의 요소는 대중소설이라는 서사 양식 안에 현실 비판의 기능까지 담고자 한 작가의 시도로 볼 수 있다. 그런데 이런 현실 비판의 요소가 촘촘하게 짜여진 플롯 안에서 녹아들어 있는 것이 아니라 대부분 작가의 가치판단이 전제되어 있는 남상두의 직접 진술로 제시되고 있는 점은 소설적 재미를 반감시킨다. 그렇지만 이병주 소설의 주요 독자층이 독서를 통해 교양을 쌓고자 했던 대중지성이라는 측면[13]에서 보면 '법'이라는 특수한 소재와 그것에 대한 비판적 관점은 일정 부분 독자의 교양적 욕구를 만족시키며 대중성과 접점을 이룰 수 있었다고 볼 수 있다.

3. 운명론과 반운명론의 교훈성

'풍설(風雪)'이라는 제목은 봄기운이 완연했던 3월의 어느 날 갑자기 불어 닥쳐 막 움터 오르려던 새순을 얼려버리고 마는 차가운 바람과 눈의 이미지를 떠올리게 한다. 평탄하게 흘러갈 것 같은 삶에 예고 없이 불쑥 나타나 쑥대밭을 만들고 끝없는 불행의 나락으로 밀어 넣는 불운, '운명의 덫'처럼 말이다.

---

13 노현주는 이병주의 소설 중에서 정치 서사의 경우처럼 통속성이 약한 서사가 대중성을 갖는 요인으로 대중지성의 독자층을 상정하였다.(노현주, 「이병주 소설의 정치의식과 대중성 연구」, 경희대학교 박사학위논문, 2012, 9쪽.)

이병주 소설에서 운명론적 세계관을 발견하게 되는 것은 그리 어려운 일이 아니다. 『관부연락선』, 『지리산』, 『산하』 등의 작중 인물들이 겪게 되는 인생의 풍랑은 결코 그 인물들이 예견했거나 의도했던 바가 아니다. 물론 『바람과 구름과 비』와 같은 작품에서는 운명을 직접 기획해보고자 하는 야심찬 주인공이 등장하기도 하지만, 그 역시 결국 성공에 이르지는 못한다. 이병주의 작품에 이처럼 운명론적 세계관이 강하게 작동하고 있는 이유는 운명으로 밖에는 설명이 안 되는 역사의 비극을 온 몸으로 생생하게 겪어낸 이병주 개인의 체험 때문으로 짐작된다.

김종회는 인과응보와 비극적 운명론을 담고 있는 작품으로 「매화나무의 인과」를 분석하면서 이러한 운명론적 상황을 소설적 이야기로 구성하는 것이 이병주 소설의 도처에 편만해 있는 모티프라고 보았다. 특히 『관부연락선』의 '운명… 이름 아래서만 사람은 죽을 수 있는 것이다'라는 구절, 또한 다른 여러 소설들에 나타난 '운명이라는 단어가 등장하면 토론은 종결'이라는 구절에서, 이병주에게 '운명'은 실존의 생명현상이며 토론을 거부하는 완강한 자기 체계를 형성하고 있는 것으로 파악했다.[14]

이러한 운명론적 사고는 이병주 개인만의 성향이 아니라 대중의 보편적인 정서와도 매우 가까운 사고 체계[15]였다고 할 수 있다. 카웰티에

---

14 김종회, 「이병주 소설과 문학의 대중성」, 김윤식·김종회 외, 『이병주 문학의 역사와 사회 인식』, 바이북스, 2017, 445쪽.

15 한국의 전통사회에서는 운명론이 지배적 가치관이었다. 운명론은 천재지변이나 질병 등에 대해 인간의 의지와 뜻이 아무런 영향을 미칠 수 없는 상황에서 발생하고 소멸한다고 생각하는 자연적 운명과 사회 조건의 개선과 진보에 대해 인간의 의지로는 어떻게 할 수 없다고 생각하는 사회적 운명론, 그리고 자신의 신분과 지위와 미래 생활 등에 대한 결정론적인 입장이 강하게 드러나는 개인적 운명론으로 나눌 수 있다. 한국인의 경우 자연적 운명론과 사회적 운명론은 어느 정도 극복하였지만, 아직도 개인적 운명론은 상당히

의하면 대중 문학은 일상에서 대중의 삶을 끊임없이 위협하는 불확실,
초조, 죽음, 실연, 전쟁, 좌절감, 박탈감, 압박감 등에서 질서와 안정의
세계로 도피하고 싶은 대중의 욕구를 반영함으로써 대중성을 확보한
다.[16] 이때 질서와 안정의 세계라는 것은 운명에 순응하고 체념해 버림
으로써 얻어지기도 하지만 운명과 싸워 이겨 극복함으로써 얻어지기도
한다.

『풍설』의 초반부에는 교도소 출소 후 만난 옛 제자들이 심정을 묻자
톨스토이의 소설 이야기를 해 주는 남상두의 모습이 그려진다. 자신과
비슷하게 억울한 누명을 쓴 사람의 이야기이지만 '하나님은 진실을 아
신다. 그러나 기다리신다'는 톨스토이의 메시지를 이해할 수 없어 위안
을 얻을 수 없었다고 이야기한다. 그런데 결말 부분에서 남상두는 톨스
토이의 그 메시지를 이해하고 받아들이는 모습을 보여준다. 자신이 겪
은 이해할 수 없는 운명에 대해 더 이상 억울해하지 않고 신의 섭리로
받아들이고 순응하는 태도를 통해 평온에 이르게 된 것이다.

운명이 반드시 불행만 가져다주는 것은 아니라는 깨달음 역시 운명
을 긍정하고 받아들이려는 태도의 하나이다. 이 깨달음은 남상두의 아
내가 되는 김순애의 긍정적 사고에서 기인한다. 김순애는 남상두에게
감옥에 20년이나 있었기에 자신과 같은 젊고 아름다운 아내를 만날 수
있지 않았냐며 생각의 역발상을 제안한다. 또한 비행기가 추락하는 불

강하게 남아 있다.(이상길, 「해방 40년: 가치의식의 변화와 전망」, 사회과학연구소 편,
『해방 40년 가치의식의 변화와 전망』, 서울대학교 출판부, 1986, 6쪽; 이석현, 「동·서양
의 운명론에 대한 연구」, 원광대학교 석사학위논문, 2017, 10쪽.)

16 J. G. 카웰티, 「도식성과 현실도피와 문화」, 박성봉 편역, 『대중예술의 이론들』, 동연,
1994, 88쪽.

운도 운명이지만 사랑하는 사람과 함께 추락할 수 있다면 그 역시 행복한 운명의 일부분이라고 역설한다.

남상두가 진범을 잡아 개인적으로 응징하지 않고 법의 심판대 위에 세우는 것 역시 순응적 태도에 해당한다. 스스로 탐정이 되고 거액의 돈을 들여 사건의 진상을 추적해 갈 정도로 울분과 복수심에 가득 차 있었던 걸 생각해 보면 의외의 행동이라 할 수 있다. 그토록 날 서게 비판하던 모순 가득한 법의 시스템조차 존중하고 받아들이는 태도는 기존 질서의 틀을 깨뜨리지 않음으로써 안정을 지향하는 대중의 욕구와 일치한다.

한편 대중소설에서 독자가 기대하는 것은 현실에서는 불가능한 소망이 소설이라는 가상세계를 통해 이루어지는 것이다. 이 소설에서 자신에게 드리워진 불행한 운명을 극복하고 마침내 해피엔딩에 이르게 되는 남상두의 성공 스토리는 독자의 소망을 대신 실현시켜 줌으로써 대리만족을 느끼게 해준다.

남상두가 자신의 불운을 극복해 낼 수 있었던 이유로 세 가지 요소가 제시된다.

그 첫 번째는 운명을 극복하고야 말겠다는 개인의 굳은 '의지'다. 이미 20년의 복역을 끝내고 자유의 몸이 되었고 20억 원의 유산으로 인해 경제적으로 곤궁하지 않은 처지에서도 남상두는 진범을 찾겠다는 굳은 의지를 버리지 않는다. 누명을 벗고 결백한 상태에서 새 삶을 시작하고 싶다는 그의 의지는 불운을 극복하기 위한 가장 기본적이고 중요한 토대가 된다.

두 번째는 남상두가 진범을 찾기까지의 과정에서 그를 적극적으로 도와주는 '사람들'이다. 남상두와 애정 관계로 엮인 여러 여성들의 도움은 우연성이 개입된 다소 작위적인 설정에 해당된다. 그러나 사형수로 복역 중인 아들을 위해 거금의 재산을 형성하고 기다려준 어머니, 그의 무죄를 믿던 몇몇의 제자들, 마을 사람들과 일부 형사들의 호의는 사랑과 신뢰에 기반한 이상적 휴머니즘을 보여준다.

세 번째는 '돈'이다. 어머니가 물려준 돈으로 남상두는 사설 연구소를 세우고 사람들을 고용하여 사건을 빠르게 추적해 갈 수 있었고, 진범으로 추정되는 사람에게 접근하기 위한 목적으로 거액의 돈이 들어가는 사업체를 거침없이 인수하기도 한다. 또한 결정적 증인인 성정애를 만나러 미국에 가는 것 역시 돈이 없으면 불가능한 일이었다. 개인의 굳은 의지와 호의를 가지고 도와주는 사람들이 있었다 해도 돈이 없었다면 공권력의 도움 없이 일개 개인이 할 수 있는 수사의 범위에는 한계가 있었을 것이다.

반운명론에 담긴 이 세 가지 요소는 교훈적이고 이상적인 기존의 윤리적 가치 체계를 벗어나지 않으면서도 현실적인 메시지까지 반영하면서 대중성을 구현한다. 이는 대중소설에서 질서와 안정의 세계를 추구하려는 독자의 성향과 교훈적 기능을 배제하지 않으려는 이병주의 소설관이 접점을 이루는 부분으로 설명된다.

4. 무화(無化)된 경계

대중소설과 대중소설이 아닌 것 사이의 경계를 나누는 일은 현대로 올수록 점점 더 무의미해지는 일이 되었다. 그럼에도 불구하고 굳이 그 미묘한 경계를 찾아내야 한다면 대중이 원하는 방향에 맞게 구성된

서사가 대중성을 좀 더 많이 확보하고 있는 작품일 것이다. 대중이 원
하는 서사란 무엇일까. 삶의 현실을 거울처럼 반영하면서도 현실에 없
는 희망을 던져주고 팍팍한 삶을 위로하는 이야기일 것이다.

　『풍설』은 현실적 삶에 대해 이야기한다. 우연에 흔들리는 삶, 사랑
에 흔들리는 삶, 억울한 피해자를 양산하는 삶. 거기에 덧붙여 희망을
이야기한다. 지독하게 불행한 운명의 굴레를 결국엔 벗어나고야 마는
인간의 의지, 휴머니즘과 사랑의 판타지로 획득하는 감동적 해피엔딩,
권선징악의 도덕적 메시지까지. 이병주의 『풍설』이 갖는 대중성은 이
지점이 아닐까 한다. 즉, 소설적 재미의 요소, 현실 비판과 교훈성에
대한 독자의 기대와 이병주의 소설관이 적절하게 접점을 이루는 지점
에서 대중성이 구현되었다고 볼 수 있다.

참고문헌

1. 기본 자료

이병주, 「바람과 구름과 비」, 『조선일보』, 1977. 2. 12 ~ 1980. 12. 31.
_____, 『바람과 구름과 비』 1~10, 기린원, 1992.
_____, 「지리산」, 『세대』, 1972. 9 ~ 1978. 8.
_____, 『지리산』 1~7, 한길사, 2006.
_____, 「행복어사전」, 『문학사상』, 1976. 4 ~ 1982. 9.
_____, 『행복어사전』 1~5, 한길사, 2006.
_____, 『산하』 1~7, 한길사, 2006.
_____, 『풍설』 上·下, 문음사, 1981.

2. 단행본

강옥희, 『한국근대 대중소설 연구』, 깊은샘, 2000.
강현두 편, 『현대사회와 대중문화』, 나남, 1998.
권영민, 『한국현대문학사』 2, 민음사, 2002.
김강호, 『한국 근대 대중소설의 미학적 연구』, 푸른사상, 2008.
김문환, 『미학의 이해』, 문예출판사, 1989.
김병길, 『역사소설, 자미(滋味)에 빠지다』, 삼인, 2011.
김병욱 편, 『현대소설의 이론』, 최상규 역, 예림기획, 1997.
김석봉, 『신소설의 대중성 연구』, 역락, 2005.
김윤식, 『일제말기 한국인 학병세대의 체험적 글쓰기론』, 서울대학교 출판부,
    2007.

김윤식, 『이병주와 지리산』, 국학자료원, 2010.

_____, 『이병주 연구』, 국학자료원, 2015.

김윤식·임헌영·김종회 편, 『역사의 그늘, 문학의 길』, 한길사, 2008.

김윤식·정호웅, 『한국소설사』, 문학동네, 2000.

김정선, 『외상, 심리치료 그리고 목회신학』, 한국심리치료연구소, 2006.

김종회, 『위기의 시대와 문학』, 세계사, 1996.

김창식, 『대중문학을 넘어서』, 청동거울, 2000.

대중문학연구회 편, 『대중문학이란 무엇인가』, 평민사, 1995.

_____, 『무협소설이란 무엇인가』, 예림기획, 2001.

_____, 『연애소설이란 무엇인가』, 국학자료원, 1998.

대중서사장르연구회, 『대중서사장르의 모든 것-2 역사허구물』, 이론과실천, 2009.

문흥술, 『언어의 그늘』, 서정시학, 2011.

미국시카고예지문학회, 『이병주를 읽는다』, 국학자료원, 2016.

민현기, 『한국근대소설론』, 계명대학교 출판부, 1984.

박성봉, 『대중예술의 미학』, 동연, 1995.

박성봉 편, 『대중예술의 이론들』, 동연, 1994.

박성희, 『공감학』, 학지사, 2004.

박유희, 『대중서사장르의 모든 것-3 추리물』, 이론과실천, 2011.

박찬기 외, 『수용미학』, 고려원, 1992.

변학수, 『문학치료』, 학지사, 2009.

사회과학연구소 편, 『해방 40년 가치의식의 변화와 전망』, 서울대학교 출판부, 1986.

손혜숙, 『이병주 소설과 역사 횡단하기』, 지식과교양, 2012.

여홍상, 『바흐친과 문학이론』, 문학과지성사, 1995.

유종호, 『문학이란 무엇인가』, 민음사, 1991.

이민호, 『근대 독일사회와 소시민층』, 일조각, 1992.

이보영·진상범·문석우, 『성장소설이란 무엇인가』, 청예원, 1999.

이인호, 『지식인과 저항』, 문학과지성사, 1984.

이정옥, 『1930년대 한국 대중소설의 이해』, 국학자료원, 2000.

임성래 외, 『대중문학의 이해』, 청예원, 1999.

정덕준 외, 『한국의 대중문화』, 소화, 2001.

정범준, 『작가의 탄생』, 실크캐슬, 2009.

정운채, 『독서치료이론의 이론적 기초』, 문학과치료, 2006.

_____, 『영화와 문학치료』 3, 서사와문학치료연구소, 2008.

정찬영, 『한국 증언소설의 논리』, 예림기획, 2000.

조남현, 『소설원론』, 고려원, 1982.

조동일, 『문학비평의 방법과 실제』, 삼지원, 1993.

조성면 편, 『한국근대대중소설비평론』, 태학사, 1997.

차봉희 편, 『수용미학』, 문학과지성사, 1985.

최미진, 『한국 대중소설의 틈새와 심층』, 푸른사상, 2006.

최인호, 『누가 천재를 죽였는가』, 예문관, 1979.

한국문학평론가협회 편, 『문학비평용어사전』, 국학자료원, 2006.

한국정신문화연구원 편, 『1970년대 전반기의 정치사회변동』, 백산서당, 1999.

_____, 『1970년대 후반기의 정치사회변동』, 백산서당, 1999.

한국현대소설연구회, 『현대소설론』, 평민사, 1994.

3. 논문 및 평문

강만석, 「의미, 재미, 권력의 문제를 통해 본 신수용자론 연구 – 존 피스크의 능동적 TV수용자론에 대한 비판을 중심으로」, 성균관대학교 박사학위논문, 1993.

강심호, 「이병주 소설 연구 – 학병세대의 내면의식을 중심으로」, 『관악어문』 27, 서울대학교 국어국문학과, 2002.

강정구, 「아메리카니즘과 성매매 여성」, 『우리어문연구』 49, 우리어문학회, 2014.

강현두, 「한국에서의 문예사회학 연구를 위하여」, 『한국사회학』 13, 한국사회학회, 1979.

고광률, 「한국 대중소설의 사회적 가치관 수용 연구」, 대전대학교 박사학위논문, 2009.

고인환, 「이병주 중·단편 소설에 나타난 서사적 자의식 연구」, 『국제어문』 48,

국제어문학회, 2010.

곽광수, 「僞裝 잘 된 低質이 人氣높다」, 『조선일보』, 1980. 6. 20.

_____, 「眞意 제대로 알아야 한다」, 『조선일보』, 1980. 6. 27.

곽상인, 「이병주의『관부연락선』에 나타난 인물의 내면구조 고찰」, 『인문연구』 60, 영남대인문과학연구소, 2010.

김 원, 「'한국적인 것'의 전유를 둘러싼 경쟁-민족중흥, 내재적 발전 그리고 대중문화의 흔적」, 『사회와 역사』 93, 한국사회사학회, 2012.

김강호, 「1930년대 한국 통속소설 연구」, 부산대학교 박사학위논문, 1994.

김경수, 「이병주 소설의 문학법리학적 연구」, 『한국현대문학연구』 43, 한국현대 문학회, 2014.

김기진, 「대중소설론」, 『동아일보』, 1929. 4. 14 ~ 4. 20.

_____, 「문예시대관 단편-통속소설 소고」, 『조선일보』, 1928. 11. 9 ~ 11. 20.

김남천, 「작금의 신문소설-통속소설론을 위한 감상」, 『비판』 52, 1938. 12.

_____, 「장편소설계」, 『조선문예년감』, 인문사, 1939.

김내성, 「대중문학과 순수문학-행복한 소수자와 불행한 다수자」, 『경향신문』, 1948. 11. 9.

김동리, 「大衆小說과 本格小說-그 性格的 差異에 관한 열가지 問答」, 『한국평론』, 1958. 5.

_____, 「本格作品의 豊作期-불건전한 批評態度의 止揚可期」, 『서울신문』, 1959. 1. 9.

_____, 「中間小說論을 批評함-金東里씨의 發言에 대하여」, 『조선일보』, 1959. 1. 23.

김동성, 「번역회고」, 『삼천리』 6~9, 1934. 9.

김동인, 「소설에 대한 조선사람의 사상을……」, 『학지광』 18, 1919. 8.

김미란, 「'시민-소시민 논쟁'의 정치학」, 『현대문학의 연구』 29, 한국문학연구학회, 2006.

김병로, 「다성적 서사담론에 나타나는 현실인식의 확장성 연구 - 이병주의 「소설·알렉산드리아」를 중심으로」, 『한국언어문학』 36, 한국언어문학회, 1996.

김복순, 「'지식인 빨치산' 계보와『지리산』」, 『인문과학논집』 22, 명지대학교 사설 인문과학연구소, 2000.

김봉은, 「미국 원주민 문학에 재현된 트라우마와 치유: 셔먼 알렉시의『탈주』
　　중심 연구」,『미국소설』17(1), 미국소설학회, 2010.

김성환, 「1970년대 대중소설에 나타난 욕망 구조 연구」, 서울대학교 박사학위논
　　문, 2009.

김연신 · 최한나, 「Schwarts의 보편적 가치 이론의 적용 타당성 연구: 한국 대학
　　생을 대상으로」,『한국심리학회지: 사회 및 성격』23, 한국심리학회, 2009.

김윤식, 「이병주의 처녀작 "내일 없는 그날"과 데뷔작 "소설 · 알렉산드리아" 사
　　이의 거리재기」,『한국문학』, 2007, 봄호.

김은애, 「아리스토텔레스의『시학』에 나타난 '카타르시스'의 이해」,『인문학연
　　구』32, 한양대수행인문학연구소, 2002.

김이연, 「作家는 많은 讀者를 원한다」,『조선일보』, 1980. 7. 8.

김외곤, 「격동기 지식인의 초상-이병주의『관부연락선』」,『소설과 사상』, 고려
　　원, 1995.

김정용, 「소시민 의식과 문학의 문학적 형상화」,『독어교육』26, 한국독어독문학
　　교육학회, 2003.

김종수, 「역사소설의 발흥과 그 문법의 탄생-1930년대 신문연재 역사소설을
　　중심으로」,『한국어문학연구』51, 한국어문학연구학회, 2008.

김종철, 「상업주의소설론」, 백낙청 · 염무웅,『한국문학의 현단계Ⅱ』, 창작과비
　　평사, 1983.

김종회, 「근대사의 격랑을 읽는 문학의 시각」,『위기의 시대와 문학』, 세계사,
　　1996.

＿＿＿, 「한 운명론자의 두 얼굴-이병주의 소설「소설 · 알렉산드리아」에 대하
　　여」,『나림 이병주 선생 12주기 추모식 및 문학강연회 강연』, 나림이병주선
　　생기념사업회, 2004. 4.

＿＿＿, 「문학과 역사의식」, 김윤식 · 김종회 엮음,『문학과 역사의 경계에 서다』,
　　바이북스, 2010.

＿＿＿, 「이병주 문학의 역사의식 고찰」,『한국문학논총』57, 한국문학회, 2011.

김주연, 「역사와 문학-이병주의「변명」이 뜻하는 것」,『문학과 지성』, 문학과지
　　성사, 1973, 봄호.

김창식, 「연애소설의 개념」, 대중문학연구회 편,『연애소설이란 무엇인가』, 국

학자료원, 1998.

김창식, 「대중문학과 독자」, 『한국문학논총』 25, 한국문학회, 1999.

_____, 「최인욱의 『임꺽정(林巨正)』 연구」, 『대중문학을 넘어서』, 청동거울, 2000.

김천혜, 「수용미학의 홍성과 쇠퇴에 대한 고찰」, 『독일어문학』 8, 한국독일어문학회, 1998.

김춘식, 「대중소설과 통속소설의 사이」, 『한국문학연구』 20, 동국대 한국문학연구소, 1998.

김태현, 「베스트셀러의 사회적 조건」, 『열린 세계의 문학』, 문학과지성사, 1988.

김택호, 「일상에 억압된 소시민들에 대한 풍자 - 1960년대 이호철의 단편 소설을 중심으로」, 『한중인문학연구』 14, 한중인문학회, 2005.

김현주, 「1970년대 대중소설 연구」, 연세대학교 박사학위논문, 2003.

권오현, 「한국문학사의 대중소설 전개 양상 연구」, 『한국어문연구』 17, 한국어문연구학회, 2006.

노현주, 「이병주 소설의 정치의식과 대중성 연구」, 경희대학교 박사학위논문, 2012.

_____, 「Force/Justice로서의 법, '법 앞에서' 분열하는 서사」, 『한국현대문학연구』 43, 한국현대문학회, 2014.

민병욱, 「이병주의 희곡 텍스트 「流氓」 연구」, 『한국문학논총』 70, 한국문학회, 2015.

박상기, 「탈식민주의의 양가성과 혼종성」, 『탈식민주의: 이론과 쟁점』, 문학과지성사, 2003.

박성봉, 「대중소설과 독자」, 『현대소설연구』 4, 한국현대소설학회, 1996.

박유희, 「역사허구물 열풍과 연구의 필요성」, 대중서사장르연구회, 『대중서사장르의 모든 것-2 역사허구물』, 이론과 실천, 2009.

박중렬, 「실록소설로서의 이병주의 『지리산』론」, 『현대문학이론연구』 29, 현대문학이론학회, 2006.

방인근, 「대중소설론」, 『소설연구』 2, 서라벌예술대학 출판부, 1958.

백 철, 「文學과 社會와의 關係」, 『대학신문』, 1954. 3. 29.

서은주, 「1950년대 대학과 '교양' 독자」, 『현대문학의 연구』 40, 한국문학연구학회, 2010.

손혜숙, 「이병주 대중소설의 갈등구조 연구」, 『한민족문화연구』 26, 한민족문화학회, 2008

_____, 「이병주 소설의 '역사인식' 연구」, 중앙대학교 박사학위논문, 2011.

_____, 「이병주 소설의 역사서술 전략 연구」, 『비평문학』 52, 한국비평문학회, 2014.

_____, 「이병주 소설에 나타난 시대 풍속-『여로의 끝』, 『운명의 덫』, 「서울은 천국」의 공간을 중심으로」, 『한국문학논총』 70, 한국문학회, 2015.

송기한, 「베스트셀러에 나타난 독자층의 풍경」, 『소설과 사상』, 1996, 가을호.

송성욱, 「대하소설의 최근 연구 동향과 쟁점」, 『고소설연구』 9, 한국고소설학회, 2000.

송하섭, 「이병주 소설 연구-사회의식의 형상화를 중심으로」, 『진주산업대학교 논문집』 4, 대전간호전문대학, 1978.

신혜경, 「피스크의 문화적 대중주의에 대한 제고」, 『美學』 32, 한국미학회, 2002.

심지현, 「1970년대 대중소설의 문학사회학적 일고찰」, 『한국말글학』 18, 한국말글학회, 2001.

안 확, 「조선의 문학」, 『학지광』 6, 1915. 7.

안낙일, 「한국 현대 대중소설 연구-1970년대 이후 소설을 중심으로」, 한림대학교 박사학위논문, 2003.

안정훈, 「古代 中國의 目錄書를 통해 본 '小說' 개념의 기원과 변화」, 『中國小說論叢』 7, 한국중국소설학회, 1998.

안회남, 「통속소설의 이론적 검토」, 『문장』, 1940. 11.

염상섭, 「小說과 民衆」, 『동아일보』, 1928. 6. 2.

오혜진, 「대중소설론의 변천과 의의 연구」, 『우리문학연구』 22, 우리문학회, 2007.

유현종, 「批評商人의 책임 크다」, 『조선일보』, 1980. 6. 24.

_____, 「항아리 속의 自慢 버리자」, 『조선일보』, 1980. 7. 1.

윤백남, 「대중소설에 대한 사견」, 『삼천리』, 1936. 2.

윤재근, 「文人은 철저한 藝人되어야」, 『조선일보』, 1980. 7. 11.

음영철, 「이병주 소설의 대중성 연구」, 『겨레어문학』 47, 겨레어문학회, 2011.

음영철, 「이병주 소설의 주체성 연구」, 건국대학교 박사학위논문, 2011.

_____, 「이병주 중단편소설에 나타난 포함과 배제의 정치성」, 『한민족문화연구』 44, 한민족문화학회, 2013.

이광수, 「文學의 價値」, 『대한흥학보』 11, 1910. 3.

_____, 「문학이란 하(何)오」, 『매일신보』, 1916. 11. 10 ~ 11. 23.

이광호, 「이병주 소설에 나타난 테러리즘의 문제」, 『어문연구』 41, 한국어문교육연구회, 2013.

이동재, 「분단시대의 휴머니즘과 문학론-이병주의『지리산』」, 『현대소설연구』 24, 한국현대소설학회, 2004. 12.

_____, 「대하소설의 창작 방법론」, 『어문논집』 66, 민족어문학회, 2012.

이무영, 「신문소설에 대한 관견」, 『신동아』, 1934. 5.

이보영, 「역사적 상황과 윤리-이병주론」, 『현대문학』, 현대문학사, 1977. 2.

이봉원, 「의사소통 장애와 치유의 문제」, 『인문학연구』 21, 경희대학교 인문학연구원, 2012.

이석현, 「동·서양의 운명론에 대한 연구」, 원광대학교 석사학위논문, 2017.

이선영, 「1910년대의 한국문학비평론1」, 『현상과 인식』 5~4, 한국인문사회과학회, 1981.

이승호, 「독자반응 비평에 관한 연구」, 경성대학교 석사학위논문, 1995.

이원조, 「신문소설분화론」, 『조광』, 1938. 2.

이정석, 「이병주 소설의 역사성과 탈역사성」, 『한국문학이론과 비평』 50, 한국문학이론과 비평학회, 2011.

_____, 「학병세대 작가 이병주를 통해 본 탈식민의 과제」, 『한중인문학연구』 33, 한중인문학회, 2011.

이종명, 「탐정문예 소고」, 『중외일보』, 1928. 6. 5 ~ 6. 9.

이주라, 「1910~1920년대 대중문학론의 전개와 대중소설의 형성」, 고려대학교 박사학위논문, 2010.

_____, 「1950·60년대 역사소설에 나타난 역사적 공간의 특징-박종화의『여인천하』와 최인욱의『林巨正』을 중심으로」, 『우리어문연구』 31, 2008.

이재복, 「딜레탕티즘의 유희로서의 문학 - 이병주의 중·단편소설을 중심으로」, 『나림 이병주선생 13주기 추모식 및 문학강연회 자료집』, 나림이병주선생

기념사업회, 2004.

이재선, 「이병주의 「소설 · 알렉산드리아」와 「겨울밤」」, 『현대한국소설사』, 민
음사, 1996.

이태준, 「통속성, 기타」, 『문장』, 1940. 9.

이호규, 「이병주 초기 소설의 자유주의적 성격 연구」, 『현대문학의 연구』 45,
한국문학연구학회, 2011.

임　화, 「통속소설론」, 『문학의 논리』, 학예사, 1940.

임헌영, 「현대소설과 이념문제」, 김윤식 · 임헌영 · 김종회 편, 『역사의 그늘, 문
학의 길』, 한길사, 2008.

장백일, 「통속소설의 반성」, 『한양』, 1964. 9.

정덕준, 「대중문학에 대한 열린 시각의 가능성」, 정덕준 외, 『한국의 대중문화』,
소화, 2001.

_____, 「1970년대 대중소설의 성격에 관한 연구」, 『한국문학 이론과 비평』 16,
한국문학이론과비평학회, 2002.

정동보, 「무협소설 개관」, 대중문학연구회 편, 『무협소설이란 무엇인가』, 예림
기획, 2001.

정미진, 「이병주 『산하』의 다층적 서사의 구성과 의미」, 『국어문학』 59, 국어문
학회, 2015.

_____, 「이병주 소설에 나타난 종교의 의미」, 『국어문학』 58, 국어문학회, 2015.

_____, 「이병주 소설에 나타난 주체의 자기 분열 양상 연구」, 『어문연구』 86,
어문연구학회, 2015.

_____, 「이병주소설의 영상화와 대중성의 문제」, 『2015 이병주문학 학술세미
나』 자료집, 이병주기념사업회 · 한국문학평론가협회, 2015. 4.

정비석, 「신문소설론」, 『소설연구』, 서라벌예술대학 출판부, 1958.

_____, 「작가의 말」, 『자유부인』, 고려원, 1996.

_____, 「脫線的 是非를 駁함」, 『서울신문』, 1954. 3. 11.

_____, 「통속소설소고」, 『소설작법』, 신대한도서(주), 1950. 4. 15.

정운채, 「서사의 힘과 문학치료방법론의 밑그림」, 『독서치료이론의 이론적 기
초』, 문학과 치료, 2006.

_____, 「문학치료학의 서사 및 서사의 주체」, 『영화와 문학치료』 3, 서사와

문학치료연구소, 2008.

＿＿＿, 「문학치료학의 서사이론」, 『문학치료연구』 9, 한국문학치료학회, 2008.

정찬영, 「역사적 사실과 문학적 진실-『지리산』론」, 『문창어문논집』 36, 문창어
　　　문학회, 1999. 12.

정호웅, 「『지리산』론」, 문학사와 비평연구회 편, 『1970년대 문학연구』, 예하,
　　　1994.

＿＿＿, 「해방전후 지식인의 행로와 그 의미」, 『현대소설연구』 24, 한국현대소설
　　　학회, 2004.

조갑상, 「이병주의 『관부연락선』 연구」, 『현대소설연구』 11, 한국현대소설학회,
　　　1999.

조남현, 「創作의도가 問題다」, 『조선일보』, 1980. 7. 4.

진선영, 「대중소설의 이데올로기와 미학」, 『구보학보』 4, 구보학회, 2008.

진중섭, 「인물의 성장과정을 통한 장편소설 교육 연구」, 서울대학교 석사학위논
　　　문, 1992.

천정환, 「처세·교양·실존-1960년대의 '자기계발'과 문학문화」, 『민족문학사
　　　연구』 40, 민족문학사학회, 2009.

최두선, 「文學의 意義에 關하야」, 『학지광』 3, 1914. 12.

최샛별, 「한국사회에 문화자본은 존재하는가?」, 『문화와 사회』, 한국문화사회학
　　　회, 2006.

최연지, 「『운명의 덫』과의 인연, TV 드라마의 지식인 주인공의 한계」, 『한국문학
　　　평론』 34, 2008.

최현주, 「국가로망스로서의 이병주의 『지리산』」, 『현대문학이론연구』 55, 현대
　　　문학이론학회, 2013.

추광영, 「1960~70년대의 한국의 사회변동과 매스미디어」, 성균관대학교 사회
　　　과학연구소 편, 『한국 사회의 변동』, 성균관대학교 출판부, 1986.

추선진, 「이병주 소설 연구: 사실과 허구의 관계를 중심으로」, 경희대학교 박사
　　　학위논문, 2012.

＿＿＿, 「이병주 소설에 나타난 법에 대한 성찰 연구」, 『한민족문화연구』 43,
　　　한민족문화학회, 2013.

＿＿＿, 「이병주의 『별이 차가운 밤이면』에 나타난 전쟁 체험과 내셔널리티」,

『국제어문』 60, 국제어문학회, 2014. 3.
통속생, 「신문소설강좌」, 『조선일보』, 1933. 9. 6 ~ 9. 13.
홍순엽, 「『自由夫人』作家를 辯護함」, 『서울신문』, 1954. 3. 21.
황산덕, 「다시 『自由夫人』作家에게」, 『서울신문』, 1954. 3. 14.
_____, 「『自由夫人』作家에게 드리는 말」, 『대학신문』, 1954. 3. 1.

4. 번역서 및 외서

A. Geller, 『인텔리겐차와 지식인』, 김영범 · 지승종 옮김, 학민사, 1983.
A. P. Hackett · W. Faulstich · F. L. Mott, 『베스트셀러의 진실』, 이임자 옮김, 경인문화사, 1998.
A. Curthoys · J. Docker, 『역사, 진실에 대한 이야기의 이야기』, 김민수 옮김, 작가정신, 2013.
A. Gramsci, 『그람시와 함께 읽는 대중문화 2』, 로마그람시연구소 편, 조형준 옮김, 새물결, 1993.
A. Smith, 『도덕감정론』, 박세일 · 민강국 옮김, 비봉출판사, 1996.
A. Hauser, 『예술의 사회학』, 최성만 · 이병진 옮김, 한길사, 1990.
A. V. Gennep, 『통과의례』, 전경수 옮김, 을유문화사, 1985.
B. Ashley, *The Study of Popular Fiction: A Source Book*, London: Pinter Publisher, 1989.
B. Singer, 『멜로드라마와 모더니티』, 이위정 옮김, 문학동네, 2009.
D. Schwanitz, 『교양』, 안성기 외 옮김, 들녘, 2001.
G. Bataille, 『에로티즘의 역사』, 조한경 옮김, 민음사, 1998.
H. Bergson, 『웃음』, 정연복 옮김, 세계사, 1992.
H. P. Abbott, 『서사학 강의』, 우찬제 외(3인) 옮김, 문학과지성사, 2010.
H. R. Jauss, 『도전으로서의 문학사』, 장영태 옮김, 문학과지성사, 1983.
H. J. Gans, 『고급문화와 대중문화』, 이은호 옮김, 현대미학사, 1996.
H. K. Bhabha, 『문화의 위치』, 나병철 옮김, 소명출판사, 2002.
J. G. Cawelti, *Adventure, Mystery, and Romance: Formula Stories as Art and Popular Culture*, Chicago and London: The University of Chicago

Press, 1976.

J. P. Sartre, 『지식인을 위한 변명』, 조영훈 옮김, 한마당, 1979.

J. J. Rousseau, 『에밀』, 김중현 옮김, 한길사, 2003.

J. D. Groot, 『역사를 소비하다: 역사와 대중문화』, 이윤정 옮김, 한울, 2014.

J. Palmer, *Potboilers: Methods, concepts and case studies in popular fiction*, London & New York: Routledge, 1991.

J. Hall, 『문학사회학』, 최상규 옮김, 혜진서관, 1987.

J. Storey, 『대중문화와 문화연구』, 박만준 옮김, 경문사, 2002.

K. Mannheim, 『이데올로기와 유토피아』, 황성모 옮김, 삼성출판사, 1980.

M. Bakhtin, 『장편소설과 민중언어』, 전승희 외 옮김, 창작과비평사, 1988.

M. Calinescu, 『모더니티의 다섯 얼굴』, 이영욱 외 옮김, 시각과언어, 1993.

L. Fiedler, *What was Literature?*, New York: Simon & Schuster Inc., 1982.

P. Burke, 『문화 혼종성』, 강상우 옮김, 이음, 2012.

P. Brooks, 『플롯 찾아 읽기: 내러티브의 설계와 의도』, 박혜란 옮김, 강, 2011.

_____, 『멜로드라마적 상상력』, 이승희 · 이혜령 · 최승연 옮김, 소명출판, 2013.

P. V. Zima, 『문예미학』, 허창운 옮김, 을유문화사, 1993.

R. Williams, *Keywords: A Vocabulary of Culture and Society*, Fontana Paperbacks: Great Britan, 1976.

_____, 『이념과 문학』, 이일환 옮김, 문학과지성사, 1993.

R. C. Holub, 『수용미학의 이론』, 최상규 옮김, 예림기획, 1999.

R. J. C. Young, 『식민욕망: 이론, 문화, 인종의 혼종성』, 이경란 · 성정혜 옮김, 북코리아, 2013.

R. Barthes, 『텍스트의 즐거움』, 김희영 옮김, 동문선, 2002.

S. Vierne, 『통과제의와 문학』, 이재실 옮김, 문학동네, 1996.

U. Eco, 『대중의 슈퍼맨』, 김운찬 옮김, 열린책들, 1994.

_____, 『소설 속의 독자』, 김운찬 옮김, 열린책들, 1998.

_____, 『스누피에게도 철학은 있다』, 조형준 옮김, 새물결, 2005.

W. Ickers, 『마음 읽기 공감과 이해의 심리학』, 권석만 옮김, 푸른숲, 2003.

W. Iser, 『독서행위』, 이유선 옮김, 신원문화사, 1993.

5. 기타 자료

남재희·이병주 대담, 「'회색군상'의 논리」, 『세대』, 1974. 5.

「〈산실의 대화〉 소설가 李炳注씨, 역사란 현싯점에서 더욱 새로워, 새연재〈바람
　　과 구름과 碑〉…重病의 韓末을 그리겠다」, 『조선일보』, 1977. 1. 19, 5면.

「歷史小說에 새 轉機를」, 『조선일보』, 1977. 2. 16, 5면.

이병주, 「「바람과 구름과 碑"」를 끝내고」, 『조선일보』, 1980. 12. 31, 5면.

한국학중앙연구원, "한국민족문화대백과사전", (http://encykorea.aks.ac.kr/
　　Contents/Index)

찾아보기

강은모

고려대 국문과 졸업, 경희대 국문과 대학원 졸업(문학박사), 『문학나무』 신인상 평론 등단, 경희대 후마니타스칼리지 강사.

주요논저

「이청준 소설에 나타난 시간의식 고찰」, 「은희경 성장소설의 변모양상 고찰」, 「세계화의 관점에서 본 팩션의 가능성」, 「노천명 시의 서사성 연구」, 「이병주 대하소설의 대중성 연구」, 『강소천』(공저), 『이병주』(공저), 『토지 인물열전』(공저) 등.

이병주 소설의 대중미학

2019년 11월 29일 초판 1쇄 펴냄

지은이 강은모
펴낸이 김흥국
펴낸곳 도서출판 보고사

책임편집 이순민
표지디자인 손정자

등록 1990년 12월 13일 제6-0429호
주소 경기도 파주시 회동길 337-15 보고사 2층
전화 031-955-9797(대표), 02-922-5120~1(편집), 02-922-2246(영업)
팩스 02-922-6990
메일 kanapub3@naver.com / bogosabooks@naver.com
http://www.bogosabooks.co.kr

ISBN 979-11-5516-946-9 93810
ⓒ 강은모

정가 17,000원